A FELICIDADE É UMA ESCOLHA

MEIRE CAMPEZZI MARQUES
Romance inspirado pelo espírito Thomas

© 2016 por Meire Campezzi Marques
© iStock.com/opolja

Coordenadora editorial: Tânia Lins
Coordenador de comunicação: Marcio Lipari
Capa e projeto gráfico: Jaqueline Kir
Diagramação: Rafael Rojas
Preparação e revisão: Vera Rossi

1ª edição — 1ª impressão
5.000 exemplares — maio 2016
Tiragem total: 5.000 exemplares

**CIP-BRASIL — CATALOGAÇÃO NA PUBLICAÇÃO
(SINDICATO NACIONAL DOS EDITORES DE LIVROS, RJ)**

C196f

    Marques, Meire Campezzi
    A felicidade é uma escolha / Meire Campezzi Marques. - 1. ed. - São Paulo : Vida & Consciência, 2016.

    ISBN 978-85-7722-453-1

    1. Romance brasileiro I. Título.

15-25651   CDD: 869.93
                                  CDU: 821.134.3(81)-3

Todos os direitos reservados. Nenhuma parte desta edição pode ser utilizada ou reproduzida, por qualquer forma ou meio, seja ele mecânico ou eletrônico, fotocópia, gravação etc., tampouco apropriada ou estocada em sistema de banco de dados, sem a expressa autorização da editora (Lei nº 5.988, de 14/12/1973).

Este livro adota as regras do novo acordo ortográfico (2009).

Vida & Consciência Editora, Gráfica e Distribuidora Ltda.
Rua Agostinho Gomes, 2.312 — São Paulo — SP — Brasil
CEP 04206-001
editora@vidaeconsciencia.com.br
grafica@vidaeconsciencia.com.br
www.vidaeconsciencia.com.br

Dedico este livro àquele que muito colaborou para que eu trilhasse esse caminho. Sem seu apoio, este livro não sairia do meu computador. Gratidão eterna a Carlos dos Santos Marques e aos amigos espirituais.

Orar é sentir em si a alegria de ter contato com a energia criadora do universo.

Capítulo 1

Laura segurava o resultado dos exames que acabara de fazer, suas mãos tremiam e seu estômago estava enjoado. Precisava saber o que o futuro lhe reservava.

Abriria com certeza o exame, precisava ter respostas. Não suportaria esperar até a manhã seguinte para entregar ao seu médico.

Caminhou até a praça do outro lado da rua e se acomodou no banco. Passou a mão nos cabelos, que se desalinharam com o vento dos veículos que passavam apressados; segurou firme o envelope e decidiu.

"Preciso saber quanto tempo de vida me resta", pensou, "não suporto continuar com a dúvida de uma doença terminal. Não sei de onde vem essa certeza em minha mente. Talvez pelas dores fortes de cabeça e pelos desmaios repentinos? Algo dentro do meu cérebro me dá a certeza de final de jornada! Deus…"

Respirou fundo e prosseguiu:

"Não quero morrer agora! Tenho tantos planos para o futuro! Diga que estou enganada e que a morte ficará longe, meu Deus! Desejo me tornar uma velhinha, realizando todos os meus sonhos de vida feliz! O que vou fazer? Minha amada filha seguirá o caminho sem a presença de sua mãe. Ela é tão jovem e necessita do meu carinho e orientação. Deus, permita que esteja equivocada sobre resultado dos exames!"

Laura retirou o lacre do envelope, puxou as folhas e começou a ler, esforçando-se para compreender a linguagem médica.

Ao terminar, não suportou o que descobriu, um aneurisma em seu cérebro em estágio avançado.

"Tenho uma bomba-relógio em minha cabeça! O que fiz de errado, meu Deus? Por que comigo? Sempre fui uma pessoa do bem, procuro deixar a maldade longe dos meus sentimentos, por que, meu Deus?"

Lágrimas rolavam de seus olhos e suspiros sofridos escapavam de seus lábios.

De repente, ela perdeu os sentidos, caindo ao chão ao lado do banco da praça. Os transeuntes correram em seu socorro e chamaram uma ambulância que, em poucos minutos, levaram-na para o hospital.

Laura despertou na sala de emergência com um médico ao seu lado, a tomar sua pulsação. Os exames estavam sobre a maca e o médico a repreendeu:

— Não deveria ter aberto o envelope, dona Laura.

— Doutor, eu precisava saber o resultado. A consulta com meu médico é amanhã.

— A senhora precisa manter o equilíbrio. Diga-me, o que compreendeu dos exames?

— Aneurisma cerebral, um grande aneurisma prestes a explodir em meu cérebro. Estou morrendo, doutor.

— Precipitada novamente. A ciência unida à medicina trata casos como o seu com cirurgias e medicamentos. O que fez foi errado, não se condene à morte sem a esperança de cura, Laura. E aneurisma cerebral não é um coágulo no cérebro. No entanto, popularmente os leigos se referem deste modo para explicar o aneurisma.

— Doutor, minha avó nos deixou quando explodiu em seu cérebro o aneurisma que tanto tratou. Sei que não tem cura, estou morrendo. Ela falava que um grande coágulo em seu cérebro explodiria.

— Não é desta forma que se resolve as coisas, onde está sua fé? Crer é um grande recurso curativo. Não tem religião?

— Não sei no que crer! Deus está me punindo!

— O neurologista está a caminho, falará com a senhora quando chegar. Verá que está errada quanto ao diagnóstico equivocado que fez ao ler os exames confidenciais ao seu médico. Descanse um pouco, lhe apliquei um leve sedativo. Sua família foi avisada e estará aqui em breve.

— Não deveriam ter feito isso! Não quero que eles saibam sobre o aneurisma, não quero a piedade dos meus.

— Será como preferir. Descanse, Laura.

O médico se afastou e Laura fechou os olhos, tentando descansar, mas sua mente estava agitada, se imaginava deixando este mundo enquanto assistia ao sofrimento de sua filha amada. Queria estar com ela nos momentos importantes de sua vida, desejava ter netos, brincar com eles.

Tudo estava perdido. Laura estava desesperada e tentava se controlar, sabia que teria de dar explicações ao seu marido pelas lágrimas que deixaram seus olhos inchados e vermelhos.

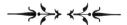

O neurologista, após olhar os exames, segurou a mão de Laura e disse:

— Sei que compreendeu o que está escrito nos exames, existe em seu cérebro um aneurisma cerebral. No ponto em que se encontra, seria impossível a retirada cirúrgica, mas há tratamento com medicamentos.

— Doutor, o senhor cuidou de minha avó que estava com o mesmo sintoma e o resultado foi a morte. Não me engane, preciso saber quanto tempo tenho de vida. Tenho providências a tomar antes de morrer. Por favor, seja sincero comigo. Tenho o direito de saber quanto tempo me resta de vida.

— Não quero enganá-la, Laura, dizendo que não morrerá desse mal; podemos tratar, em último caso, com cirurgia.

— Ficariam sequelas? Desejo ter todos os sentidos de minha mente funcionando, não quero morrer sem saber quem sou, e deixar de reconhecer os que amo. Diga, doutor, quanto tempo de vida tenho?

— Descanse, Laura, depois falaremos sobre isso, está muito nervosa.

— Agora, doutor, eu tenho o direito de saber, não ficarei calma até me responder, preciso da verdade, sei que vou morrer, quanto tempo me resta?

— Poderia sedá-la agora e retornar aos meus afazeres, mas você tem o direito de saber, calculo três meses de sobrevida, o aneurisma está grande e pode afetar o sistema nervoso de seu corpo.

Laura respirou fundo e pediu ao seu médico:

— Sigilo total sobre minha doença. Será nosso segredo.

— Seu marido deveria ser informado.

— Não! Eu o proíbo, levarei uma vida normal até o último momento, não quero ver a tristeza à minha volta.

— Será nosso segredo, eu prometo. Agora descanse. Jair está esperando para vê-la, direi a ele que você está com estresse e por isso desmaiou na rua.

— Obrigada, doutor José.

— Retorne amanhã em meu consultório, temos muito que conversar. Por hoje está liberada, se eu fosse religioso lhe diria para orar muito e ter fé. Mas francamente me tornei ateu, então, use sua força para manter-se em equilíbrio.

Jair entrou no quarto com semblante preocupado.

— O que aconteceu com você? Desmaiar na rua? Você se alimentou bem esta manhã?

— Doutor José não lhe disse que estou com estresse?

— Disse, mas não vejo motivos para estar estressada, em casa está tudo calmo, tranquilo. Beatriz está indo bem na escola, não temos grandes dívidas, não compreendo por que o estresse. Qual o problema?

— São meus hormônios, estão desregulados, o que causa estresse nas mulheres. Passará. Podemos ir. Ajude-me a levantar, estou me sentindo atordoada com os remédios que tomei.

— Vamos, temos que chegar a tempo de pegar Beatriz no colégio, depois pegarei um táxi para apanhar seu carro no estacionamento onde o deixou. Não deveria ter saído de casa se não estava se sentindo bem.

— Desculpe, precisava passar no banco para pagar as contas que estavam para vencer.

— Deveria ter me ligado, eu faria os pagamentos. Que envelope é esse sobre a cama?

— Os exames que fiz aqui, comprovando o estresse de um distúrbio hormonal.

— Deixe-me dar uma olhada no resultado.

— Não temos tempo para isso. Beatriz deixará o colégio em meia hora, temos que correr. E não é nada de mais; amanhã levarei o resultado para meu médico analisar, farei o tratamento e ficarei bem novamente.

Laura tentava esconder o que estava sentindo, desejou gritar que a morte a rondava, que estava desesperada, pois não desejava deixar a vida. Fez um grande esforço para se controlar e parecer tranquila.

No caminho de volta, ouvia música no rádio do carro e uma canção de despedida fez uma lágrima rolar em sua face. Virou o rosto para a janela do lado e, com a ponta dos dedos, secou-a disfarçando, para Jair não perceber o estado de angústia que a invadia com força.

O casal chegou à porta do colégio e Beatriz os esperava ao lado das amigas. Despediu-se e entrou no carro, beijando a face da mãe.

— Por que estava chorando, mãe, o que houve? Está pálida.

— Estou bem, filha, tive um desmaio e seu pai foi me pegar no hospital, agora estou bem.

— Desmaiou... Está doente?

— Não é nada.

— Sua mãe está com o mal do século, estresse, não sei por quê. Tem uma vida tranquila, cuida da casa sem se preocupar com nada, não tem chefe para cobrar nada dela; queria ver se trabalhasse na repartição e sofresse a pressão que sou obrigado a enfrentar todos os dias, saberia o que é ficar estressado de verdade. Mas eu sou controlado, não passo essa pressão para vocês. Alguém tem que manter o equilíbrio nesta família.

Beatriz olhou para o rosto da mãe e levantou o olhar, as duas sabiam que lá vinham queixas e mais queixas sobre o dia a dia de Jair.

— Pai, é melhor ficarmos em silêncio, mamãe está com dor de cabeça.

— Foram os remédios que tomei no hospital, estou com muito sono.

A família seguiu em silêncio até o sítio em que viviam, um pouco afastados da cidade tranquila do interior.

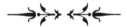

Naquela noite, após apanhar o carro de Laura no estacionamento, Jair foi até a cozinha preparar o jantar.

Laura estava deitada na sala, abraçada com a filha no sofá. Fingia que assistia a programação na tevê. Bia, às vezes, sorria e contava o que acontecia na tela.

Ela sentia pena de si mesma, imaginando todos os momentos bons que perderia com sua filha, a vida não lhe era justa, por que tanto sofrimento, tanta dor?

Desejava tanto estar ao lado de Bia quando a filha se formasse ou encontrasse o primeiro amor! Precisava aprender a viver no agora e aproveitar todos os momentos junto da filha, imaginava que poderia sufocar a filha com seu amor, desejava que o tempo parasse naquele momento. Que o aneurisma desaparecesse de seu cérebro.

Se isso ocorresse, ela teria mais tempo e poderia fazer tudo diferente, pensou um pouco no que mudaria Inicialmente, teria outros olhos para o mundo, não perderia tempo com bobagens, sorriria mais, dançaria mais, comeria menos. Falaria coisas mais interessantes às pessoas, não se envolveria tanto com os problemas dos outros, buscaria ser feliz.

Foi nesse momento que Bia encarou a mãe e falou sorrindo, como se tivesse lido seu último pensamento.

— Sempre é tempo para ser feliz.

— Por que disse isso, filha?

— Não sei, algo que me veio à mente de repente, talvez alguém tenha me soprado ao ouvido.

— Você ouviu uma voz dizer isso?

— Ouvi, sim, mas não é uma voz comum como ouço você, é algo forte que vem em minha mente. Talvez um anjo passou por aqui.

— Anjos são invenções humanas, filha, um ser de asas que não existe.

— Só porque não pode ver, não crê? Anjos existem, mãe, e tem um amor profundo por nós.

— Você já viu um anjo?

— Com os olhos humanos, nunca, mas, com o coração, sinto que estão sempre por perto, a inspirar bons pensamentos. Ele repete em minha mente: "Se não crê, não sente; se não sente, não tem fé; se não tem fé, estaciona e deixa a porta aberta para o mal. Sempre é tempo para ser feliz. Após o fim vem o início".

— Fim, início? O que disse?

— Apenas repeti o que veio em minha mente. Pense nisso, mãe: o fim é o início...

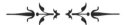

Após um jantar leve, Laura foi se deitar, se virou tanto na cama, que fez Jair se levantar e ir dormir na sala.

Vendo-se sozinha em seu quarto, ela deu livre curso ao seu pranto. Tendo vontade de gritar sua dor, levou a mão à boca para sufocar os soluços.

A noite encerrava seu véu escuro, e os raios do sol coloriam as poucas nuvens que insistiam permanecer após o forte vento na madrugada.

Laura não conseguiu pegar no sono, fingiu dormir quando Jair retornou ao quarto para se arrumar antes de sair para o trabalho.

Ouviu o ronco do motor do carro se distanciando, Bia também fora para aula, ela estava só.

Cansada, mas sem sono, Laura levantou da cama e sentiu suas pernas tremerem. Acabou caindo ao chão e ali gritou finalmente sua dor. Não havia vizinhos por perto e ninguém viria socorrê-la, sua cabeça iria explodir de tanta dor.

Com dificuldade, arrastou-se até a cozinha, onde estavam seus remédios para controlar a dor. Apanhou três comprimidos e os jogou na boca de uma só vez, se escorou na pia para apanhar um copo de água e engolir os comprimidos.

Finalmente conseguiu, e se deixou cair novamente ao chão. Encolheu-se sobre o tapetinho próximo à pia, levando as mãos à cabeça, apertando-a para estancar um pouco a dor.

Laura pegou no sono ali mesmo, com o efeito dos remédios. Despertou com o som do telefone, dessa vez conseguiu se levantar e seguir até a sala lentamente para atender o chamado.

— Alô.

— Mãe, você não vem me apanhar na escola?

— Vou, filha.

— Está atrasada, estou esperando há meia hora.

Laura olhou para o relógio na parede e respondeu:

— Desculpa, filha, acabei perdendo a hora, estava com muita dor de cabeça.

— Mãe, então, descanse um pouco mais, vou para casa da Tati, a mãe dela está aqui e me convidou. Ligo para o papai me apanhar à noite. Fique bem, não se esqueça de se alimentar. A voz está dizendo.

— OK, filha, desculpe por perder a hora, vou me cuidar, não se preocupe.

Laura foi ao banheiro, abriu o chuveiro e deixou a água cair sobre seu corpo. Lavou seus cabelos com cuidado, a dor estava menos aguda, até o couro cabeludo estava sensível.

Terminou o banho, e lentamente se arrumou para ir ao médico. Pouco se alimentou e se dirigiu à garagem. Deu a partida no motor e seguiu em direção à rua.

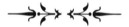

Diante do médico, Laura chorava copiosamente. Entre os soluços, tentou falar:

— O que vou fazer, doutor? Não quero morrer!

O médico tentou acalmá-la, dizendo:

— Existe uma saída.

— Qual?

— Tenho encaminhado alguns clientes a um terapeuta competente, obtivemos bons resultados trabalhando em conjunto. Ele é ótimo, introduz em sua mente uma nova forma de olhar a vida e encarar a doença. Existiram processos como o seu em que houve a redução do aneurisma em vários centímetros, dando ao paciente a opção para cirurgia. Pedi à minha secretária que se adiantasse e marcasse um horário para você hoje. A agenda dele é lotada, mas, atendendo um pedido meu, abriu um espaço.

— O que ele pode fazer por mim? Estou morrendo, doutor.

— Deixe seu carro aqui, pegue um táxi, pois não está em condições de dirigir. Depois da consulta se sentirá melhor e poderá voltar para casa dirigindo.

Laura, sem pensar muito, obedeceu ao médico. O táxi estava à sua espera. O motorista havia recebido as instruções e seguiu sem nada dizer. Laura soluçava no banco de trás, cobrindo o rosto com uma das mãos enquanto a outra segurava alguns lenços de papel.

Capítulo 2

Diante do terapeuta, Laura tentou se controlar um pouco mais. Estendeu-lhe a mão para que ele a segurasse com delicadeza e a cumprimentasse.

O terapeuta aproximou-se um pouco mais e abraçou Laura, aconchegando-a em seu peito, porquanto já fora avisado do diagnóstico e, pelos olhos inchados, percebera o quanto ela estava fragilizada emocionalmente.

Davi era um homem de aparência jovial, próximo dos quarenta anos de idade. Tinha olhos castanho-claros, cabelos ondulados negros; seu rosto bonito transmitia paz e confiança, embora houvesse um ar enigmático no olhar.

Abraçado a Laura, sussurrou com carinho no ouvido dela:

— A vida traz surpresas duras e precisamos encontrar forças para aceitar a realidade. Deixe-me ajudá-la a encontrar sua força.

Laura sentia-se acolhida pela primeira vez desde quando se iniciaram as fortes dores de cabeça e as perdas momentâneas da consciência.

Davi a acompanhou até o belo e agradável divã, a fez sentar-se e ajeitou suas pernas sobre as almofadas, retirando seus sapatos.

Uma música clássica, suave, tocava em um aparelho de som e cristais estavam espalhados por toda sala. Pequenas luminárias, localizadas em pontos estratégicos, davam ao ambiente a sensação agradável de paz. Um vaso com lírios perfumava o ambiente.

Davi aproximou-se com a cadeira da cabeceira do divã e acariciou os cabelos de Laura.

— Sinta o ambiente em que está, respire fundo e solte lentamente o ar. Aqui nenhum mal pode entrar; imagine uma luz branca sobre seu corpo, entrando por meio da respiração, colocando sua vibração cada vez mais elevada e positiva. Tudo esta lá fora e longe; sinta a leveza e a importância de ser você: um ser existente no universo. A mesma força que vibra lá nas estrelas e mantém tudo no devido lugar também está em você, dentro de seu peito, porque é Deus se manifestando na perfeição de Sua obra. Sinta a força desta energia em seu peito, e o amor por você que ela lhe traz. Pode senti-la?

— Sim. Um calor em meu peito muito agradável. Estou me sentindo melhor.

— Ótimo. Procure apenas sentir, permita que a força do universo que habita em seu ser possa despertar.

Davi continuava a acariciar os cabelos de Laura. Alguns minutos depois as lágrimas cessaram e ela, sentindo-se mais equilibrada, pôde enfim falar.

— Doutor, estou morrendo, não desejo partir agora. Pode me ajudar a ter a oportunidade de ver minha filha crescer?

— Todos nós vamos deixar este planeta, ninguém sabe ao certo quando irá retornar ao verdadeiro lar de onde partimos um dia, para refletir sobre as experiências adquiridas neste belo planeta de nome Terra. Somos todos viajantes do universo.

— Acha que existe um lugar para onde regressaremos depois da morte? Qual a sua religião? O que pregam os seus mentores religiosos a este respeito?

— Não sigo religião alguma, minha querida. Religião é uma invenção humana; muitas delas, em sua maioria, nos retira o poder do livre pensar e nos torna pedintes sem força de ação. O caminho não é por aí. Temos o poder em nossas mãos, tudo nos foi dado pela força inteligente que rege o universo inteiro.

— Não é religioso! Mas o que vejo nesta sala são artefatos religiosos, incenso, cristais e uma estatueta com a imagem de um indiano.

— Essa é a imagem de um amigo que me auxilia nos casos que aceito colaborar. É um ser de grande iluminação e sabedoria que habita o universo.

— Então é espírita? Fala com os espíritos? Eu não aceito isso; quem morre não retorna para se comunicar.

— Não sou espírita, não sigo religião alguma, estou livre dos dogmas impostos por religiões. Tenho, sim, amigos do outro lado, pois obtive provas por intermédio de muita pesquisa e dedicação aos estudos. Sempre fiz questionamentos a este respeito. As respostas vêm para aqueles que buscam, com seriedade e respeito, estudar o que existe do outro lado.

— Quer dizer que, se eu pesquisar e questionar, encontrarei respostas também?

— Com toda certeza as terá, e saiba que as experiências são individuais, cada um tem uma forma de analisar e questionar o que existe depois que deixamos este corpo. Você terá suas provas, pode tentar dividir com outras pessoas, mas lhe garanto que poucas a compreenderão, somente quem obteve as provas compartilhará de suas certezas.

— Quer dizer que precisarei pesquisar! Obter provas de que a vida continua depois da morte! Diga o que sabe a respeito... Como é o outro lado? O que vou encontrar depois que morrer? A morte é o fim de nossa existência? Não responderá minhas perguntas?

— Do que adiantaria lhe contar o que sei? Aceitaria como verdade absoluta? Eu me transformaria em seu guru e, em pouco tempo, estaria formando uma nova seita religiosa, com todos os fiéis dependentes de mim. Não, Laura, mostrarei a você o caminho para iniciar suas pesquisas, ensinarei a mudar a vibração energética sempre para o positivo. As provas começam a aparecer quando se muda a vibração e a forma de pensarmos. Não lhe dou garantia que será fácil e confortável, mas garanto que, depois que se aprende, verdadeiros milagres podem ocorrer em sua vida.

— Não tenho este tempo todo, meu neurologista me deu três meses de sobrevida. O que fazer? Tenho pressa, doutor. A bolha em meu cérebro aumenta de tamanho a cada dia, logo explodirá e tenho pavor da morte. O que fazer, doutor?

— Isso é uma realidade que você pode modificar. Deseja um pouco mais de tempo? Pois faça o seu melhor e terá este tempo.

— Não compreendo! Estou lhe dizendo que meu médico me deu três meses apenas. O que posso fazer para conseguir mais tempo?

— Primeiro passo, ser positiva, concentrar sua força na saúde e não na doença. Vou lhe ensinar a meditar buscando forças totalmente positivas.

— Isso é possível?

— Basta querer. A meditação, quando bem realizada, faz maravilhas com o corpo físico e mental, pois permite a você abrir uma porta para as forças do universo, que são capazes de curar qualquer mal. Feche os olhos e apenas sinta, esqueça tudo o que viveu e as angústias que a trouxeram até aqui. Respire profundamente, segure o ar e o solte letamente, sentindo o calor da energia que emito. Neste momento, serei um canal de energia positiva para você. Perceba como, ao ter contato com minha energia positiva, você modifica seu ânimo, restaurando sua paz e seu equilíbrio.

Davi se posicionou de frente para Laura, que estava deitada sobre o divã. Ele esfregou uma mão sobre a outra e, mentalmente, pediu auxílio para seus amigos de outra dimensão.

Imediatamente sentiu a energia aquecer suas mãos e sua cabeça. Ele colocou as mãos sobre a testa de Laura, sem tocá-la e liberou a energia positiva.

Laura sentiu o calor penetrar em sua mente, e, em seu peito, um calor agradável. Nesse momento, toda angústia que sentia começou a se esvanecer; o bem-estar a envolveu e Laura adormeceu de forma tranquila.

Davi terminou seu trabalho e afastou-se silenciosamente, deixando Laura descansar alguns minutos.

Enquanto adormecia, Laura se viu em um jardim florido. Seguiu por entre as flores, observando a beleza do local, caminhou lentamente até que avistou um banco sob o caramanchão de uma linda trepadeira florida.

As pétalas cobriam a grama verde; tudo ali parecia ser cor-de-rosa. Sentado no banco estava um jovem de bela aparência, que a chamou pelo nome.

— Venha, Laura, estava à sua espera.

— Quem é você? Que lugar é este?

— Davi a enviou aqui para que refizesse sua energia.

— Você conhece Davi?

— Sim, somos velhos amigos, eu o ajudo, quando necessário, com seus pacientes. Você está em um jardim de outra dimensão. A morte não é o fim, existem muitos planetas habitados por seres espirituais. Aqui é a verdadeira casa de quem deixa a Terra, com a morte do corpo físico. Diga-me, se sente morta?

— Não. Eu me sinto mais leve, parece que estou com a consciência mais ampliada, a sensação é maravilhosa. Eu morri?

— Não, seu corpo físico apenas adormeceu e seu corpo astral a trouxe até aqui.

— É assim que nos sentimos depois de deixar o mundo? Eu não quero voltar para aquele corpo, sinto dores de cabeça horríveis. Aqui estou leve, me sinto muito bem.

— Mas seu tempo ainda não terminou, é preciso retornar. Você se sente bem aqui?

— Sim.

— Pois leve essa sensação para seu corpo físico, e siga seus dias buscando sempre manter esta sensação de equilíbrio e bem-estar. Agora, retorne, Laura.

— Estou desaparecendo! Espere, me diga seu nome?

— Shain.

Laura acordou repetindo o nome que acabara de ouvir.

— Shain...

Davi aproximou-se sorrindo e gracejou:

— Vejo que conheceu meu amigo indiano Shain. Como se sente?

— Estou muito bem, há tempos não me sentia assim.

Laura se levantou do divã e se aproximou da estatueta que estava sobre o aparador próximo à janela. Observou as feições da imagem e exclamou:

— Era ele, tenho certeza que conversei com ele! Shain é seu nome, ele me disse!

— Teve sua primeira experiência interdimensional; então, ainda acredita que a morte é o fim?

— Estava lá, era um lindo jardim florido, a sensação era maravilhosa. Davi, preciso retornar àquele lugar. Quero continuar a conversa com Shain.

— Não funciona desta forma, não basta querer. Quem sabe um dia será transportada para lá novamente.

— Ele me disse que ali era um local para onde se vai depois da morte.

— Tem muito a aprender, Laura. Esteve em um belo lugar, sua energia se positivou e entrou em sintonia com a energia daquela dimensão. Existem infinitos locais para onde se encaminham os que deixam nosso mundo; contudo, se estiverem com a energia densa e negativa não encontram um lugar agradável e acolhedor, compreendeu?

— Tenho que vibrar em alta frequência para entrar em dimensão agradável? E se eu estivesse como cheguei aqui, para que local seria levada nesse sonho real que tive?

— Garanto a você que seria arrastada para um lugar escuro, sem flores ou perfumes, nada agradável.

— Outra noite, horríveis pesadelos me atormentaram. Estava em um local estranho, escuro, e me perseguiam. Corria tanto daqueles homens mal-encarados, e, quando me pegaram, bateram em minha cabeça. Acordei saltando da cama com forte dor de cabeça. Meu marido assustou-se e, de tão irritado, retirou-se do quarto e dormiu no sofá da sala.

— Sua vibração estava negativa, porquanto seu perispírito se desprendeu do corpo e não conseguiu restaurar-se com energias saudáveis em um bom lugar. Por isso, manter a mente sempre positiva é primordial para seguirmos bem e em equilíbrio a vida terrena.

— Acabo de ter uma prova do que me disse, adorei esse sonho, foi tão real.

— Damos o nome a esse tipo de sonho claro e real de viagem astral. Pesquise um pouco sobre o tema, pois distrair-se sobre o assunto agora vai lhe fazer bem. Existem muitas informações a respeito na internet, há muitos pesquisadores sérios que divulgam suas experiências. Eu lhe garanto que, quanto mais se interessar pelo assunto, mais sonhos agradáveis terá. Até, um dia, sair do corpo totalmente consciente.

— Farei essa pesquisa, preciso mesmo pensar em outra coisa que não seja minha doença terminal.

— Pare de ter piedade de si mesma. Você não é fraca como pensa. Procure e encontrará a felicidade e, quem sabe, a cura. Como disse, a cura ou o aumento do tempo de vida depende somente de você. Terminamos por hoje. Quero vê-la novamente na semana que vem, encontraremos um horário que seja agradável para os dois. Deixe seu número de telefone com minha secretária, que agendará nosso novo encontro. Até lá, peço que faça, duas vezes por dia, essa meditação que lhe ensinei. Não se esqueça da respiração e do controle dos pensamentos, sempre no positivo.

— Obrigada. Doutor Davi, quando entrei aqui, não esperava melhora alguma e deixo seu consultório renovada, um pouco mais equilibrada.

Laura apertou a mão de Davi e sentiu sua energia agradável e quente. Sorriu, dizendo:

— Sua energia se parece muito com a energia de Shain. Já perguntou a ele por que são parecidas?

— Temos afinidades, somos amigos de outras vidas.

— Acredita que vivemos outras vidas além desta?

— Pesquise, e na próxima consulta conte-me o que descobriu. Vá em paz.

Laura se retirou anotando em seu celular os temas para pesquisar. Marcou uma nova consulta e decidiu caminhar até o consultório de seu neurologista, onde havia deixado seu carro. Estava a poucas quadras dali, em uma rua arborizada.

A tarde caía, amenizando a temperatura de uma primavera ensolarada e quente. Caminhou olhando as vitrines das lojas e entrou em uma lanchonete próxima do consultório para comer um lanche. Seu estômago pedia alimentos, seu apetite retornara depois da irradiação de energia que havia recebido.

Ocupou uma mesa encostada na parede do fundo. Laura não gostava de se destacar, preferia lugares discretos, sentia que sua aparência não estava das melhores, seus olhos estavam inchados ainda pelo pranto.

Antes que a garçonete viesse atendê-la, retirou da bolsa um pequeno espelho, que colocou em cima da mesa e continuou vasculhando a bolsa, à procura de um batom. Levantou o espelho e se assustou com o que viu.

Rapidamente colocou os óculos escuros, tentando esconder os olhos inchados, passou o batom e, com as mãos, tentou alinhar melhor os cabelos.

O movimento na lanchonete estava fraco. Ela respirou fundo, agradecendo por não encontrar ninguém conhecido, não estava com vontade de conversar.

Tentava analisar a experiência que acabara de ter enquanto pensava: "Que sonho maravilhoso."

A garçonete já estava à sua frente e perguntou:

— O que vai querer, senhora?

— Boa tarde, quero um suco de laranja e um queijo quente.

— Só um momento, com licença.

Enquanto esperava seu pedido, Laura viu entrar na lanchonete sua prima Marcela acompanhada de uma amiga que, no passado, fora noiva de Jair. Como era desagradável esse reencontro.

Laura tentou se esconder, virando o rosto para a vidraça, para observar a rua, porém Marcela a reconheceu, aproximou-se sorrindo e disse:

— Laura, o que faz aqui? Há quanto tempo não nos vemos!

25

Laura se levantou para cumprimentar a prima com um beijo no rosto.

— Esta é Mayara, se recorda da ex-noiva de Jair?

— Claro, como vai? — estendeu a mão para cumprimentá-la, sem muita intimidade.

Marcela ocupou uma das cadeiras e apontou para Mayara a outra ao seu lado.

— Sente-se, tenho muito para falar com minha prima.

Mayara, totalmente deslocada como Laura, não encontrou alternativa, se acomodou contrariada.

Assim que o prato de Laura chegou à mesa, Marcela e Mayara solicitaram à garçonete novos pedidos.

Em seguida, a ex-noiva do Jair deixou a mesa e seguiu para o banheiro.

— Que bom que ela saiu. Sabia que nunca mais namorou ninguém depois que Jair a deixou para se casar com você? O Jair foi o grande amor da vida dela.

— Não tenho culpa por ele ter me escolhido. Quando o conheci naquela danceteria, ele estava sem aliança e não me disse que era noivo.

— Eu sei, eles haviam discutido naquela semana, e, passados treze anos, ela continua solteira, vive me perguntando sobre Jair, se ele está feliz ao seu lado!

— O que você responde?

— Que são felizes e estão bem, juntos. Vou te dar um conselho, não deixe Jair solto por aí, ela é bem capaz de seduzi-lo para se vingar de você.

— Se isso ocorrer, é porque tem que ser assim.

— Ficou louca! Que conformismo é este? Estou dizendo que ela ama seu marido, e você não fica indignada? Se fosse comigo, a colocaria em seu devido lugar.

— E que lugar seria esse?

— De perdedora! Defenderia meu casamento com unhas e dentes. Mostraria a ela que Jair é meu.

— A vida traz surpresas o tempo todo, Marcela, e, se Jair desejar, pode ficar com ela ou com qualquer outra. Ninguém é de ninguém, não somos donas das pessoas com quem convivemos.

— Pelo jeito, seu casamento não anda bem... O que houve, acabou o amor? Quer que sua filha cresça sem pai?

— Jair sempre será pai de Beatriz, isso não muda. Só estou lhe dizendo que não temos obrigações impostas por uma sociedade corrupta de ficarmos juntos porque dissemos sim diante de um padre ou de um pastor.

— Ela está voltando, vamos mudar de assunto, você me assusta com essas ideias revolucionárias. Segura seu marido, prima, sua rival voltou à cidade e ainda nutre por ele o mesmo amor da juventude. Acorda, o perigo ronda sua casa. Fique alerta!

Laura terminou seu lanche que já não descia saboroso e tomou o suco. Encontrando uma desculpa banal, despediu-se das duas, pagou sua conta e seguiu até o carro.

Dirigiu até o sítio em que morava.

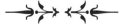

As primeiras estrelas despontavam no céu, a lua cheia clareava todos os contornos das montanhas, um belo espetáculo da natureza ocorria diante de seus olhos.

Laura entrou na garagem, desceu do carro, respirou fundo e olhou para o céu.

As luzes de sua casa estavam apagadas e seus olhos podiam notar a imensidão de estrelas na Via Láctea. E Laura, em voz alta, falou:

— O que ha lá em cima? Será que existe vida inteligente apenas neste planetinha pequeno que é a Terra? Com milhares de estrelas e planetas, somente aqui há vida? Onde fica o lugar que estive em sonho essa tarde? Que planeta oculta aquele belo jardim? Davi disse que se trata de outra dimensão, mas que dimensão seria essa? Se a vida continua depois da morte, o que somos nós, na verdade? Tenho que iniciar minha pesquisa, sei que vou morrer e quero saber o que vou encontrar do outro lado ou em outra dimensão. Quem sabe, nas estrelas. Nunca parei para pensar nessas coisas, é estranho quando a morte nos ronda e se torna uma realidade a aceitar. Tudo muda de repente. Não me importo se Jair encontrar outro amor, afinal, ele vai ficar só e tem direito a encontrar um novo amor.

Laura se recordou do início de seu relacionamento com Jair, uma grande paixão os uniu; foram felizes juntos, tinham afinidades, mas agora onde foi parar aquele forte sentimento?

O relacionamento entre os dois tinha se tornado uma rotina; até no sexo havia perdido o grande prazer do início, eram como movimentos orquestrados mecanicamente, talvez uma obrigação matrimonial, que realizava sem vontade.

Talvez fosse por este motivo que ele gostasse de dormir no sofá da sala a maioria das noites... Quem sabe não estivesse se relacionando com outra?

Estranho, ao pensar nisso não sentia ciúmes ou raiva, chegou à conclusão que seu casamento estava acabado. Nutria por Jair um profundo carinho, mas amor estava longe de sentir.

Capítulo 3

    Jair estacionou o carro na garagem e Bia entrou em casa animada, a procurar pela mãe.

    Laura estava no banho e Bia abriu a porta do banheiro dizendo:

    — Mãe, a escola está organizando uma viagem de análise de campo. Vamos para uma cidade onde tudo é de pedra, me deixa ir?

    — Que cidade é essa, filha?

    — São Tomé das Letras. Vamos estudar o solo e as formações rochosas do lugar; ficaremos dois dias na cidade. Você me deixa viajar com a escola? Todas as minhas amigas irão. Deixa, mãe, deixa.

    — Seu pai deixou?

    — Ele disse para pedir a você. Se deixar, ele também concorda. É para realizar um trabalho de pesquisa de campo. Deixa? Não é muito longe, ficaremos em uma pousada.

— Se deseja tanto fazer esta viagem, eu deixo, mas quero ver as notas de seu boletim aumentarem neste bimestre.

— Eu tenho ótimas notas, mãe. Você deixou!

Beatriz beijou a mãe, que estava enrolada na toalha.

Laura se vestiu e deixou o quarto. Jair estava na sala, procurando um jogo de futebol na tevê. Cumprimentou-a com um beijo rápido nos lábios e voltou a apertar o controle remoto, perguntando sem muito interesse:

— Como foi sua consulta médica?

— O médico me encaminhou a um terapeuta. Começo na semana que vem.

— Está mesmo precisando de terapia! Está estressada sem motivo algum, você tem uma vida tranquila, não trabalha fora, não tem chefe para perturbá-la, como eu tenho. Espero que sua brincadeira não fique muito cara.

— Não se preocupe, o convênio cobrirá a terapia.

Ela preparou o jantar e continuou a pensar sobre o que havia se tornado seu casamento. Estava ali, em uma rotina entediante e sem graça.

Cadê a moça alegre e apaixonada que fora um dia? E Jair, ali na sala, a olhar para televisão. Se ela colocasse sua melhor roupa e se arrumasse toda, será que, ainda assim, ele deixaria de assistir ao jogo de futebol?

Após o jantar, Jair e Beatriz deixaram a cozinha, Jair voltou a assistir ao jogo e Bia se fechou em seu quarto, falando ao celular com as amigas.

Laura terminou de lavar a louça e foi para a sala. Ficou um pouco sentada, a olhar para a tevê sem prestar atenção no jogo. Seu pensamento estava longe, retornava ao sonho na sala de terapia.

Recordava, com nitidez de detalhes, o belo jardim e a companhia agradável de Shain. Sentia-se bem novamente, quando entrava naquela energia agradável.

Ela bocejou, sentiu sono e perguntou ao marido:

— Vamos nos deitar agora? Não está com sono?

— Não, quero ver meu time ganhar este jogo.

Laura se levantou e passou diante da tevê, reiterando o convite a Jair.

— Vamos para cama, deve estar cansado também, trabalhou o dia todo.

— Está atrapalhando o jogo, pode sair da frente da tevê, por favor. O campeonato iniciou hoje e quero ver meu time na final, me dê licença.

— Desculpe, estou cansada, boa noite. Não se demore muito para se deitar, amanhã acordará muito cedo.

— Não saio daqui enquanto o meu time está ganhando. Boa noite, gosto de torcer para meu time, fico feliz quando vence, principalmente quando está ganhando do time que meu chefe torce. Amanhã eu posso ir à forra com ele.

Laura foi para o quarto, pegou seu *laptop* e iniciou a pesquisa. Digitou "viagem astral" e surgiram muitas informações a esse respeito. Procurou ler sobre experiência narradas. Ficou impressionada ao descobrir semelhanças com o sonho estranho que tivera no consultório de seu terapeuta.

O tempo passou rápido, era madrugada quando o sono chegou, e Laura decidiu desligar o *laptop* e se aconchegar em sua cama. Ouviu o som da tevê, se levantou e foi até a sala. Jair estava roncando no sofá. Ela desligou o aparelho e apagou a luz. Abriu a porta do quarto da filha, que dormia tranquila.

Laura deu um beijo em sua testa, puxou o lençol cobrindo-a, retornou ao seu quarto, sentou na cama em posição de meditação, conforme aprendera com Davi, respirou profundamente e soltou o ar devagar. Sua mente não se calava, os pensamentos vinham e ela brigava com eles.

Até que desistiu de meditar. Disse baixinho:

— Não sei fazer isso, como calar a mente? Não tenho educação oriental para conseguir ter o controle mental. Se disso depender minha cura, não tenho como me salvar! A morte chegará sem que eu tenha aprendido o que preciso. Deus, eu não quero morrer agora! Ajude-me, Senhor!

Laura deixou as lágrimas rolarem livremente por sua face, toda aquela sensação agradável que sentia havia desaparecido. Ela se entregou à autopiedade e caiu em depressão novamente.

— Deus, eu não sei lidar com a morte! Sou fraca.

A dor de cabeça voltou forte e Laura tomou três comprimidos. Seu estômago enjoou e ela teve de correr ao banheiro por conta das náuseas.

Quando retornou para a cama, tomou mais três comprimidos e um calmante que seu médico havia lhe receitado. Adormeceu dez minutos depois e teve sonhos agitados e confusos.

Viu-se em um lugar escuro, trancada em uma sala de teto baixo. Procurava o interruptor para acender a luz, não o encontrava e gritos eram ouvidos do lado de fora; alguém tentava abrir a porta que ela segurava com toda a força para que não entrasse ali.

Passou o resto da noite com pesadelos e despertou com forte dor e uma sensação de pânico terrível.

Caminhou pela casa, tentando fazer seu trabalho diário, mas não conseguia realizar uma simples tarefa de separar a roupa para colocar na máquina de lavar. Sua visão estava turva, os remédios a deixaram com forte vertigem.

Era hora do almoço e Laura precisava buscar Bia na escola.

"Mas como dirigir nessas condições?", pensou.

Telefonou para Gabriela, sua amiga e mãe de Fernanda, a amiguinha de sua filha.

— Gabi, bom dia, sou eu, Laura.

— Bom dia, minha amiga, está melhor? Bia me disse que não estava bem ontem. Foi ao médico?

— Sim, estou com forte dor de cabeça, tomei os remédios que ele me receitou, mas me deixaram com a visão turva e muito enjoo, parece que meu corpo não obedece aos movimentos que preciso realizar.

— Melhor retornar ao seu médico, esse efeito colateral é estranho. Deixe que pego as meninas na escola hoje.

— Exatamente por este motivo que te liguei, não consigo dirigir, se tentar, colocarei não só minha vida em risco como a de minha filha e dos outros motoristas que cruzarem meu caminho. Agradeço muito, Gabi, por este grande favor que me faz.

— Não precisa agradecer, estava mesmo pensando em sair para almoçar fora com Fernanda, levaremos a Bia conosco; as duas são inseparáveis, adorarão almoçar juntas. Depois a deixo em sua casa e lhe faço uma visita rápida.

33

— Obrigada, minha amiga, fico te devendo esse favor; um beijo, até mais tarde.

— Beijos, querida, fique bem, descanse. Até mais tarde.

Laura ligou a máquina de lavar e fez uma arrumação leve na casa. Colocou comida em seu prato, levou ao micro-ondas para aquecê-lo.

O som do micro-ondas ao final fez sua cabeça doer ainda mais, parecia que o apito estouraria todos os vasos sanguíneos de seu cérebro, uma forte pressão na cabeça deixou seu pescoço enrijecido.

Ela pegou o prato, colocou na mesa, olhou a comida sem fome, tomou um pouco de suco que colocara no copo e foi se deitar no sofá da sala. Ligou a tevê e não suportou o barulho, decidiu ficar em silêncio.

Adormeceu, mas, desta vez se viu caminhando entre as flores do mesmo jardim, respirou fundo, sentindo o delicioso aroma das flores, olhou para banco do jardim e lá estava Shain sorrindo para ela.

Laura se apressou em se aproximar dele, retribuiu o sorriso e disse:

— Graças a Deus estou aqui novamente, não suporto mais ficar naquele corpo doente, sinto muita dor, como amenizar?

— Diga com firmeza: eu não sinto dor, não quero esta dor em minha cabeça, em meu corpo. Seja bem firme, faça sua mente obedecê-la. Você é quem comanda seu cérebro, que é uma máquina extremamente delicada e bem elaborada; você precisa ter o controle sobre essa máquina, administrá-la.

— Não sei como fazer isso. Tentei meditar como Davi me orientou, mas os pensamentos não param.

— É o início de seu aprendizado, tenha paciência consigo mesma, não desista, insista. Aprenderá a controlar seus pensamentos. Quando for novamente meditar e os pensamentos chegarem acelerados, não lute contra eles, deixe-os passar, diga mentalmente: "agora não". Diga calmamente até que consiga entrar em estado meditativo.

— Mas fico mais agitada e nervosa.

— Diga para si mesma: "estou aqui prestando atenção em minha respiração". Sinta como seus pulmões se enchem de ar, a temperatura deste ar e, ao soltá-lo pela boca, sinta novamente sua temperatura.

— Desejo tanto me curar, estou furiosa comigo por estar doente.

— Não coloque suas forças contra você, essa fúria faz sua energia vibracional atacar seu corpo físico, energético e mental. Paz, Laura, busque equilíbrio para alcançar a cura.

— Como, se sinto vertigens o tempo todo?

— Não me refiro a este tipo de equilíbrio, é preciso equilibrar a mente para se alinhar à energia positiva que pulsa no universo e trazê-la para si.

— Não compreendo o que quer dizer.

— É simples, você escolhe com qual energia deseja sintonizar. É como o dial de um rádio, ou seja, você procura qual frequência quer permanecer ouvindo. As estações de rádios são muitas e você escolhe uma, quando se cansa de ouvir aquela estação de rádio, passa para outra, não é assim?

— Sim, basta virar o botão para mudar de faixa, ou apertar o controle remoto.

— As frequências de energias no planeta também são muitas, você escolhe com qual deseja permanecer, se negativa ou positiva. Portanto, olhe para sua doença como um aprendizado. Sabe por que o aneurisma se instalou em seu cérebro?

— Não, talvez seja castigo de Deus...

— Deus não castiga ninguém, minha querida. É preciso encontrar a resposta verdadeira, Davi irá ajudá-la quanto a isso, talvez tenha passado tempo demais sintonizada no negativo. Você mesma disse que estava furiosa com a doença em seu cérebro mas, e antes, quando estava saudável, por que vivia furiosa? Por que brigava com a vida?

— Eu sempre fui uma pessoa nervosa, agitada, tinha pressa para tudo, como bilhões de pessoas no mundo, porque precisamos correr para dar tempo de realizar todas as tarefas do dia.

— Essa é a faixa que seu aparelho mental sintonizou? Na coletividade da pressa estressante? Não respondeu à minha pergunta, mas um dia me responderá com firmeza em suas palavras. Solte, Laura, relaxe, respire e sinta o bem, a luz entrando em seus pulmões e irrigando seu cérebro, limpado toda a energia negativa somatizada nesse aneurisma.

— Quer dizer que toda a raiva e angústia que senti durante minha vida toda resultaram nesta doença terminal?

— Eu iria ainda mais longe, minha querida, colocaria também a carga negativa de experiências de vidas passadas.

— Mas isso seria injusto! Não me recordo do que fiz em outra vida.

— Não há injustiça no aprendizado. É preciso limpar os nódulos negativos que permanecem no campo áurico, a energia que emana de sua alma e participa ativamente de cada experiência vivida, desde sua criação no universo. Relaxe e deixe a luz agir em sua vida, afinal tudo é vida, tudo é aprendizado e chegou o momento de dar um passo à frente na evolução. Aproveite a oportunidade, saia do negativo. Agora precisa voltar. Até o nosso próximo encontro.

Laura despertou quando Bia a chamou carinhosamente.

— Mamãe, chegamos. Você está bem?

— Sim, querida. Estava tendo um sonho bom — ela se levantou do sofá para cumprimentar Gabi e Fernanda.

— Parece que esse sonho foi bom mesmo, está com um semblante tranquilo, sereno. Sonhou com os anjos?

— Não era um anjo, era um amigo que me consolava, suas palavras estão em minha mente. Foi maravilhoso revê-lo.

— Sonhou com alguém que não vê há muito tempo?

— Não é isso, Gabi, você me conhece desde a infância, estudamos juntas, nos casamos no mesmo ano e nossas filhas têm a mesma idade. Nossos amigos são os mesmos, mas esse não vem do passado, vem de outra dimensão.

— Laurinha! Dimensão? Não compreendo a que se refere...

— Vamos tomar um café na cozinha que tentarei explicar.

Laura preparou a mesa do café da tarde com disposição. Gabriela a ajudou. Preocupada, comentou:

— Faz algum tempo que não a vejo, está pálida e emagreceu nitidamente, o que está acontecendo com você? Está doente?

Laura levantou os olhos, encarando Gabi, e uma lágrima escorreu por sua face. Ela levou as mãos nos lábios pedindo silêncio e fez um sinal afirmativo com a cabeça.

As meninas chegaram à cozinha, prepararam lanches e se retiraram com uma bandeja em direção ao quarto de Beatriz.

— Que bom que se retiraram, estamos sozinhas. Me diga que doença é essa que te deixou fragilizada com rapidez. Há quinze dias você estava ótima! Só se queixava de dor de cabeça.

— Fiz alguns exames para descobrir o que me causava a forte dor de cabeça e meu médico me pediu uma ressonância magnética.

— E qual foi o resultado desse exame?

— Gabi, promete guardar segredo, como fazíamos na adolescência? Promete não comentar com ninguém o que vou lhe dizer?

— Claro, nunca revelei nossos segredos bobos de uma época iluminada em nossas vidas, somos amigas, confie, o que puder fazer por você, farei. E não trairei sua confiança, mesmo que este segredo seja forte demais para suportar. Levarei comigo para o túmulo.

— Eu vou primeiro para o túmulo, tenho um grande aneurisma em meu cérebro, pronto para explodir. Meu neurologista me deu três meses de vida.

Gabriela levou a mão à boca para conter o grito que escaparia de sua garganta, seus olhos marejaram e as lágrimas rolaram.

Laura abraçou Gabriela e a retirou da cozinha, levando-a para o jardim. Não queria que as meninas percebessem que elas estavam chorando. Laura, abraçada com a amiga, a encaminhou o mais afastado possível da casa, também deu curso às suas lágrimas.

Quando se sentiram um pouco mais calmas, Laura contou toda sua trajetória no consultório médico e de seu terapeuta até chegar ao sonho de meia hora atrás. Gabriela não soube o que dizer e Laura continuou:

— Estão sendo difíceis esses dias, principalmente ao perceber que o amor que sentia por Jair não faz morada em meu coração. Quando a morte se faz realidade, nossa forma de olhar a vida muda. Fiquei mais atenta aos meus sentimentos, e meu casamento terminou há uns cinco anos. Venho arrastando uma relação matrimonial acomodada e rotineira.

— Minha amiga, como será difícil ficar sem você!

— Você me prometeu segredo, contei somente por um motivo, que aceite orientar minha filha quando ela precisar, você é mãe, como eu, e sabe a falta que as mães fazem nessa fase da vida. Seja você a mãe que eu não poderei ser. Jair não tem toda a sensibilidade para orientá-la. Ele fará o melhor que puder, mas conto com você, minha amiga.

— Não quero que você morra! Estou arrasada...

— Todos nós um dia vamos morrer, é a grande certeza da vida, chegamos e partimos um dia, lei natural da vida, Gabi. Sei que está triste, mas é uma realidade que temos que enfrentar. Davi me ajudará a enfrentar a viagem ao desconhecido.

— Acho que também preciso de terapia para aceitar a morte de uma amiga querida como você. Quanto ao seu pedido, prometo fazer tudo que puder para orientar

Beatriz, mas o terapeuta não lhe deu esperança quanto à cura?

— Depende de uma mudança radical de comportamento mental e vibracional. Tento fazer meditação, mas minha mente não se cala.

— Vamos procurar outro médico, realizar outros exames clínicos, quem sabe possa haver cirurgia em seu caso!

— Pela localização do aneurisma, é impossível uma cirurgia. Deixaria sequelas graves, me tornaria um vegetal sobre uma cama. Prefiro morrer.

— É preciso lutar, vamos buscar tratamentos alternativos, farei uma pesquisa e descobrirei a cura. Você não pode me deixar aqui sozinha.

— Sinto, minha querida, não programei morrer cedo e desta forma, mas estive pensando, quantas pessoas morrem por acidente na flor da idade? Elas não têm aviso algum que partirão. Eu tenho este aviso e desejo deixar as coisas organizadas, tenho a oportunidade de me despedir e realizar coisas que ainda tenho vontade, como deixar Jair livre para ser feliz ao lado de um novo amor.

— Tem certeza que deixou de amar Jair?

— Sinto por ele um profundo carinho, não existe mais a chama da paixão entre nós. Quero que ele seja feliz.

— Soube que Mayara retornou à cidade. Se soltá-lo agora...

— Se for ao lado dela que ele encontrará a felicidade, não me importo.

— Você me parece insensível, minha amiga, sempre foi meiga, delicada e extremamente sensível.

— Emoção ao extremo me deixa frágil e fraca. Não posso cair agora, as dores aumentam terrivelmente. Encurtaria o prazo que ainda me resta, não gostaria de partir na amargura e na revolta, quero buscar resposta sobre o que existe do outro lado e só consigo quando estou um pouco mais equilibrada; compreende que é desta forma que estou lutando?

— Sinto tanto! Você tem razão, não é o momento de fraquejar, está tentando ser forte. Busca olhar com naturalidade para a morte. Eu não conseguiria receber esse diagnóstico sem cair em profunda depressão.

— Pesquiso sobre doenças terminais, analisei que, quando uma pessoa recebe o diagnóstico sem esperança e se entrega, a depressão encurta o prazo estipulado pela medicina, e o doente morre rapidamente. Ainda tenho planos para um futuro imediato, desejo estar bem para levar Beatriz a conhecer o mar, quero terminar meus dias ouvindo o barulho das ondas que sempre me deixou tranquila, relaxada. Recorda quando passávamos as férias de verão em Angra dos Reis?

— Como esquecer aquele lugar, minha tia ainda mantém aquela casa, vivemos verões inesquecíveis ali.

— Sua tia alugaria a casa? Quero levar minha filha para conhecer aquele lugar. Sabe, Gabi, já deveríamos ter apresentado às meninas o mar e aquele lugar mágico. Nós íamos lá todos os verões e elas, para onde as levamos? Ao clube ou ao shopping! Por que paramos de nos divertir quando nos tornamos adultas? Por que paramos de viajar para aquela ilha?

— Não se recorda quando meu tio saiu de barco para pescar e não mais retornou? Minha tia deixou a ilha e jurou nunca mais se aproximar do mar. Hoje ela vive em São Paulo, em um apartamento com vista para o minhocão. Falarei com ela e vamos passar um fim de semana em Angra dos Reis, em nossa ilha encantada. Não sei quais as condições da casa.

— Não tem importância, levaremos barracas para acampar se preciso for.

— Você pensa em tudo, telefonarei para tia Eulália hoje mesmo, será ótimo retornar ao passado, mostrando às nossas filhas como nos divertíamos no verão. Daremos a elas um banho de natureza.

— Quero ver os olhos das meninas ao ficarem diante da imensidão do mar azul. Antes de partir, desejo compartilhar esse momento com minha Bia.

— Por um momento, recordando da infância me esqueci que vou perdê-la para a morte... Como seguir sem você? Dói muito, Laurinha. A irmãzinha que a vida me deu de presente.

— Não entre na tristeza, busque informações a respeito da vida depois da morte. Como meu terapeuta disse, as provas aparecem quando as procuramos em uma busca individual. Esse sonho, que estava tendo antes de chegarem, foi real. Era descrente sobre esse assunto. Na verdade, nunca me interessei em saber sobre isso, não tinha tempo para pensar na possibilidade de que um dia vamos morrer. Tenho tantas perguntas sem respostas, quem somos nós, seres humanos? O que fazemos neste planeta? Por que tantas dores e sofrimento? Mas não quero respostas religiosas, busco a minha verdade. Espero ter tempo para encontrá-las.

— Vamos pesquisar juntas, duas cabeças pensam melhor que uma. E também farei sessão com seu terapeuta. Não quero ser fraca ou frágil neste momento.

Hoje você me deu uma grande lição. É preciso manter o equilíbrio e ser forte para suportar a realidade dura. A noite caiu, tenho que voltar para casa, fique na paz, de hoje em diante eu apanho Bia no colégio, não dirija sob o efeito dos remédios que precisa tomar.

As duas secaram as lágrimas e retornaram para a cozinha abraçadas.

Gabriela foi até o quarto de Beatriz para chamar a filha. Todas se despediram na porta da frente. Gabriela deu partida no carro e seguiu.

Mãe e filha entraram abraçadas e Bia falou:

— O azul do mar lhe fará muito bem.

— Esteve ouvindo nossa conversa, mocinha?

— Não, mãe, ouvi uma doce voz em minha mente a me dizer essas palavras. Quer dizer que finalmente me levará para conhecer o mar?

— Vamos ter um lindo verão este ano. Se tudo der certo, eu a levarei para Angra dos Reis, no Rio de Janeiro.

— Naquela ilha onde você passava o verão com a tia Gabi quando eram adolescentes?

— Vamos ver se será possível este passeio, não se anime tanto, a casa está fechada há algum tempo. Em todo caso, desejo rever esse lugar de que guardo belas recordações.

— Que maravilha, papai vai também?

— Se ele quiser e puder tirar férias, falaremos com ele para ver sua reação.

Beatriz, muito empolgada, contou a novidade para seu pai quando ele chegou em casa, naquela noite. E Jair lhe deu uma resposta não muito agradável.

— Impossível fazer uma viagem agora, essa ilha fica muito distante, não posso tirar férias até o meio do ano que vem. É melhor não inventar mais despesas para eu arcar sozinho, não haverá viagem alguma.

Laura escutou o comentário ríspido de Jair, foi até a sala onde ele tinha acabado de se jogar sobre o sofá, mudando os canais à procura de jogo de futebol.

— Boa noite, Jair.

— O que colocou na cabeça da menina, ficou maluca? Não vamos a lugar algum no verão. Você e suas manias de grandeza, não sabe a despesa que as duas dão? E ainda mais esta! Esqueça este seu plano caro, aposto que foi ideia de sua amiguinha Gabriela.

— A ideia foi minha. Nossa filha está com treze anos e ainda não conhece o mar.

— Você vai levá-la? Pode me dizer como arcará com as despesas? O dinheiro jamais sairá do meu bolso para as duas ficarem feito duas caipiras olhando o mar. Se querem ir, encontrem um meio de arrumar o dinheiro e não contem comigo.

Laura deixou a sala magoada.

"Jair está cada dia mais estúpido e agressivo", pensou nervosa.

Com este pensamento, sua cabeça começou a doer forte. Ela entrou em seu quarto à procura do remédio para dor e Beatriz entrou atrás, abraçando-a pelas costas.

— Mãe, não fique assim, papai está mudado conosco, não sabe conversar, só pensa em futebol, está sempre bravo e mal-humorado.

Laura tomou seu remédio e tentou amenizar a decepção da filha com o pai:

— Ele anda nervoso, mas não é com você, querida, é com o trabalho, não suporta seu chefe. Esperou a promoção para um cargo que foi dado a um colega de seu departamento. Ele se sente injustiçado.

— Tenho algo a lhe revelar, pensei que poderia ficar calada e guardar segredo. Mas não suporto como ele vem te tratando, você precisa saber o que está acontecendo.

— O que é?

— Primeiro ouvi comentários entre as meninas da sala, elas cochichavam para que eu não ouvisse, mas uma delas falou um pouco mais alto. A filha da Sandra, a Renata, você a conhece, não é?

— Sim, eu conheço todos os moradores desta pequena cidade, filha, nasci aqui como você. Qual a fofoca que está em alta na boca dos maldosos?

— É sobre papai e uma antiga namorada que retornou à cidade.

Laura sentou na cama e Beatriz sentou ao seu lado.

— Mayara.

— Foi este o nome que ouvi Renata falar. Dizem que voltou porque está de caso com...

— Não vamos dar ouvidos a esta maldade, filha. Ela disse o nome de seu pai, não foi?

— A cidade toda comenta, outro dia estava no shopping e vi papai sair de uma loja, ele não me viu. Estava com um lindo buquê de flores e uma caixinha nas mãos. Pensei que traria para você, mas não encontrei as flores em casa aquela noite.

— Querida, vou ter uma longa conversa com seu pai, mas hoje não estou em condições de falar com ele, não quero discutir novamente, estou com dor de cabeça. Vamos jantar em paz, não se preocupe com os comentários maldosos. Não temos prova que isso está ocorrendo de verdade, pode ser apenas calúnia, e as flores que viu na mão dele eram para sua avó, esqueceu que era aniversário dela? — mentiu Laura.

— Claro, como fui boba, por isso não encontrei as flores enfeitando nossa casa, era aniversário da vovó.

— Agora me deixe descansar um pouco, leva um tempo para o remédio fazer efeito. Vá para o banho e depois jantaremos.

— Mãe, você prometeu me levar para conhecer o mar, mas como vamos ter dinheiro para fazer esta viagem?

— Darei um jeito, filha, falta pouco para as aulas terminarem e começar o verão. Quero ver boas notas em seu boletim, depois vamos ficar alguns dias na ilha, prometi que vamos e vou cumprir esta promessa, querida.

Beatriz deu um beijo no rosto de Laura e saiu feliz do quarto da mãe. Laura permaneceu deitada no escuro do quarto, quando ouviu o telefone tocar. Virou-se para atender uma extensão que ficava ao lado da cama, e ouviu a voz de Jair, que atendera o aparelho ao mesmo tempo, dizer:

"Disse-lhe para não ligar para minha casa, vou resolver isso o quanto antes."

Uma voz feminina disse do outro lado da linha:

"Estou louca de saudade de você, amor, não vejo a hora de estarmos juntos novamente, sinto o seu cheiro, venha me ver nessa madrugada."

Laura tampou com a mão o aparelho para que não ouvissem sua respiração, e Jair respondeu sussurrando, todo meloso:

"Também estou com pressa de ficar ao seu lado, você me deixa em chamas. Amanhã bem cedo passo para te ver e beijar seus lábios carnudos e macios. Durma bem e sonhe comigo."

Laura soltou o telefone, que caiu ao chão, fazendo forte barulho. Jair desconfiou que fora ouvido e correu para o quarto, não dando tempo de Laura disfarçar sua estupefação diante do que tinha ouvido.

— Você estava na extensão ouvindo minha conversa! O que foi que ouviu?

— Tudo, não quero discutir. Faça o que tem vontade, entre nós não há possibilidade de seguirmos juntos.

— Você é a culpada! Há quanto tempo vem me evitando na cama?

— Que cama, Jair? Você, há muito tempo, não vem dormir em nosso quarto.

— Claro. Está sempre se queixando de dor de cabeça, você deixou que ela retornasse entre nós! Não me deu o que eu precisava. Um homem se casa para ter uma mulher quando precisa.

— Não tente virar o jogo agora, não percebeu que estou doente? Toda cidade comenta seu caso com ela. Há quanto tempo isso está acontecendo?

— Desde a viagem a São Paulo, no meio do ano. Fui a trabalho, se lembra?

— Sim, foi antes de perder a promoção na repartição. Fazia tudo para consegui-la, até essa viagem.

— Nos encontramos por acaso, ela trabalhava no escritório onde fui resolver assuntos da empresa. E...

— Não precisa me contar mais nada, não me sinto bem, faça as suas malas, Jair, e vá para os braços de quem o faz feliz. Espero que com ela não seja tão controlador com dinheiro.

— Agora me acusa de ser egoísta? Sabe a despesa que este sítio me dá? Sem contar os gastos com as duas.

— Nós não gastamos tanto assim, não sou mulher de ficar a tarde toda no shopping, entrando e saindo

47

de lojas com sacolas. Preciso de paz neste momento, não vamos fazer um escândalo, nossa filha não precisa assistir a esta cena, logo sairá do banho, pegue suas coisas e vá. Depois resolvemos os detalhes de nossa separação.

Jair entrou no *closet*, pegou duas malas grandes onde começou a colocar todas as suas roupas e objetos pessoais. Laura deixou o quarto e se fechou no quarto da filha.

Beatriz saiu do banho e viu a mãe deitada em sua cama, chorando.

— O que aconteceu, mãe? Brigaram novamente?

— Os comentários tinham fundamento, querida. Seu pai e Mayara estão juntos, ele está arrumando seus pertences. Vamos ficar aqui, esperando que parta desta casa. Se desejar despedir-se, vá.

Beatriz vestiu a primeira roupa que encontrou na gaveta e correu para o quarto do casal. Jair não estava mais lá, ela escutou o barulho do motor do carro e saiu em disparada para a garagem. Bateu a mão na traseira do veículo, fazendo-o parar.

Jair saiu do carro e abraçou a filha dizendo:

— Papai tem de fazer uma viagem, filha, quando retornar, conversaremos.

— Eu ainda sou sua filha?

— Sempre será minha princesinha, tenho que ir, não torne as coisas mais difíceis. Amo você, obedeça sua mãe. No fim de semana vamos marcar um encontro para conversar melhor.

Jair deu um beijo na testa de Beatriz, entrou no carro e arrancou cantando os pneus.

Laura, que nesse momento estava parada na porta de entrada, caminhou com dificuldade até a filha, abraçou-a dizendo:

— Vamos entrar, querida, tudo isso vai passar, amanhã será outro dia.

Beatriz chorava com o rosto encostado no peito da mãe, Laura acariciava seus cabelos.

Foi uma longa noite para elas, Beatriz chorou até conseguir dormir, no meio da madrugada.

Laura estava apática, não conseguia colocar para fora o que estava sentindo, pensava:

"Tudo acontecendo de uma só vez, minha vida tranquila se modificou drasticamente, agora mais que nunca preciso encontrar a cura, não posso deixar minha pequena desamparada. Jair se foi. Estranho, não sinto nada quando penso que meu casamento terminou, apenas um vazio estranho. Pobre Bia, ficou sem o pai, está sofrendo, mas é melhor assim; ficar assistindo todas as noites às nossas discussões seria pior. Ninguém é obrigado a permanecer junto em nome da segurança dos filhos, forjar um sentimento que não existe no coração. Na verdade, nosso prazo de validade venceu, está na hora da mudança. Mas como seguir sem dinheiro? Como pagar as contas no fim do mês? Se não tivesse parado de trabalhar quando me casei! Como fui burra! Mulher alguma pode ficar sem uma renda para seu sustento, tenho que encontrar um trabalho, mas, neste estado de saúde precário, quem me empregaria? Estou há tanto tempo fora do mercado de trabalho, e não sei como posso retornar totalmente desatualizada. Por que não continuei meus estudos? Queria tanto ser uma psicóloga. Deixei de estudar para ser mãe, e, agora, o que fazer?

Estamos perdidas! Sozinha, doente em fase terminal, com uma filha para cuidar... Deus, eu não sei o que fazer? Mostre-me o caminho!"

Laura começou a chorar até os primeiros raios de sol penetrarem o quarto pelas frestas da janela. Mãe e filha, deitadas na cama de casal, finalmente adormeceram.

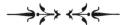

Era hora do almoço quando o telefone tocou e as duas despertaram assustadas. Laura atendeu a ligação.

— Alô.

— Você está bem? Fernanda me disse que Bia não foi à aula hoje, havia uma prova importante que ela perdeu. Está tudo em ordem?

— Gabi, foi uma noite difícil para nós, Jair nos deixou. Bia chorou muito. Não havia condições de fazer essa prova ou estar no colégio.

— Estou indo para aí. Descanse, daremos um jeito em tudo. Em meia hora estarei na sua casa.

— Venha, minha amiga, preciso de seu carinho, e traga Fernanda, ela melhorará o ânimo de Bia.

Laura encaixou o telefone na base e se levantou, tentando não fazer barulho ou movimentar muito a cama para não acordar a filha. Colocou os pés no chão e ficou em pé. Sentiu forte vertigem e voltou a se sentar na cama. Esperou alguns minutos fazendo exercício de respiração.

Quando se sentiu um pouco melhor, foi ao banheiro fazer sua higiene costumeira, escovou os dentes e abriu o chuveiro para tomar uma ducha rápida. Lavou os cabelos com cuidado, sentia dores no couro cabeludo.

Saiu do banho, procurou um vestido leve e confortável no *closet*, se vestiu, passou a escova em seus belos cabelos negros e longos e se olhou no espelho assustada com a imagem que viu.

Estava abatida, com profundas olheiras ao redor dos olhos e grande inchaço nas pálpebras. Algumas rugas despontavam em seu rosto ainda jovem.

Laura estava com trinta e três anos e sempre gostou de se cuidar. Tinha uma aparência bem mais jovial, sempre fora alegre e brincalhona com os amigos mais íntimos. Com desconhecidos era um pouco tímida e reservada, não gostava de se abrir, expondo seus sentimentos.

Ao se olhar no espelho, perdeu o que lhe restava de autoestima, a imagem que observava ali não era ela. Perguntou em voz baixa:

— Quem é você? O que você fez com a moça jovem que um dia se sentiu bela diante deste mesmo espelho? Olha o que restou de sua imagem que todos elogiavam nas ruas, e deste corpo que perturbava a mente dos homens por onde passava! Está tão magro e flácido, os ossos aparecem por toda parte. E essas rugas neste rosto que não reconheço mais?

Ela suspirou e prossseguiu:

— Quem é você, Laura? O que fez de sua vida? E do corpo belo que um dia teve? Gostaria tanto que o tempo voltasse atrás, mudaria toda a trajetória de vida que segui. Faria tudo diferente, cursaria a faculdade de psicologia, jamais me casaria, mas teria minha filha com Jair, seria independente e não me perturbaria com bobagens do cotidiano, seria feliz e sorriria mais e as rugas que apareceriam em meu rosto seriam marcas de felicidade e não de dor e sofrimento, como estas que vejo diante do espelho. Em que caminhos escuros no percurso você se perdeu?

Laura escutou o som do interfone soar, caminhou até próximo à porta de entrada e olhou pela pequena tela quem estava no portão. Gabi, dentro de seu carro, acenou para a câmera. Ela apertou o botão, liberando a passagem. Abriu a porta, esperou o carro se aproximar da casa.

O sítio não era muito grande, mas a casa ficava longe da entrada. Laura o ganhou de seu avô materno quando estava para se casar. Sendo a única neta, o avô a presenteou dias antes de seu casamento.

Motivada por Jair, decidiram viver no sítio, devolvendo a casinha que alugaram na cidade, próxima da casa dos pais dela.

O carro de Gabi chegou à frente da casa e Laura abraçou a amiga dizendo:

— Que bom que está aqui, preciso desabafar. Veja como estou horrível, não me reconheci diante do espelho. Por que minha vida simples e boa se tornou um pesadelo?

— Calma, minha querida, desafios sempre chegam para que usemos nossas forças.

— Você sabia que Jair e Mayara estavam me traindo, não sabia?

— Ouvi comentários no cabeleireiro outro dia, mas não tinha provas. Perdoe-me por não falar nada, investigaria primeiro para depois trazer a verdade até você, é um assunto muito delicado, não queria perder sua amizade por causa dos comentários maldosos que ouvi.

Fernanda beijou o rosto de Laura e entrou na casa à procura de Bia. Foi ao quarto da amiga e não a encontrou. Retornou para a sala, onde as duas estavam conversando sentadas no sofá, e perguntou:

— Tia, a Bia não está no quarto dela.

— Esta noite dormiu em minha cama, veja se acordou.

Fernanda se afastou e as duas retornaram a conversa.

— Como está se sentindo?

— Péssima, não sei o que fazer agora, sabia que meu casamento estava acabado, mas não esperava uma traição dessas. Jair me disse que estão juntos há seis meses, que a reencontrou em um escritório em São Paulo. Ontem ouvi sem querer uma conversa entre os dois na extensão do telefone, atendemos praticamente juntos o aparelho. Quando notei quem era e as palavras carinhosas de um para o outro, deixei o aparelho cair e, em seguida, Jair apareceu na minha frente, foi horrível.

— Sinto muito que tenha terminado desta forma, mas veja pelo lado bom, você está livre de um casamento fracassado.

— Eu sei, é até um alívio olhar por este ângulo a questão. Foi difícil ver minha filha chorar a noite toda.

— Isso logo passa, ela vai se acostumar sem a presença do pai na casa. Está na hora de procurar um advogado para tratar da pensão que ele pagará. E ver a divisão do sítio.

— Não tem divisão alguma, este sítio é meu, ganhei do meu avô, não se recorda? Foi um presente que ganhei antes do casamento.

— Melhor assim, Jair não tem como requerer a parte dele no imóvel. E quanto à conta conjunta no banco?

— Eu não sei.

— Sabe quanto tem nesta conta?

— Algumas economias que fizemos, o restante está investido em ações. Nunca tivemos muito dinheiro, poupamos um pouco somente para garantir o estudo de nossa filha.

— A poupança está no nome dela?

— Não, em nosso nome e nos investimentos em ações. Por que pergunta? Não tenho como pensar em dinheiro agora. Depois falarei com Jair.

— Fico preocupada com vocês, meu marido é advogado e tenho visto casos em que o marido desaparece com todo o dinheiro da família. Não é melhor verificar agora o saldo que tem no banco? É fácil, basta olhar pela internet.

As duas ligaram o computador, e Laura entrou em sua conta no banco. Ao olhar o saldo, ficou indignada.

— Não há dinheiro na conta, estou no vermelho!

— Vamos verificar os investimentos em ações?

— As ações foram resgatadas nessa manhã, pelo que consta aqui. Gabi, vou procurar Jair agora mesmo, ele me deixou sem nada.

Laura ligou para o celular dele e uma mensagem repetia que o número estava fora de área ou desligado.

— Desgraçado! Vou ligar para o trabalho dele.

Do outro lado da linha, a atendente deu a notícia que Jair havia se demitido naquela manhã e não trabalhava mais na empresa.

Laura ficou trêmula e contou à amiga. Gabi deu a ideia de ligar para casa dos pais de Jair. Sua sogra atendeu com voz chorosa e revelou que Jair a havia visitado essa manhã, despedindo-se dela.

— Não disse para onde iria?

— Não, meu filho ficou louco. Em seu carro havia uma mulher no banco da frente, me aproximei e não acredito até agora no que vi, era Mayara...

— Eles foram embora juntos! Levou todo dinheiro que tínhamos no banco.

— Fique calma, Laurinha, nós vamos encontrá-lo, ele não pode fugir assim, tem uma filha para criar.

— Preciso desligar, outro dia conversaremos melhor, fique bem, Augusta — desligou o telefone e voltou-se para a amiga: — O que fazer agora? Ele deixou a cidade! Serei a mulher mais comentada, a abandonada pelo marido. Pobre Bia!

— Calma, vamos resolver tudo, passarei o caso para meu marido resolver, te garanto que será sem custos. Pediremos o divórcio e ele terá de aparecer para assinar.

— Jair tinha tudo combinado, talvez desde aquele telefonema que havia ouvido sem querer.

— Não deixe sua mente vagar a este ponto. Já comeu alguma coisa hoje?

— Não.

— Vamos à cozinha preparar um lanche delicioso. Não deixe Beatriz perceber o que está acontecendo, tentaremos poupá-la ao máximo.

— Tem razão, não quero que ela sofra ainda mais. Lembrei que tenho hora marcada com meu terapeuta hoje. Não tenho condições de ir a essa consulta, não sei como vou pagar o convênio médico. Melhor esquecer a terapia.

— Nada disso, este é o momento em que mais precisa de terapia, não se preocupe com pagamentos, daremos um jeito em tudo.

Após fazer as duas se alimentar um pouco, Gabi levou Laura até a clínica de terapia e seguiu com as meninas para um passeio no shopping.

— Assim que terminar a terapia, me ligue. Venho pegá-la, depois vamos jantar em minha casa e falaremos com Marcos sobre aquele assunto.

— Obrigada por tudo que está fazendo por mim.

Capítulo 4

Diante de Davi, Laura narrou todos os acontecimentos ocorridos na noite anterior e terminou dizendo:

— Fui traída, roubada e estou a um passo da morte! O que fazer agora? Como seguir?

— Percebeu que a vida esta lhe dando oportunidade de usar sua força interior?

— Não tenho mais forças, minha vontade é de pôr um fim em minha existência. Só não faço para não decepcionar ainda mais minha filha.

— Colocar fim em tudo, sei. Ainda não percebeu que você é imortal? Fugir dos problemas não resolverá a questão, continuará sendo convidada a usar sua força esteja onde estiver, e do outro lado da vida será mais difícil.

— Não creio. Tenho sonhado com lugares belos no astral pelos quais não tenho vontade de despertar. A sensação é de paz e harmonia.

— Você está em tratamento, por este motivo tem a permissão de adentrar uma dimensão mais elevada. Por outro lado, se cometer o suicídio, abrirá a passagem para um lugar onde a dor e sofrimento são constantes, terá que usar sua força para vibrar mais alto e deixar o lugar. Garanto que não é fácil, depois arcará com as consequências do ato cometido.

— Não creio que possa ser verdade o que me fala, o lugar que conheci no astral é belo, cheio de flores. Davi, minha vida está no fim, qual a diferença de deixar a vida alguns meses antes do que o estipulado por Deus?

— A força suprema do universo não deseja punir os seres humanos, deseja que aprendam e evoluam. Quando um desafio chega à sua vida, mostra que está na hora de crescer. A lição só aparece quando o aluno está pronto para fazê-la, enfrentá-la.

— Como aquele velho ditado repetido pelos mais velhos, "Deus dá o frio conforme o cobertor".

— Sim.

— Desta vez, Ele exagerou no frio e eu não tenho cobertor para me aquecer o suficiente. Não percebe que não tenho como pagar pela terapia? Não tenho dinheiro para comprar uma bala. O que vou fazer? Quem empregaria uma moribunda? Não quero ficar dependente da compaixão de meus familiares ou amigos.

— Orgulho nesta hora não melhorará a situação, e lhe proponho uma forma de pagar pela terapia, aceitaria?

— Davi, seu consultório é limpo por uma funcionária sua, não quer tirar o emprego de ninguém, e, também, existem dias que não tenho forças para levantar da cama, sinto fortes dores de cabeça, enjoo, minha visão fica turva. Agradeço, mas não tenho como realizar um bom serviço.

— Você é ansiosa ao extremo, tira conclusões sem ouvir o final de minha proposta. Este é outro ponto que temos que trabalhar: ansiedade, a vida ocorre somente neste instante, o amanhã não chegou e o passado passou, posso terminar o que tenho a lhe propor?

— Desculpe, ansiedade é meu nome do meio, continue.

— Não negue a você esta oportunidade, estou escrevendo um livro sobre o poder mental e preciso de relatos de alguém que busca a cura durante a fase crítica da doença que o acomete. Proponho que escreva o que sente diariamente. Analiso seus relatos e, com sua autorização, utilizo-os em meu livro.

— Estarei me expondo ao máximo.

— Tem medo de se expor? Não pensou que ao se expor poderá ajudar os leitores e colaborar ativamente com a ciência médica?

— Ajudarei quem passa por uma doença terminal?

— Conforme avançamos na terapia, você narra seus progressos, a forma como irá modificar seu olhar sobre a morte. O que me diz? Aceita minha proposta?

— Não precisaria pagar pela terapia?

— Não.

— É. Gosto de escrever, sabe? Desde criança escrevo em diários. Não sou muito boa, mas farei o melhor que puder. Aceito.

59

— Se ainda continuar com a ideia de suicídio, escreva, mas quero vê-la reagir à negatividade de seus pensamentos. Vamos escrever um livro positivo de ajuda e não um livro derrotista e negativo.

— Posso escrever também sobre os sonhos que estou tendo?

— Claro. É a parte em que recebe ajuda dos outros habitantes do universo, seres que cresceram um pouco mais em consciência e conhecem outra realidade. Narrar como se sente nesses lugares é muito importante, pois cada lugar no universo tem sua vibração e a vibração atinge nossos sentimentos e altera o padrão de energia. Shain me falou que você será levada a conhecer vários mundos elevados e não tão elevados assim, para que mostre aos leitores um pouco do que causa o estado mental positivo e negativo. A forma como pensamos e agimos determina o que atraímos em nossa vida.

— Quer dizer que eu escolhi estar nesta situação, pela forma como direciono meus pensamentos e os coloco em ação na vida?

— Pensamento é energia materializada. Uma pessoa que passou a vida na queixa e na lamentação, atrai cada vez mais negatividade ao seu campo de energia vibracional. Uma pessoa que nega a si mesmo e dá força ao outro, não consegue ver que é um ser único e especial no universo, pois não existem seres iguais, podem ser parecidos fisicamente, mas não iguais. Negar a si é negar a força criadora, que, na religião, é Deus, pois a energia que o trouxe a este mundo terreno vem Dele. Este corpo físico, elaborado exclusivamente para que as experiências neste planeta sejam vivenciadas, vem da fonte criadora. Por esse motivo o suicídio é o mesmo que negar em si essa força criadora. Ainda pensa em suicídio?

— Talvez eu seja covarde demais para cometer esse ato. Não quero estar contra a força que me criou, preciso aprender a usar a força a meu favor. Não sou covarde, mas também não sou a heroína voraz, sou uma mulher enfrentando os desafios fortes. Autopiedade não vai me ajudar agora. Davi, me ajude a encontrar forças para mudar toda esta situação que criei em minha vida, fui uma pessoa que me neguei, queria ser mais alta, mais inteligente, mais tudo. Quantas vezes desejei viver a vida de outra pessoa! Ser outra pessoa! Queria fugir da realidade criando um mundo de sonhos e fantasias, a realidade me chamava e eu tentava ignorá-la. Na infância e adolescência esperei tanto da vida adulta, criei expectativas e me decepcionei ao ponto de me queixar em vez de realizar meus sonhos. Conclusão: fiquei no negativo e criei o mal que se instalou em meu cérebro na forma de aneurisma.

— Começou a abrir os olhos. A realidade traz à mente a razão e o equilíbrio. É preciso aceitar o que não se pode modificar e modificar o que se pode, como educar a mente, tomar as rédeas dos pensamentos, não deixar vagar sem controle, fazer seleções do que permite entrar em seus pensamentos e o que deve ser descartado.

— Se minha cura depender desta seleção de pensamentos, estou perdida. Procurei fazer meditação como você me orientou, mas, todas as vezes que tento, minha mente não se cala. Milhares de pensamentos chegam e fico brigando com eles. Nervosa, acabo desistindo.

— No início, é assim mesmo. Não desista, logo seu cérebro, que é uma máquina maravilhosa, obedecerá ao comando. Por ora, não brigue com o que vier à mente, observe e diga a si mesma "agora não quero pensar nisso", torne a prestar atenção na respiração. Garanto que, quando conseguir, se transformará em uma pessoa mais tranquila e equilibrada.

— É muito difícil, e se não conseguir?

— Está no negativo, colocando obstáculos e o que a energia da criação vai compreender desta sua atitude?

— Que estou tentando sem sucesso?

— Não, que está criando barreiras, limitações em sua vida. Qual será o resultado se está negativando a energia?

— Negativo.

— Isso mesmo. É preciso mudar de postura, Laura. O que seria para você ficar no positivo, que frase deverá usar daqui para frente?

— Eu posso! Eu consigo! Eu sou capaz.

— Muito bem, mas não acontecerá nada se falar sem sentir, no meio do seu peito, a força dessas afirmações positivas. Você sabe quem é a Laura? Conhece-se o bastante para se definir em algumas palavras?

— Sou uma mulher jovem ainda, buscando viver um pouco mais, para cuidar de minha filha.

— Errado, Laura, você é um ser especial para você mesma. E precisa se colocar em primeiro lugar. É preciso se colocar em primeiro lugar sempre. Como cuidar de sua filha se não sabe quem é você? O que passará para ela? Toda sua insegurança e descontentamento das ilusões que criou a respeito da vida. Ela não é sua filha, Laura, é um ser como você, com a oportunidade de crescer. Não se esqueça de que os filhos pertencem ao mundo.

— Mas tenho responsabilidade sobre ela, é uma criança.

— É filha da vida, concordo que tenha responsabilidade de orientá-la, alimentá-la, vesti-la. Os pais não são donos dos filhos. Responda-me, ama sua filha?

— Com toda a força do meu ser eu a amo.

— E a Laura ama a Laura com toda essa intensidade? Quem viria em primeiro lugar para você, Beatriz ou a Laura?

— Beatriz, ela faz parte da Laura.

— Você se colocou em segundo lugar. Quem está neste corpo, deitada neste divã na minha frente?

— Laura.

— E quem precisa de amor neste momento?

— Laura.

Davi se levantou de sua poltrona, caminhou até a escrivaninha, abriu uma gaveta e retirou de lá um espelho emoldurado com pedras coloridas entre a armação aramada no dourado. Retornou à frente de Laura e lhe entregou o espelho dizendo:

— Que imagem vê no espelho?

— A minha imagem.

— Que nota daria para imagem que está diante de seus olhos? De zero a dez, que nota daria para si mesma?

— Estou horrível, meus olhos estão inchados, o nariz vermelho, meus cabelos desalinhados. Daria para essa aparência nota zero.

— Por que se rebaixa tanto? Vamos voltar para o início desta sessão. Você, o criador em ação neste planeta, parte do Criador, daria zero para o Criador?

— Não, Deus está acima de tudo.

— Você é obra do Criador. Então me diga: Ele errou ao criá-la? Daria zero para obra que está diante do espelho tendo esta informação em sua mente?

— Não, mas é que tive uma noite horrível, fui abandonada pelo meu marido. Chorei a noite toda, estou preocupada com o futuro. Não tenho dinheiro para nada.

— Saia da queixa, olhe no espelho novamente. Quem é essa mulher? De quem é a imagem que vê?

— Sou eu.

— Quer continuar a se ver negativamente? A retirar a força que possui dentro de você? Olhe a criatura moldada por um Ser tão caprichoso que não repete as obras que produz. Você é única, Laura, enquanto não se olhar com amor e não der a você a atenção que merece, não sairá do negativo e não haverá como diminuir o tamanho deste seu aneurisma e encontrar a cura.

— Tenho que sentir amor por mim, me respeitar e me colocar em primeiro lugar. São lições difíceis de colocar em prática no cotidiano.

— É capaz de amar sua filha e não ama a si mesma! Sei que foi criada para dar aos outros atenção, carinho, respeito, mas não a ensinaram a se amar, a ser atenciosa consigo, a se respeitar. Nosso tempo se finda, quero lhe deixar uma questão para que escreva a respeito e seja a pedra inicial do nosso livro: "Quem sou eu?" Coloque-se diariamente diante do espelho e questione. Depois escreva.

— Serei capaz de colaborar com seu livro? Não está fazendo isso somente para me ajudar?

— Não está em um local de caridade, este é meu trabalho, é daqui que tiro meu sustento. Não estou aqui para fazer caridade a ninguém, colaboro passando o que aprendi aos meus pacientes e sou remunerado por este trabalho. Busco orientá-los, preciso dos seus relatos para que a obra que escrevo seja completa e sirva de estudos para outros pacientes que chegam em fase terminal em diversos consultórios terapêuticos.

— Desculpe, não foi minha intenção deixá-lo irritado.

— Não estou irritado, apenas acabo de me posicionar com firmeza. Veja, não aumentei o tom de minha voz, falei firme somente. Mantenho meu equilíbrio expondo a minha opinião com clareza. Como expressa a sua opinião? Baixando os olhos e diminuindo do tom da voz?

— Nunca fui firme para me expressar seriamente; apenas em conversas descontraídas e alegres é que me expresso com mais facilidade.

— Vou orientá-la a este respeito com o seguimento de nossas sessões, quero que descubra a grande mulher que se esconde dentro de você, não olhe para baixo, levante o olhar, tem todo o direito de estar neste planeta como qualquer outro, não é mais que ninguém e tampouco não é menos, somos todos iguais, Laura.

Ela o encarou com atenção e Davi prosseguiu:

— Eu não sou melhor que você por ter um diploma universitário exposto na parede, o presidente da república não é melhor que você por ocupar o cargo que ocupa. Os homens que vivem nas plantações ou o gari que limpa as ruas não é menos que você. Somos todos úteis, desempenhamos cargos importantes para que tudo tenha andamento adequado. Estamos ocupando um planeta no mesmo patamar de igualdade, somos seres humanos que cometem erros e acertos no decorrer de nossa evolução.

— Tem razão, estou temerosa em escrever, por você ser um terapeuta com muitas formações. Vi os diplomas pendurados na parede da recepção. É psicólogo, pós-graduado, entre outras formações. Tenho medo de decepcioná-lo com meus simples relatos de sentimentos banais, que não servirão para nada.

— Sua autoestima está muito baixa, sei que é capaz de colocar em palavras seus sentimentos, quem me disse isso foi nosso amigo Shain.

— Shain? — ela surpreendeu-se.

— Exatamente. E se prepare, os amigos espirituais querem lhe oferecer um trabalho especial, seus sonhos se modificarão daqui para frente. Una-se a nós, Laura. A vida está lhe oferecendo renovação, o universo precisa de seu talento, não seja egoísta, solte-se e mostre ao público o talento e, quando chegar a hora da colheita, os frutos serão saborosos.

— Está na hora de ir, obrigada, Davi, na próxima sessão lhe trago algumas páginas para que analise.

— Fico esperando a próxima sessão, marque com minha secretária. Fique na paz e não se esqueça de meditar.

Davi acompanhou Laura até a porta. Ela despediu-se, dessa vez, com uma nova emoção. Sorriu ao chegar à recepção.

CAPÍTULO 5

Na recepção, Gabriela e as meninas esperavam por Laura.

— Você está com um semblante sereno, sorriso nos lábios. A terapia lhe fez bem — comentou Gabriela, animada.

— Fez sim, Davi é bom no que faz.

— Vamos para minha casa como combinado?

— Vamos, quero resolver o quanto antes esta situação, preciso estar em paz para escrever.

— Não compreendi.... Escrever?

— Davi encontrou uma forma para que eu o pague pela terapia.

— Sério?

— Sim. Colocarei no papel os meus sentimentos e ele os publicará em um livro de pesquisas.

— Que maravilha, você ficará famosa!

— Não, olhei em sua estante de livros, ele tem vários livros publicados e não é famoso como você pensa.

— Davi tem o respeito da comunidade médica, não pesquisou sobre a idoneidade dele?

— Não estava em condições de fazer isso, apenas segui ordens do meu médico em um dia muito difícil que tive.

— Pesquisei sobre o trabalho de seu terapeuta e fiquei impressionada com que encontrei sobre ele, tem fama internacional, todos o respeitam e falam com carinho sobre seu trabalho. Você ficará conhecida por fazer parte de uma obra dele.

— Tia Gabi, mamãe irá longe com a escrita.

— Como sabe, Bia?

— Vieram à minha mente essas palavras. Ela conseguirá muito mais que espera.

Gabi parou o carro na garagem de sua casa e convidou todos para entrarem e tomarem um sorvete. Fernanda e Bia passaram pela cozinha e pediram à empregada duas belas taças de sorvete de chocolate, depois seguiram para o quarto de Fernanda, fechando a porta.

Gabriela e Laura se acomodaram no sofá da sala, quando Marcos entrou pela porta da frente e as cumprimentou.

— Como vai, Laura, há quanto tempo não nos vemos! — ele beijou os lábios da esposa e o rosto de Laura.

Gabi pediu para que ele se sentasse ao lado delas e lhe narrou os últimos acontecimentos sobre o casal amigo.

— Sei que é um ótimo profissional, preciso saber que providências devo tomar para resolver minha situação financeira.

Marcos passou as mãos pelos cabelos, em um gesto todo seu quando ficava preocupado, e aconselhou Laura dizendo:

— Deve urgentemente procurar um emprego para pagar suas contas. Jair deixou a cidade. Nesses casos, se tornam demorado o divórcio e a divisão dos bens. Não temos como conseguir que ele pague uma pensão, pois é preciso encontrá-lo primeiro. Entrarei com uma petição ao juiz para requerer seus direitos e de sua filha. Mas reafirmo, encontrá-lo pode ser demorado, precisa arranjar uma fonte de renda para seu sustento.

— Meu Deus! Não sei o que fazer? Quem empregaria uma pessoa doente?

— Está doente?

— Estou, mas não é nada grave, não se preocupe.

— Desculpe, minha amiga, mas Marcos, como seu advogado, tem que estar ciente do caso. Laura está muito doente e não tem muito tempo de vida.

— Qual o problema?!

— Tenho um aneurisma cerebral a ponto de se romper e não há cura. Tenho três meses de vida de acordo com o meu médico.

Marcos caminhou pela sala coçando a cabeça, parou diante de Laura e lhe deu um abraço forte:

— Sinto muito! Não se preocupe com nada, daremos um jeito para pagar as despesas do sítio e a escola da Bia. Correrá tudo por minha conta.

— Não é certo, meu amigo, vocês têm suas contas para pagar, não posso aceitar. Preciso encontrar uma forma de ganhar dinheiro.

— Enquanto não encontra esta forma eu pago as despesas, orgulho agora não irá ajudá-la. Aceite, somos amigos há tanto tempo, você é como uma irmã de Gabi.

— Tem razão, o orgulho não está me ajudando em nada, aceito se tudo for computado como empréstimo.

Marcos pediu:

— Gabi, providencie as contas mais urgentes a serem pagas, anote todas as despesas em um caderno, quando Laura puder, nos pagará. Retorno agora mesmo ao meu escritório para escrever a petição ao juiz. Amanhã mesmo quero a justiça procurando por ele. Como meu amigo deu uma bola fora dessa?!

— Marcos, o Jair não sabe sobre meu estado de saúde, não o culpe, nosso casamento terminou há alguns anos, nós não queríamos olhar para o fato, sabe? O amor esfriou, não existia a chama da paixão. E quis a vida que ele reencontrasse sua ex-noiva Mayara e...

— Houve traição? O caso muda, tenho que colocar este fato ao juiz porque é causa ganha, unida à doença que a vitimiza.

— Não quero que todos saibam. Bia não pode saber, tenho que poupá-la desta tristeza, está muito triste pelo pai ter partido. Não coloque a doença neste caso, por favor.

— Tem razão, ele saiu de casa sem ter o conhecimento de seu estado de saúde. Manterei em segredo, fique tranquila.

Marcos despediu-se e retornou ao escritório pedindo que não o esperassem para o jantar. Gabi levou Laura até a cozinha.

— Você precisa se alimentar. Pouco comeu no almoço, vou lhe preparar uma salada de frutas deliciosa.

— Não precisa, não sinto fome.

— Está magra, um pouco de açúcar não irá engordá-la. O jantar vai demorar um pouco para ficar pronto, quero que coma e vá descansar no quarto de hóspedes. Será melhor passarem esta noite aqui.

— Não posso, Gabi, agradeço, mas preciso enfrentar a situação, preciso voltar para casa, quero começar a escrever e o silêncio da madrugada é acolhedor para fluir as ideias.

— Ficar sozinha no sítio, afastada da cidade, pode ser perigoso. Aqui está protegida. Fique conosco alguns dias, até se recuperar melhor deste seu abatimento. Se você passar mal, Bia não tem como socorrê-la sozinha.

— Conheço os riscos, mas preciso usar minhas forças agora, não retornar para casa seria sinal de grande fraqueza. Eu a agradeço, mas prefiro assim. Davi me disse hoje que a vida está me convidando para usar minhas forças, me tornar independente. Preciso fazer uma reforma íntima, tenho que me conhecer primeiro, acho que não fui apresentada à Laura.

Gabriela arregalou os olhos. Laura segurou em suas mãos e seguiu:

— Passei a vida aceitando tudo que meus pais me impuseram, me casei cedo e me deixei à mercê de Jair, realizando as vontades e os desejos dele. Acatava sua forma de pensar sobre tantos assuntos... Preciso descobrir quem sou de verdade. Cumpri o papel de filha, esposa e mãe me deixando sempre em segundo lugar. Davi me mostrou que devo estar em primeiro lugar sempre, que preciso ter amor próprio, minha autoestima está muito baixa. Ele me deu um espelho e tudo que observei, critiquei. Percebi que estou contra mim o tempo todo, sempre me julgando incapaz e fraca. A dependência não me fez bem. Por isso, preciso retornar a minha casa e enfrentar com coragem o que resta de minha vida.

— Falando assim, me convenceu — tornou Gabriela compreensiva. — Preciso iniciar a terapia urgente, me encontro na mesma situação que você, desempenhando papéis para a sociedade.

— Você é uma mulher forte, extrovertida, comunicativa. Tem opinião forte. Nunca foi submissa, a timidez passou longe de você. Recordo-me na escola, era você quem apresentava nossos trabalhos para sala toda com desenvoltura, no teatrinho que realizávamos, você sempre era escolhida para fazer o papel principal.

— Não tenho problemas com a timidez, mas ando me colocando em segundo lugar. Fernanda e Marcos vêm primeiro na minha lista de prioridades. Às vezes esqueço que tenho vida própria, gosto de ser útil às pessoas, talvez não esteja sendo útil comigo mesma. Há quanto tempo não faço coisas que me dão prazer, como me sentar na varanda e saborear uma boa leitura, olhar o pôr do sol, a noite, apreciar as estrelas. Tudo que faço é correr contra o tempo com afazeres e mais afazeres.

— Compreendo.

— Recorda-se das férias de verão na ilha? Todo final de tarde subíamos nas pedras para apreciar o pôr do sol. Lembra-se do cheiro delicioso do mar, do barulho das ondas a bater nas pedras e da paz que nos invadia? Estávamos leves e sorríamos o tempo todo, éramos felizes ali. Quero ter o prazer de retornar à ilha e resgatar a sensação de liberdade.

— Liberdade, leveza e o contato com a natureza. Absorver a energia da terra. Acho que estou precisando disso também. Há quanto tempo não caminho sem sapatos, com os pés na terra molhada! Eu me recordo da lama na beira da cachoeira, ficávamos cobertas de lama, brincando, e, depois, o banho na cachoeira, que limpava tudo. Sua tia entrava na brincadeira, dizendo que a lama deixava sua pele mais jovem.

— Ela parecia uma criança brincando conosco, se você a vir agora não reconhecerá, tem a aparência de uma velha de quase cem anos, e olha que ela ainda é jovem para estar tão acabada. Depois que meu tio morreu no mar, ela se entregou à tristeza, está fazendo tratamento contra depressão. Impressionante como a tristeza destrói a pessoa.

— A alegria traz uma energia luminosa que nos deixa revigorada e mais belas. Sua tia era pura alegria, bastou perder quem amava e se fechou na tristeza, que se transformou em depressão. Talvez, se ela tivesse compreendido que a vida lhe proporcionou momentos bons ao lado dele, mas que também chega sempre o momento da separação...

— Pois é.

— Aceitar a realidade da morte sem dor é sinal de sabedoria, todos vamos morrer, uns mais cedo que outros, mas é uma certeza incontestável, no momento que nascemos neste planeta. Como Davi me disse que ninguém pertence a ninguém, se a vida lhe impôs momentos de solidão, é preciso aceitar e reconhecer que se faz necessário o amadurecimento e o autoconhecimento. Cada um tem um tipo de aprendizado. A solidão nos ensina a usar nossa força e coragem para enfrentarmos os desafios, mostrando que somos mais fortes e capazes que supúnhamos.

— Compreendo o que quer dizer, se tia Eulália tivesse aceitado a morte de seu amado com sabedoria, teria refeito sua vida e hoje poderia estar bem, e aquele sorriso jovial não teria desaparecido de seu rosto. Quem sabe, teria encontrado outro amor?

— É — tornou Laura, pensativa.

— Mas resolveu se revoltar contra a vida, mostrando sua indignação, entrando em depressão, que lhe trouxe vários tipos de doenças dolorosas. Olhando por este ângulo, me recordo de uma prima de minha mãe, ela ficou viúva, estava com cinquenta anos, teve seu momento de luto, mas, depois, refez sua vida, entrou em um clube da terceira idade, fez muitos amigos, viajava com eles, saía para dançar duas vezes por semana. Conheceu um senhor, casou-se novamente, hoje os dois aposentados vivem bem, sempre viajam pelo país e até para o exterior. Pena que a tia Eulália escolheu se entregar à tristeza.

— É por essa razão que não vou me entregar à tristeza, Davi me disse que preciso controlar minha mente, selecionar melhor os pensamentos que permito entrar.

— Isso é muito difícil de fazer. Pensamos o tempo todo, um pensamento puxa o outro, que puxa outro, é o normal. Às vezes me deparo pensando em um fato que ocorreu no passado, por ouvir uma frase ou ver uma imagem na televisão, depois paro e me pergunto por que me entreguei a essas lembranças. Na maioria das vezes, são recordações amargas, e começo a sentir uma forte pressão na nuca.

— Davi me disse que pensamento é energia condensada e se materializa em nossas vidas. Nós somos feitos de pura energia. Pelo que compreendi, se ficarmos pensando em um fato desagradável, um pouco hoje, um pouco amanhã, o que tememos acabará ocorrendo em nossas vidas de alguma forma, porque o pensamento, aos poucos, atrai tudo isso. Ele usou uma frase mais ou menos assim: "você está no lugar em que se coloca, conforme age e pensa. Sentindo-se inferior a outras pessoas, está retirando sua força de ação no mundo, dizendo para Deus que não o ama e contestando a obra divina".

— Estaríamos julgando Deus? Seria um grave pecado! Aprendemos que Deus está acima de tudo, é um Ser supremo que comanda tudo. Não dizem que não cai uma folha de uma árvore sem que Ele saiba?

— E o que seria este Ser? Um homem velho de barbas brancas, sentado em um trono, a olhar para baixo analisando os humanos e toda sua criação? Como estar em todos os lugares ao mesmo tempo? Um velhinho teria este poder?

— Laura! Cuidado com que fala! Quer ser condenada ao fogo do inferno! Ficar queimando eternamente por lá? Está questionando Deus, não pode perder sua fé agora.

— Eu tenho fé, mas preciso questionar o que nos foi imposto pela religião. Inferno, será que existe mesmo este lugar? Onde fica?

— Nas profundezas da Terra.

— Gabi, olhe o que você está falando! Analise, amiga, o que temos no centro do planeta?

— O núcleo e todo resto das camadas de magmas.

— Se temos a essência de Deus em nós, como permaneceríamos presos em um local terrível deste? Sem ter a oportunidade de aprender com o erro? Não creio que exista o inferno.

— Para onde seguem os que são maus e cruéis? Aqui, o criminoso é detido atrás das grades, se existe uma organização no universo, o inferno é uma espécie de prisão perpétua para o indivíduo que não deseja se recuperar.

— Olhando por este ângulo é melhor questionar a respeito, perguntarei a Davi.

As duas continuaram conversando na sala, quando a empregada avisou que o jantar estava servido. Laura foi chamar as meninas no quarto de Fernanda.

Saborearam a deliciosa refeição que Margarida havia preparado com carinho. Procuraram manter uma conversa agradável, distraindo Beatriz, que estava com seu semblante triste. O celular dela tocou e ela atendeu, era um amigo da escola.

No início da conversa, Beatriz falou normalmente com o jovem do outro lado da linha, de repente, seu rosto ficou vermelho e ela fez um gesto que lançaria o celular longe.

Fernanda pegou o aparelho das mãos da amiga e se retirou da sala de jantar, conversando com quem estava do outro lado da linha.

Beatriz começou a chorar e Laura abraçou a filha perguntando o que acontecera para tê-la deixado nervosa. A menina não respondeu.

Minutos depois, Fernanda retornou à mesa de jantar dizendo:

— Não se preocupe, Bia, eu o coloquei em seu devido lugar. Como pôde fazer este tipo de comentário maldoso a você?

— O que ele disse? — perguntou Laura a Fernanda.

— Tia, é melhor deixar esse fofoqueiro longe. Não sabia que Kaká era tão ignorante e malvado.

— Por favor, Fê, preciso ajudar minha filha, conte o que está acontecendo?

— Diga, Fernanda. Laura só quer a verdade para poder tomar as devidas providências. Fale.

Beatriz limpou seu rosto no guardanapo de papel, respirou fundo e falou:

— Kaká disse bobagem sobre nossa família, toda cidade comenta a fuga de papai com outra mulher, e nos ridiculariza. Quero ir embora desta cidade, mãe.

— Filha, não vamos fugir como criminosas, nada fizemos de errado, o povo de língua cumprida comenta maldades. Logo, outra pessoa fica em evidência na cidade e param de soltar o veneno sobre nossa família. Vamos ser fortes, eles estão errados.

— Não quero ir à aula amanhã, não volto à escola nunca mais. Podemos viajar para aquela ilha, quem sabe viver por lá.

— Isolar-se em uma ilha não irá resolver o problema, Bia — falou Gabi, tentando controlar a raiva que estava sentindo sobre a maldade que vitimava as duas. — Não estão sozinhas, estamos aqui para ajudá-las, minha querida.

— Obrigada, tia, a culpa é do meu pai, pouco se importou conosco, nos deixando nesta situação, a cidade inteira nos ridiculariza e isso não vai parar tão cedo. Quero sumir desta cidade, podemos sair de férias agora, tia, fale com a sua tia Eulália para que empreste a casa!

— Filha, não podemos sair de férias agora, falta pouco para terminar suas aulas, as provas finais começam na próxima semana. É preciso ser forte e enfrentar a situação. Além do mais, seu pai também não é culpado, pois nosso casamento havia terminado há algum tempo. Ele não estava feliz e eu também não. Jair tomou a atitude de partir em busca de sua felicidade, espero que encontre.

— Ele nos abandonou, levou todo o dinheiro, pouco se importou com as minhas necessidades, egoísta é o que ele é! Covarde! Irresponsável! Pensei que ele me amasse e que me protegeria, mas não, nos jogou na língua maldosa do povo e nos deixou na miséria!

— Não fale desta forma de seu pai.

— Vamos para casa, mãe, quero queimar tudo que pertenceu a ele, não quero mais recordações de que um dia este homem existiu em nossas vidas. Desejo que seja infeliz e se arrependa, sentindo culpa por ter nos deixado pelo resto da vida dele! Espero que sua nova mulher o traia, desaparecendo com outro da mesma forma covarde que ele fez conosco.

— Basta, Beatriz! A revolta não irá ajudar em nada, não deseje mal a ele, as palavras têm força.

Nesse momento, Marcos passava pela porta e ficou constrangido em ouvir as palavras de Beatriz sobre o pai. O seu instinto paternal se aflorou e ele se aproximou da menina que viu nascer. Abraçou-a dizendo:

— Querida, estive presente em sua vida, sempre esteve tão próxima de minha filha, tenho por você amor paternal. Neste momento, lhe faço uma promessa, vou te proteger, nada vai lhe faltar enquanto eu viver.

Suas palavras e ação deixaram os olhos de todas na sala marejados, Fernanda se uniu a esse abraço. Gabi e Laura fizeram o mesmo.

Os sentimentos puros de amor mudaram o ambiente pesado e negativo que havia se formado na sala.

Beatriz se acalmou e falou a Marcos:

— Tio, obrigada. Não sabe o quanto necessito de sua ajuda, também tenho por você carinho de filha, me sinto protegida, acolhida. Quer ser meu pai, tio?

— Será uma honra, querida, agora tenho duas filhas! Formamos uma família diferente, ligada pelo coração, não pelo sangue — Marcos brincou com as meninas, dizendo: — Agora terei que suportar dois genros, mas quero escolhê-los, combinado?

— Pai! Este tempo de escolher os maridos ficou distante, no passado! Nós escolhemos e você paga o almoço aos domingos?

— Tudo bem, Fê. Quero ouvir nesta casa risos e gritinhos dos meus netos todos os domingos, combinado, meninas?

— Obrigada, tio, os verdadeiros amigos se mostram nas horas difíceis. Nunca esquecerei seu gesto.

Marcos a abraçou novamente e beijou o seu rosto, que esboçou um sorriso.

— Agora quero me alimentar, o cheiro do jantar está maltratando meu estômago, quero saborear o delicioso jantar que Margarida preparou. Esta noite, permanecerão em nossa companhia?

— Agradeço sua hospitalidade, mas preciso voltar para o sítio.

— Laura, fiquem conosco esses dias, não é seguro permanecerem no sítio sozinhas. Faremos assim: levarei vocês até lá para fazerem as malas e passarem um bom tempo em nossa casa.

— Agradeço novamente, Marcos, mas não posso aceitar sua oferta, lá é o meu lugar e de Bia. É preciso aceitar a realidade e enfrentá-la.

As meninas deixaram a sala e Marcos se sentiu mais à vontade para falar com Laura.

— Que bom que deixaram a sala, prometi proteger sua filha e vou cumprir essa promessa. Não é seguro retornar ao sítio sem a presença de Jair por lá, a localização do sítio fica distante dos vizinhos. A cidade toda sabe que as duas estão desamparadas. Toda a malandragem que habita a cidade também está ciente da fragilidade deste momento. Contrataremos um caseiro para cuidar do sítio.

— Não tenho como pagar por isso.

— As despesas ficam por minha conta, amanhã tomarei as providências necessárias, mas, por enquanto, ficam hospedadas aqui.

—Laura. Marcos tem razão, não é seguro retornar ao sítio, aceite nossa proposta. Sei que quer usar sua força enfrentando este momento com coragem, mas reconheça que está doente. Se passar mal, como Bia pode lhe socorrer?

— Tem razão, mas não está certo retirar a privacidade de sua família. Vou para a casa de minha mãe, agradeço o convite, mas não é certo dar este trabalho a vocês.

Nesse momento, Margarida entrou na sala para recolher os pratos e Marcos perguntou a ela:

— Conhece alguém que precisa de emprego como caseiro de um sítio?

— Conheço, sim, meu irmão chegou do Piauí com sua família, no mês passado, e não consegue emprego. Ele tem uma mão maravilhosa para lidar com as plantas. Precisa muito do emprego, a família está amontoada em minha casa, vieram tentar a sorte por aqui. Veja, dona

Gabriela, estou sustentado meu irmão, dois sobrinhos e minha cunhada, cada dia fica mais difícil alimentar tantas bocas.

— Amanhã, peça a ele que me procure no escritório e leve seus documentos, quero checar seus antecedentes e, se estiver tudo certo, contratamos.

— Ele estará lá bem cedo, pode deixar.

Margarida deixou a sala levando a louça para cozinha e Marcos perguntou a Laura:

— A casa dos fundos em seu sítio tem condições de recebê-los?

— Sim, deixo sempre organizada e limpa, meu avô a construiu com este objetivo, mantinha uma família por lá que cuidava do sítio. Quando o recebi de presente, Jair achou melhor diminuir as despesas e os mandou embora, preferiu contratar um jardineiro, que vai uma vez por semana cortar o gramado e cuidar do pequeno pomar. Meu Deus, como pagar por este serviço?

— Não se preocupe, peça que me procure, acerto com ele seus honorários e o dispensamos.

— Obrigada, Marcos, não sei como agradecê-lo, Bia tem razão, os verdadeiros amigos se mostram nos momentos difíceis.

Laura e Beatriz ocuparam o quarto de hóspedes, naquela noite.

Pela manhã, Laura não se sentiu bem e Gabi a ajudou com pôde. Bia estava irredutível em não comparecer à escola e conseguiu convencer a mãe.

As duas passaram a manhã descansando no quarto.

Capítulo 6

As semanas que se seguiram foram de grandes mudanças na vida de Laura e de Beatriz.

Marcos tomou providências quanto à conta conjunta de Laura com Jair, abrindo uma nova conta em nome de Laura e fazendo um depósito generoso para que as duas tivessem como se manter nos primeiros meses.

As más línguas disseminavam pela cidade comentários maldosos sobre as famílias. Até mesmo Marcos e Gabriela eram alvos da maledicência do povo, histórias eram contadas sem o menor teor de verdade.

Beatriz procurou enfrentar a situação no colégio, mas era difícil suportar as brincadeiras desagradáveis. Com a ajuda de Fernanda e de outros poucos amigos, ela ignorava as provocações.

O irmão de Margarida se mostrou um excelente trabalhador juntamente com sua esposa e filhos adolescentes. O sítio estava se tornando um belo oásis no meio da região montanhosa.

Laura e Beatriz se sentiam seguras com a cerca elétrica e algumas câmeras que Marcos mandou instalar em todo muro que circundava o sítio. Ele também deu de presente dois filhotes de cachorro da raça *rottweiler*. Nada faltava para as duas.

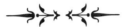

Laura escreveu sobre seus sentimentos e os entregou a Davi, curiosa por saber sua opinião.

No consultório de Davi, desabafou:

— Tenho tido fortes dores de cabeça e enjoo, minha visão anda embaçada, procuro meditar como me ensinou, os pensamentos continuam atrapalhando minha concentração. Estou em uma situação financeira calamitosa, devo a Marcos uma pequena fortuna, não sei como sair desta situação!

— Encontrou um amigo sincero que a está ajudando. Por acaso, agradeceu por essa dádiva?

— Agradeço todos os dias em oração, peço por toda a família.

— Você tem uma religião?

— Minha família é católica, fui criada nessa religião.

— Suas orações são palavras aprendidas, decoradas. Coloca sentimento quando ora? Abre seu coração ao Ser Supremo? Coloca-se pequena e culpada, implorando por socorro?

— As orações são decoradas, mostro minha inferioridade e imploro por socorro, meu sentimento é de desespero.

— É negativa sua forma de se expressar ao Universo, ao Ser Supremo da Criação. Você não é menos, não é pequena e fraca como se julga e demonstra ao Criador. É preciso sair desse círculo vicioso em que entrou ainda na infância. A lamentação é negação da força que está em você. Sem forças, você cai ainda mais. Orar é sentir em si a alegria em ter um contato com a energia criadora do universo. Converse com Deus, agradecendo-Lhe pelas conquistas, e, o que não pode solucionar, coloque nas mãos Dele, porque Ele resolve tudo, creia nisso. Mostre que confia em Seu poder. Quanto mais alegre e satisfeita você fica, mais você recebe do Criador.

— Como vou ficar alegre? Minha vida está no fim, estou sozinha e desamparada!

— Sozinha? Pense bem, não tem o apoio de Gabriela, de Marcos e de Fernanda?

— Tenho, e agradeço por ter amigos maravilhosos como eles. Continuo na queixa, não é?

— Continua, sim, não percebeu como funciona a força criadora, tem pena de si mesma, tem autopiedade! Vou lhe citar um exemplo, conhece uma pessoa muito rica?

— Não pessoalmente, só pelo noticiário da tevê.

— Ótimo, uma pessoa pública. Pois se coloque no lugar dessa pessoa quando ela recebe um prêmio por realizar algo e uma grande quantia em dinheiro. Como se sente? Vá ao peito, no centro dos seus sentimentos e responda.

— Feliz, explodindo de alegria, realizada, me deu até um calor agradável no peito, me imaginando nessa situação.

— Esse calor que sente na região do peito é energia positiva que acabou de atrair da fonte do universo, ou seja, você se colocou como vencedora e se conectou à fonte. Este é o segredo que nos foi retirado pela religião, que nos impôs culpa tão logo nascemos neste planeta. Sabe como se formou o cristianismo?

— Conheço um pouco da história cristã.

— Devo elucidá-la um pouco mais a respeito. Depois que a mensagem de Jesus foi espalhada, muitos passaram a ser mortos nas arenas romanas por segui-la. Chegou a um ponto que já não conseguiam administrar todas as conquistas e a fé cristã ainda se expandia no Império Romano, trezentos anos depois da morte de Jesus. Constantino, imperador romano, decidiu parar de lutar com a espada e determinou o catolicismo como a religião oficial dos romanos. Convocou assembleia, formando o clero, que recolheu as escrituras deixadas pelos apóstolos de Cristo, e manipulou os escritos, para garantir do povo o máximo de obediência. Constantino mandou queimar todas as outras escrituras que não comungavam com seu ideal, de modo a manter o povo sob a ira de Deus, na obediência.

— Quer dizer que permanecemos nesta obediência cega até hoje, ou seja, o Livro Sagrado foi manipulado?

— Não podemos saber quantas páginas foram retiradas dos textos, e quanto conhecimento nos foi segredado. Conta a história que os Evangelhos dos outros apóstolos de Jesus foram considerados apócrifos e queimados, e quem continuasse a divulgá-los era morto. Daí a Igreja não reconhecer os Evangelho de Tomé, de Felipe, de Maria Madalena, todos que escreveram sobre Jesus e suas palavras. Na década de 1940, foram encontrados em cavernas em Qumram, no Mar Morto, muitos pergaminhos; alguns estavam conservados, outros em fragmentos, e foram encontrados os Evangelhos desses apóstolos, entre outros escritos.

— Então, as religiões de origem cristã continuam deixando o povo temente a Deus. Temente é aquele que teme a Deus.

— Ter medo da fonte que jorra incessante luz de amor! E nos provê bênçãos a todo instante! Não quero que deixe de crer na religião que abraçou e tem sua fé, tento alertá-la para que analise a forma que foi educada na infância e modifique a forma de pensar sobre si mesma. Você não é menos que ninguém, tampouco não é mais, estamos todos habitando o mesmo planeta e viemos aqui colher experiências em nosso aprendizado, em busca de crescimento e consciência mais ampla. Não há prêmio para os que se colocam no desespero e se julgam fracos, pois este se desconecta da Fonte. Aquele que se negativa e mostra ao Criador que não acredita em seu poder nega Deus.

— Se ficar feliz e confiante, tudo vai melhorar em minha vida?

— Felicidade e alegria são a chave que a conecta à Fonte, abre novos caminhos a serem seguidos. Todos têm um motivo para estar encarnados na Terra, um propósito. Veja, Laura, quando estamos do outro lado, tudo é mais fácil, pois temos todos os nossos sensos despertos, sabemos quem somos e os pontos que precisamos melhorar para atingir um grau a mais na evolução, na jornada que nos aproxima cada vez mais à Fonte do Criador.

— Compreendo.

— Do outro lado, fazemos planos para essa volta ao planeta, às vezes, prometemos muito, e, quando estamos aqui na carne, diante dos problemas e das energias diversas que nos invadem, sem a lembrança total dos nossos objetivos, nossa fraqueza se mostra e tudo se torna mais difícil. Mas as provas nos são colocadas e temos que enfrentá-las, mesmo nos julgando vítimas do acaso, da sociedade e do poder financeiro. Precisamos usar a força e cumprir o que viemos buscar para, no regresso ao verdadeiro lar, chegarmos como vencedores, conquistando um degrau a mais na escala da sabedoria e da felicidade.

— Então, esta doença que tenho, fui eu quem escolheu passar por isso? No entanto, você disse em outra sessão que eu adquiri a doença por estar sempre na negatividade, ficando nervosa e me lamentado.

— Não nos cabe saber se a doença veio por um motivo ou outro, a negatividade de seu comportamento complica o seu aprendizado evolutivo com toda certeza. Talvez a doença seja a porta para sua mudança, que a leve a cumprir o que havia prometido a si mesma antes de nascer.

— Davi, meu médico comentou que você vem obtendo êxito com pacientes terminais como eu. Se conseguir me modificar o bastante, posso ser saudável novamente e ter mais tempo a viver aqui?

— Temos um prazo de validade para viver neste planeta. Quando conseguimos progredir, este prazo pode ser aumentado, mas, se estacionamos e não há possibilidade de melhora interior, somos retirados do mundo até antes que vença o prazo de validade.

— Não tenho como saber, não é? Como gostaria de prolongar meu prazo de validade, eu tenho medo da morte, Davi! Do desconhecido que tenho que enfrentar, do julgamento que todos narram que ocorre no fim do túnel. Pesquisei a respeito, encontrei varias narrativas sobre a EQM [Experiência de Quase-Morte]. Em um ponto, todas se convergem ao confirmar a existência do túnel e da luz em seu final. Alguns narram o julgamento, contando que toda sua vida passa como um filme na sua frente.

— Cometeu muitos erros em sua vida?

— Quem não erra, Davi? Carrego alguns, claro. Por exemplo, não me dou bem com minha mãe, somos tão diferentes na forma de olharmos a vida, sempre batemos de frente uma com a outra. Ela está contra mim e a favor de Jair, diz que eu o provoquei e o maltratei, contribuindo para que ele fosse embora com outra. Culpa-me e não abre a porta para que conversemos a respeito. Dá ouvidos aos comentários maldosos das pessoas.

— Enfrenta momentos difíceis, minha querida. Já se perguntou por que a vida está lhe cobrando?

— Ainda não...

— Seu aprendizado se intensificou. É preciso mostrar sua força. Ora, ainda fica constrangida em ser depreciada pelo povo da cidade? Não gosta de estar em evidência?

— Estranho, quanto aos comentários maldosos, não me aflijo, não quero ser o juiz do povo, contudo, os olhares e rizinhos me perturbam um pouco. Meu sentimento me diz que não devo nada a eles, e que não fiz nada errado. Que eles são assim, ainda não aprenderam o valor de estar no bem.

— Sente piedade dos maldosos que espalham maledicências a respeito de sua família?

— Piedade é uma palavra forte, aponta para a superioridade, não sou superior a eles, estou aprendendo um pouco mais a duras penas. Sinto que um dia, de uma forma ou de outra, todos irão aprender um pouco mais, e não repetirão os mesmos erros. Ninguém tem o direito de julgar o outro, não somos juízes, não estamos em um tribunal.

— Está aprendendo depressa, parabéns. Seu corpo necessita de equilíbrio para chegar à cura. Quanto mais você aprender e colocar em prática o aprendizado, maior a chance de se curar.

— Obrigada, porque sem a sua ajuda, eu provavelmente estaria morta, passando pelo túnel e, talvez, não encontrando a luz. O julgamento é que me assusta. Afinal, quem tem este poder de me julgar, do outro lado da vida?

— Você se julga. Por estar neste trabalho de auxílio aos que têm prazo de validade curto, tenho contato com seres um pouco mais elevados, seres que caminharam por muitos mundos colhendo suas experiências e hoje não necessitam reencarnar aqui. Seres que conquistaram um grau de evolução maravilhoso.

— Mesmo?

— Sim. Nada tem o poder de os abalar, estão sempre serenos e felizes. Fui levado em desdobramento para assistir a um julgamento no astral. Entrei em uma sala de espelhos e, para meu estudo, pude analisar o que se passava lá dentro. Shain, meu mentor, estava ao meu lado, não éramos vistos pela pessoa que estava sendo julgada, um homem de meia-idade. Ao lado dele estava ele mesmo, como se fossem duas pessoas iguais. Confesso que me assustei com aquilo e perguntei a Shain por meio de meus olhos surpresos, que me respondeu: "é o espírito da própria pessoa que se julga". Ninguém tem o direito de julgar o outro. Ficamos diante de nós mesmos para julgarmos nossos erros e acertos.

— Quer dizer que eu mesma vou me julgar? Sou muito crítica, vou me condenar com toda ferocidade.

— Ser cruel com você não vai ajudar em nada. O que pude observar nesta experiência foi que todas as vidas da pessoa passam diante do espelho, todo sentimento gerado nos momentos críticos vem à tona. Julgar-se com ferocidade é se condenar a descer ainda mais baixo do ponto em que se encontra. Torna mais difícil deixar o ciclo reencarnatório. É preciso aprender com os erros, se desvencilhar do negativo, se olhar com amor, se tratar como um ser especial que você é. É imprescindível se dar carinho, se colocando em primeiro lugar sempre.

— Tem razão, procuro não julgar as outras pessoas, por que, então, me julgar com esta fúria indiscriminada? Criticar-me é dizer que poderia ser melhor do que realmente sou. Orgulho e vaidade da minha parte. Afinal, não existem seres perfeitos na Terra.

— Volto bater na mesma tecla, somos todos seres especiais, carregamos em nós a essência da luz do Criador, é preciso sentir amor-próprio, mostrando que amamos e respeitamos a fonte Criadora ou Deus, como você quiser chamar. A fonte jorra para aquele que se coloca no bem, na felicidade e se trata com respeito e amor, equilibrando a mente, doutrinando os pensamentos sempre para o positivo.

— É desta forma que evoluímos?

— Sim.

— Por que a importância de estarmos alegre sempre? Como realmente funciona a evolução em outros mundos? Você, que tem este contato direto com Shain, pode me explicar por que a nossa forma de enxergar a vida nos afasta de lugares belos na espiritualidade? Que segredos se escondem nesses mundos mais elevados?

— A felicidade é o segredo. Vou lhe dar um exemplo: quando está em um ambiente com música em alto volume, bebida e começa uma briga violenta ao seu lado, como se sente neste ambiente? Que sentimento a invade neste momento?

— Fico nervosa, perturbada, vem preocupação. Quero sair correndo dali, procurando me preservar.

— Vamos a outro exemplo, como se sente ao caminhar por um belo jardim florido com uma música suave soando ao longe?

— Eu me sinto leve, em paz.

— Percebe a diferença entre um estado e outro? No primeiro exemplo, estava em um lugar negativo, agitado, confuso, obviamente, se expressou negativamente a respeito. No segundo exemplo, seu sentir se expressou calmo, tranquilo, bem consigo mesma, mencionou estar em paz. É desta forma que ocorre nos mundos inferiores e superiores, ou seja, é preciso haver o equilíbrio mental para não contaminar os lugares que habita.

— Interessante.

— O pensamento é energia, a energia pulsa como uma corrente elétrica e se espalha pelo local que está positivando ou negativando. Cada passo acima na evolução, a felicidade se faz cada vez mais presente, e só alcança esses lugares quem está bem consigo, vibrando no mesmo nível que o planeta vibra, estando cada vez mais próximo do Criador.

— Poluímos nosso planeta quando pensamos negativamente?

— Sem dúvida alguma o poluímos, criamos correntes e pensamentos que se espalham sobre ele. Imagine milhares de pessoas gerando medo em um local específico no planeta, onde ocorre uma guerra. No outro lado do planeta está tudo bem, tranquilo. E se a corrente elétrica do pensamento chega a esse lado do planeta, o que ocorre com o mental dos habitantes dessa região tranquila?

— Fica pesado, tenso, negativo, sem motivo aparente. Meu Deus! Poluímos nosso planeta de todas as formas, não bastava a poluição ambiental, existe a poluição mental, que negativa nossas mentes!

— Quem deseja evoluir precisa estar no bem, se equilibrar, estar vigilante sempre ao pensamento. Lá em cima não é permitido ficar se queixando. Quando ocorre a primeira queixa que abaixa seu padrão energético, ouve-se uma campainha soar, a pessoa se sente constrangida, pois sabe que entrou no negativo. Na segunda vez que permanece na postura negativa, ouve-se a campainha soar e vem alguém mais elevado para alertar com mais veemência. Na terceira vez que baixa seu padrão energético com lamentações ou queixas, a pessoa é convidada a se retirar de onde está, e descer para o nível que busca vibrar, distanciando-se da energia mais pura do Criador. É fundamental vibrar na felicidade, pois é o sentimento somado à forma de olhar a vida que indicam o lugar evolutivo a que pertencemos.

— Mas se um assassino está bem, sorrindo, feliz, ele pode se elevar até este mundo superior? Gabi me fez uma pergunta que não soube responder, me lembrei de tocar nesse assunto: o inferno existe?

— Existe, trata-se de um planeta que prende os espíritos que insistem em permanecer no mal. Esse local se localiza muito distante da Terra, pode-se dizer que é o final no universo. Quanto à primeira pergunta que me fez sobre um assassino estar bem e ser recebido após o desencarne em um plano elevado, digo que não, minha querida. Ele pode não estar ciente de seus desatinos ainda, mas chegará o momento em que a consciência vai lhe pesar, e ele vai se modificar por intermédio de seus erros, claro, se demorando muito mais neste percurso. Ninguém se perde no caminho evolutivo, pode se demorar milênios no mal, distribuindo sua maldade, passando por experiências dolorosas a cada reencarnação, até que, pela dor, ele desperte a consciência e dê um passo à frente no próprio caminho de libertação. Sua consciência se abrirá para o bem, trazendo à sua vida tão somente alegria e felicidade.

— Sinto-me equilibrada ouvindo-o falar desta forma. Sua voz me acalma. O sorriso parece não deixar seus lábios. Você é um ser humano evoluído, não deveria estar reencarnado neste mundo.

— Não me coloque em um patamar onde não estou, Se ocupo este corpo terrestre, é porque tenho necessidade de estar aqui, igual a você, buscando a evolução. Não sou superior a ninguém e tampouco inferior. Não me coloque como um missionário da luz.

— Desculpe, é que sua presença causa algo diferente em meu peito, é como ele se expandisse e minha consciência se tornasse maior e equilibrada.

— A energia deste ambiente preparado lhe causa esse estado de equilíbrio mental. Mesmo nele adentrando pessoas com graves problemas de saúde e em desequilíbrio, procuro limpá-lo a cada consulta, para que o próximo, ao entrar, se sinta bem.

— Como limpa a sala para retirar essas energias?

— Simples, a decoração me ajuda muito. Como pode ver, cores suaves nas paredes, iluminação agradável aos olhos, cristais e pedras que sugam a energia mais densa, plantas e flores que lançam o perfume agradável e, o principal, a fonte por onde corre água pura. Antes de entrar o próximo cliente, eu paro, faço uma meditação rápida, lançando na sala energia de luz; imagino que o sol penetra na sala e torna todos os cantos iluminados. Você pode fazer isso em sua casa, sentirá o ambiente mais calmo, e, claro, procure não se lamentar, pois a mente precisa estar no positivo sempre. Assistir a uma comédia que lhe arranque sorrisos e até gargalhadas ajuda muito.

— Quer dizer que até mesmo a programação da tevê influencia o ambiente?

— Não só o ambiente, como a mente, que permite ficar horas sendo contagiada por energias nocivas. Como estar equilibrada se a porta do mental é aberta para as tragédias do cotidiano? Quando ouve uma notícia triste, trágica, que sentimento lhe vem?

— Tristeza e, às vezes, revolta.

— Abriu espaço para se contaminar com o negativo, com a revolta. O que poderá fazer para modificar o que já aconteceu? Tem o poder de modificar o passado? Sua revolta, indignação, irá ajudar as vitimas que sofreram agressão?

— Não. E me contamino com a energia negativa que a notícia gera. Então, não posso assistir ao noticiário da tevê? Ficarei alheia ao que acontece no mundo?

— Pode se informar, mas procure não se envolver na tragédia, carregando para si a energia que ela gera.

Não entre no coletivo energético negativo. Guerras sempre ocorreram no planeta. A natureza, de vez em quando, causa danos nos lugares mais frágeis sobre a superfície do planeta. Pessoas nascem e deixam a vida em um piscar de olhos. Acorde para este fato natural, cada um colhe a experiência de que necessita para seu aprendizado. Às vezes, nos parece injusto ver o sofrimento alheio, mas não podemos avaliar o que este ser trouxe na bagagem. Se estamos aqui, há um motivo e uma necessidade de aprendizado. Percebeu que, quando alguém passa por uma experiência dolorosa, muda seu comportamento, modifica seu olhar sobre a vida?

— Este é meu caso, quando a morte se aproximou, modifiquei meu comportamento. As coisas perderam a importância. Os bens materiais, por exemplo, sei que não levarei nada para o outro lado, apenas os meus sentimentos por aqueles que ficarão. Todas as pessoas que amei e amo me deixarão um gosto de saudade. Por que sofremos tanto nas despedidas se sabemos que a morte é inevitável a todos nós?

— Por que não fomos educados para enfrentá-la; é o desconhecido, e, em bilhões de casos, a morte é o fim. A maioria não busca conhecer a verdade. Somos imortais, e a morte é apenas uma viagem, o retorno para casa. O reencontro com pessoas amadas irá ocorrer novamente do outro lado da vida.

— Tem razão, é preciso buscar as provas de nossa espiritualidade, não somos apenas carne. Meu encontro com Shain me ajudou muito. Percebi que há lugares belíssimos fora deste planeta. Estava lá, foi muito real, até hoje tenho guardadas na mente as palavras dele e a lembrança do perfume das flores que adornavam o belo jardim. Foi real! A vida continua do outro lado. Obtive minha prova graças a você, Davi.

— Teve mérito para iniciar sua investigação a respeito da vida do outro lado, não sou o responsável por seu encontro com Shain, porque a vida trabalha por mérito e troca. Sei que seu trabalho de escritora está apenas iniciando, não somente em relatos. Irá além.

— Não sei se ficou bom o que escrevi. Prometa-me, se não gostar, não usará em seu livro.

— Se não gostar, jamais usarei, serei sincero com você, digo que não está bom e tenho certeza que compreenderá minha postura. Mostro os pontos em que precisa dar um pouco mais de atenção. Um escritor não se faz da noite para o dia, é preciso treino e dedicação, há um caminho a ser trilhado com estudo e amor pelo que faz. Existem pessoas que têm o dom de escrever histórias, outras, receitas de bolo. Cada um tem um dom que é utilizado pelo universo a favor do progresso coletivo.

— Quero colaborar com o universo, mas não sei bem o que posso fazer de bom para o coletivo. No momento, sou o alvo da maledicência do povo desta cidade. Gostaria que alguns percebessem a energia negativa que geram para suas vidas, comentando maldades a respeito de seus semelhantes. Como alertá-los?

— Escrevendo sobre isso. Comece por descrever o que sente a respeito e o que dessa experiência aprendeu, mas não esqueça, não julgue as pessoas que não estão no mesmo nível de compreensão, tudo tem um tempo de maturação. Lance a semente e espere que germine na mente do seu próximo. Dê o exemplo e não espere nada em troca, pois a fonte criadora vai recompensar você.

— Nosso horário terminou infelizmente. Na próxima sessão, me dê um parecer a respeito do que escrevi, quero fazer da melhor forma possível. Preciso ir, seu próximo cliente o espera.

— Seja positiva, não se julgue fraca, você é forte, use sua força, irá se surpreender com que pode fazer a si mesma e aos que ama. Meditação traz o equilíbrio. Que a luz esteja sempre com você.

Capítulo 7

Ao entrar no sítio, Laura se deparou com dois belos vasos de flores. Estavam um de cada lado da entrada, ela seguiu com seu carro, apreciando pelo retrovisor a beleza das flores.

Ao olhar para frente, se admirou. O caminho, até chegar a sua casa, estava adornado com os grandes vasos floridos. Ela desceu do carro e ficou encantada com a nova decoração do jardim na frente da casa.

Maria e seus filhos terminavam de decorá-lo com plantas de vários tons. Arbustos foram cortados em formas geométricas e outros formavam desenhos animados.

Beatriz apareceu por detrás de um deles com uma tesoura de jardim nas mãos, dizendo:

— Este fui eu quem ajudou a fazer, trouxe o desenho e Vinicius o desempenhou no arbusto, não está lindo, mãe?

— Quem teve a ideia de decorar o sítio?

— Foi minha mãe, dona Laura, ela faz vasos desde criança e nos ensinou a fazer. A senhora aprovou nosso trabalho?

— Não reconheci a entrada, ficou belíssima. Maria poderia ser um paisagista de renome. O sítio está parecido com os das capas de revistas de paisagismo. Quero conversar com sua mãe, pode chamá-la, por favor.

— Ela está terminando a faxina dentro de sua casa.

— Faxina?

— Mãe — tornou Beatriz. — Maria está limpando tudo e colocando flores lá dentro. O meu quarto ficou lindo e perfumado.

— Este não é o serviço dela, está aqui para cuidar do sítio. Ela não é faxineira e também não posso pagar por este serviço.

— Não se preocupe. Tia Gabriela esteve aqui e pagou pela faxina.

— Gabi nos fez uma visita? Mas sabia que eu não estaria em casa.

Maria apareceu à porta de entrada dizendo:

— Dona Laura, terminei, tomei a liberdade de colocar alguns vasos floridos dentro da casa. Se não aprovar, retiro tudo.

— A decoração no sítio ficou encantadora, onde conseguiu tantos vasos? E as plantas floridas?

— Eu mesma faço com argila e queimo no forno que José fez no fundo da casa. Aprendi a fazê-lo quando era criança e vivia no interior do Piauí. Toda minha família sobrevive desta profissão por lá. Meu pai vendia nas feiras. As plantas, José as tem cultivado no campo aberto próximo ao riacho.

— Ficou lindo o sítio, Maria. Senti felicidade ao entrar aqui, não é mais um lugar triste. Obrigada. Estou curiosa para ver a decoração dentro de casa.

Laura percorreu os diversos cômodos de sua casa e ficou admirada com a limpeza e a decoração alegre.

— Você transformou um ambiente cinzento em luz. Que perfume suave e delicioso está presente no ar!

— A senhora gostou? Eu mesma preparo as essências do perfume, uso ervas e flores. A senhora não precisa comprá-las no mercado.

— Obrigada, Maria, me esqueci da alegria de uma casa limpa e bem decorada com flores, tudo aqui estava triste.

— A ideia foi de dona Gabriela.

— Gabi sempre tentando me alegrar, é uma grande amiga. E você, uma grande paisagista. Não pensa em estudar paisagismo?

— Quem sou eu para fazer uma faculdade... Não terminei o ensino fundamental. Estou velha para estudar.

— Não diga isso, nunca estamos velhas para conquistar nosso lugar no mundo. Você tem o dom incrível, transformou o sítio nas poucas horas em que estive ausente. Trouxe vida e beleza. Imagino o que não faria com um diploma nas mãos. Volte a estudar, é jovem e saudável.

— Como pagar pelo curso? Sou filha de gente muito pobre do sertão. Quem estudava lá eram os mais abastados. Os outros começavam a trabalhar na infância e não paravam até morrer. Não tenho jeito de ser diplomada com pouco recurso.

— Acabo de ter uma ideia, se der certo, teremos dinheiro para pagar seus estudos e garantir uma vida próspera para todos nós.

— Qual a ideia, dona Laura? Quero ganhar um pouco mais para comprar uma tevê nova, dessas grandes, e um computador para os meninos.

— Vamos abrir o sítio para visitação, alugaremos o espaço para realizar festas. E podemos vender os seus vasos e as plantas que José cultiva.

— Que tipo de festa pode haver no sítio? Quem alugaria?

— Não conhece as pessoas que vivem em cidades grandes? Estão sempre querendo um recanto agradável na natureza para descansar ou festejar. Falarei com Marcos e Gabi para me ajudarem a amadurecer esta ideia.

— Vender os vasos é uma boa ideia, daria um pouco de dinheiro extra. Compraria o computador para os meninos.

Laura pegou o telefone e ligou para Gabriela.

— Podem vir jantar no sítio essa noite?

— Não tinha planos para a noite, adorei o convite. Marcos chegará um pouco mais cedo hoje, um cliente cancelou o último horário. Quer que leve o jantar pronto?

— Não, senhora, eu faço questão de cozinhar para os meus amigos. Se quiser, traga a sobremesa. Tive grandes ideias para conseguir dinheiro e pagar o que devo a vocês.

— Laura! Não se preocupe com dinheiro. Tudo que quero é vê-la bem, cuide de sua saúde.

— Estou me cuidando, deixando minha mente ativa e cultivando a alegria. Espero vocês às oito horas, não se atrasem. E, quando chegarem na entrada do sítio, deem uma olhada na nova decoração.

— Gostou da faxina que Maria fez?

— Venha conferir com seus próprios olhos o que esta moça é capaz de fazer em um ambiente.

— Espero que não esteja sendo sarcástica, é uma mulher simples do sertão, não tem estudo. Ela quebrou alguma coisa valiosa? Se quebrou, eu substituo amanhã.

— Venha ver, depois conversaremos. Até mais tarde.

— Não desligue, Laura, o que ela fez de errado? Sua voz parece-me agitada. Não fique nervosa, eu arco com o prejuízo, estava um pouco receosa quando a contratei para ser sua faxineira, desculpe.

— Está nervosa? Pois venha conferir com seus olhos o estado de minha casa.

Laura desligou o telefone sorrindo com a brincadeira que acabara de fazer.

— Maria, pode me ajudar a preparar o jantar?

— Sim, diga o que fazer que, em pouco tempo, o jantar estará pronto. A senhora assustou dona Gabriela.

— Um pouco de emoção para aumentar o impacto quando entrar aqui. Gosto de brincar, é melhor se acostumar com meu jeito extrovertido, estaremos boa parte do tempo trabalhando juntas.

— Gosto de alegria, dona Laura, porque com alegria tudo que realizamos se torna belo.

— Você e Davi têm a mesma filosofia, e pode esquecer dona na frente de meu nome, seremos sócias, Maria. Empresárias de grande sucesso e, claro, amigas.

— Está entusiasmada, dona Laura. Eu me transformar em uma mulher de negócios! Sou gente da terra, simples e trabalhadora.

— Laura, me chame de Laura. Trabalho é o que teremos, muito trabalho até conseguirmos renda para contratar empregados para nos ajudar. Não se menospreze,

Maria. Você pode muito mais do que imagina. É uma mulher inteligente, caprichosa no que faz, não tem preguiça de trabalhar.

— Preguiça! Desconheço essa palavra, sempre acordei cedo e só descanso quando a noite vai alta, enquanto tiver forças, serei útil e ativa no trabalho, não gosto de ficar parada, sem ter o que fazer.

— Pode colocar o feijão para cozinhar? Tomarei um banho e volto para preparar um belo assado.

— Posso preparar tudo? A salada, vou colher na horta.

— Temos uma horta?

— José cultivou a horta que estava abandonada, preparou a terra e jogou a semente, os primeiros brotos estão prontos para serem colhidos.

— Pensei que a horta não existisse mais. Gostava de cultivá-la. Apareceram vários insetos que acabaram com tudo. Pensei em comprar veneno para controlar a praga, mas Jair foi contra, na verdade, não queria me alimentar com hortaliças repletas de inseticida.

— Faz mal à saúde. José prepara um remédio natural com ervas para ter o controle dessas pragas. A horta fica livre delas, é uma beleza. Vou colher o que precisamos para o jantar. Se quiser, mando um dos meninos matar uma galinha para assar.

— Temos galinhas?

— E patos no riacho, porco no chiqueiro, três vacas no curral, um boi e dois bezerros. Quatro éguas e dois cavalos puros-sangues. E uma pequena criação de coelhos.

— Como surgiram tantos animais neste sítio? Sua família quem trouxe?

— Não, foi seu Marcos que mandou José comprar toda a criação. Não ouviu o galo cantar pela manhã?

— Ouvi, sim, mas pensei que fosse do vizinho. Marcos foi longe demais, deixou o sítio como era no tempo do meu avô. Como não notei toda esta transformação?

— A senhora estava aqui dentro da casa quando chegou o caminhão trazendo os animais.

— Preciso caminhar pelo sítio, estava tão absorvida nos meus problemas que não notei o que se passava ao meu redor.

— Vou preparar uma galinha caipira para o jantar, no meu fogão à lenha e na panela de ferro. Sentirá a diferença do sabor da comida.

— Ótima ideia, fogão à lenha e panelas de ferro. Há quanto tempo não uso a cozinha próxima da piscina! Nessa noite, o jantar será servido lá. Vamos dar a Gabi e a sua família um típico jantar caipira. Avise José e os meninos, todos estão convidados.

— Não será possível, José e os meninos ficarão constrangidos na presença dos patrões e seus amigos. Depois separo os pratos e levo para eles.

— De forma alguma, quero todos à mesa para o jantar. Vou expor minhas ideias e desejo a opinião de todos vocês, afinal, vamos ser sócias. É melhor se apressar com o jantar antes que nossos convidados cheguem.

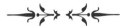

Laura entrou no banho, elaborou um pouco mais suas ideias, quando terminou de se arrumar, pegou seu *notebook* e escreveu os detalhes de seu plano, imprimiu tudo, colocou em uma pasta e levou para cozinha de fora.

Continuava impressionada com as mudanças que Maria realizara em todos os recantos, havia muito tempo não entrava ali, se recordava das festas para sua família, que realizava quando Beatriz era bebê. As crianças e adultos brincando na piscina e no parquinho.

O cheiro da comida no fogão à lenha levou sua mente à sua infância, nas festas natalinas que passava no sítio, sua avó a preparar os pratos deliciosos que eram servidos.

Recordou da alegria que sentia e se perguntou:

— Onde está a criança que um dia fui? A leveza que sentia? Por que perdemos o encantamento pela vida quando nos tornamos adultos? Quero reencontrar este sentimento de pureza novamente.

— Dona Laura, está falando sozinha? Não pude deixar de ouvi-la... A criança que fomos não se perde com o passar do tempo, encontro o menino alegre quando estou cultivando as plantas ou pescando no riacho, ao retirar um belo peixe da água. Em pequenos detalhes no dia a dia, ele sempre esta lá, a sorrir leve e feliz.

— José, não notei que estava presente! Tem razão, é nos pequenos detalhes que encontramos a felicidade. Estava recordando minha infância no sítio, meu avô amava esta terra e me deixou este maravilhoso presente.

— Este lugar é belo, dona Laura. Trabalhei em muitos sítios e fazendas, mas nunca estive cercado por tanta beleza natural, a terra é boa para se plantar. A água é pura e cristalina, de excelente qualidade; existem muitas pedras que purificam o riacho, dá para ver os peixes fisgando o anzol lá no fundo. O ar é puro e o orvalho da noite fica perfumado quando desce nas folhas. Tudo que plantamos aqui germinará. É um lugar de fartura, diferente do sertão de onde venho.

— Gostei muito das plantas nos vasos que decoraram a entrada do sítio, de muito bom gosto. Quero ver esta terra produzir frutos para nosso sustento e de muitos que vierem aqui. Conversaremos após o jantar. Por isso, não se atrase, José.

— Dona Laura, não fica bem os empregados ocuparem a mesa com os patrões.

—Não aceito recusa, temos muito que discutir.

Marcos, Gabriela e Fernanda chegaram para o jantar. Na entrada do sítio, os olhos de Marcos se encantaram com a decoração. Ao se aproximarem com o carro da casa principal, Gabriela ficou apreensiva com o que encontraria. Após os cumprimentos, todos entraram na casa. Visitaram todos os cômodos, e Laura perguntou:

— Achou de bom gosto a nova decoração?

— Maria me surpreendeu! Sua casa está linda com essas flores e os vasos, que encanto! Onde os escondia?

— Maria os fabrica.

— Ela fez os vasos?

— E José colocou as plantas, sem falar na limpeza da casa. Sente o perfume?

— Sinto. Convidarei Maria para trabalhar em minha casa, é a melhor faxineira que conheço. Empresta-me uma vez por semana?

— Depois falará com ela a respeito. Vamos ao jantar, será servido na cozinha de fora.

— Finalmente reabriu aquele espaço agradável. Não sabe a saudade que tenho das festas que realizávamos lá.

— Se tudo der certo, teremos muitas festas naquele local.

— O que tem em mente, Laura? — perguntou Marcos.

— Coloquei algumas ideias no papel, quero que você analise e opine sobre elas. É uma forma de ter uma renda segura todo o mês e deixar Beatriz amparada.

— Não quero que se preocupe com o futuro dela, Beatriz tem um novo pai, que irá ampará-la em tudo que precisar.

— Agradeço de todo meu coração, Marcos. Estou lhe dando muito trabalho e espero que meu projeto seja lucrativo a todos nós. Proponho sociedade, mas vamos conversar sobre o assunto após o jantar. Podem ficar até mais tarde? Amanhã é sábado e espero que não tenha que trabalhar em seu escritório.

— Não tenho nada marcado para amanhã. Passarei por lá após o almoço somente, preciso pegar uns papéis mais urgentes para estudar um processo.

— Ótimo, então podemos degustar aquele vinho que apreciamos durante o jantar.

— Você pode tomar bebida alcoólica?

— Um pouquinho, posso. Os remédios que tomo para dor são fortes. Hoje, particularmente, não senti dor e não precisei tomá-los.

Todos estavam à mesa, Marcos tentava puxar assunto com José e os meninos para que não se sentissem constrangidos por estarem ali.

As meninas se divertiam em vê-los, a forma como levavam a comida à boca, com cuidado.

Quando foi servida a galinha caipira, Beatriz e Fernanda a pegaram com os dedos e levaram à boca.

107

Os meninos sorriram e fizeram o mesmo. Maria tentou chamar a atenção deles.

E foi a vez de Marcos comer o delicioso prato lambuzando os dedos.

— Maria, a galinha está deliciosa! Não dá para manter a postura ao comer. Qual o segredo deste seu tempero?

— Amor, doutor Marcos, panela de ferro, fogão à lenha e uma galinha criada solta, a ciscar a terra.

— Está maravilhoso o jantar, à moda do sítio. Obrigado por ter nos convidado, Laura.

— Este jantar tem a ver com meus planos para ganharmos dinheiro com muito trabalho e dedicação. Colocando amor, como Maria mencionou. Tenho em mente transformar o sítio num local aberto para visitação. Realizar festas de casamento, confraternizações de empresas, aniversários de crianças etc.

— Ideia a ser posta em prática, a estrutura do local está pronta, acertamos alguns detalhes. Tenho certeza que será um ótimo investimento para todos nós.

O grupo passou a discutir os detalhes, Marcos entraria com o capital para as primeiras despesas. José cuidaria do sítio e faria as compras no mercado. Maria seria a cozinheira chefe, Laura ficaria na parte administrativa junto com Gabriela. Contratariam outros empregados com o passar do tempo. Marcos providenciaria a parte burocrática.

Todos ficaram animados e a noite terminou com um brinde especial.

Laura, ao se recolher em seu quarto, abriu o caderno e escreveu seus sentimentos sobre se sentir útil e ficar no positivo. Fez sua meditação e adormeceu tranquila.

Capítulo 8

Em seu sonho, Laura se viu novamente em um belo jardim. Shain estava à sua frente, sorrindo. Abraçou-a, saudando-a.

— Seja bem-vinda, minha irmã amada.

— Obrigada. É maravilhoso estar neste lugar!

— Tenho uma surpresa para este nosso encontro, preciso de sua aprovação para limpar seu corpo do negativo. Eu a levarei para conhecer um lugar que vibra energia mais elevada da que estamos.

— Tem minha permissão, Shain.

Ele se afastou um pouco e abriu os braços, em suas mãos surgiram duas bolas luminosas. Laura ficou impressionada com a beleza dessa energia.

Shain lançou a luz em sua direção, imediatamente Laura sentiu esquentar seu corpo astral e filamentos escuros escorreram, caindo ao chão. Ela olhou para a grama aos seus pés, notando que perdera o vigor, estava seca, parecendo palha.

Laura sentiu um forte bem-estar, seu corpo tornou-se leve. Obedecendo a um sinal de Shain, ela deu dois passos à frente, saindo da grama seca. Virou-se para trás e perguntou:

— Foi a energia negativa que fez secar a grama embaixo dos meus pés?

— Sim. Seu corpo astral estava tenso.

— Acabei com a beleza deste lugar, ficou feia esta parte do gramado.

— Não se preocupe, o gramado se recupera com um pouco de energia positiva e vibração de amor. Respire fundo, imagine que em suas mãos existem duas bolas de luz branca com filamentos verdes dentro delas.

Laura obedeceu, se esforçando na visualização mental.

— Olhe para suas mãos. É bela a energia. Agora lance-a na direção do gramado danificado. Coloque seu amor e a intenção de rever o gramado saudável novamente.

Ela obedeceu e as duas bolas de luz penetraram no ponto exato que ela desejou. Em segundos, a grama recuperou seu vigor, tornando-se novamente verde e macia. Os olhos de Laura brilharam com este ensinamento prático.

— Notou o que a energia positiva é capaz de fazer?

— É incrível! Eu tenho esta força dentro do meu ser?

— Todos temos, basta direcionar sua força na luz e objetivar o sentimento ao que deseja realizar. Por isso temos o poder de reconstituir células doentes, atrair o que está em nossa mente. Veja, Laura, a mente é uma máquina de realização, você produz em seu pensamento e atrai para si o que acabou de produzir mentalmente. Fora do plano terrestre, a capacidade mental é maior, por sair da densidade que envolve o planeta. Se imaginar um objeto por exemplo, você o materializa imediatamente. Tente, pense em um objeto pequeno que possa segurar em suas mãos.

Laura levantou a mão direita na altura de seus olhos e imaginou segurar um copo de cristal cheio de água. Imediatamente o materializou.

— É incrível! Até mesmo os detalhes desenhados no cristal! É igual ao que tenho em minha casa.

— Beba a água e sinta sua pureza. Você é a dona de seus desejos, Laura, um ser com capacidade criadora. É desta forma que segue a vida fora do planeta Terra.

— É maravilhoso e perigoso ao mesmo tempo ter este poder nas mãos. Isso quer dizer que, se voltar minha mente para o mal, serei capaz de criar monstros horríveis?

— Com facilidade, mas plasmar este tipo negativo a prejudicaria, a primeira a ser atacada por ele seria você. Não admitimos a energia densa em planos mais elevados. Você fatalmente seria convidada a se retirar, descendo para habitar planos mais negativados. E quem está nessas condições passa a fugir dos miasmas que criou, permanecendo em grande confusão mental. É essencial manter o equilíbrio e ter o controle mental e emocional no positivo, para não entrar em desequilíbrio profundo que leve até à demência.

— Davi me falou a respeito do controle dos pensamentos e sua aula prática, agora, reforça o que ele me ensinou. Disse também sobre a cura de minha doença. Shain, posso ser curada?

— Sim. Da mesma forma que fez voltar a vida no gramado. Você tem este poder, Laura. Nós, claro, podemos ajudar, limpando seu campo de energia. Limpei-o com este objetivo. Visitaremos uma colônia de cura em um nível acima de vibração. É importante que controle seus pensamentos ou será imediatamente expulsa do ambiente. Temos o cuidado de não negativar lugares mais puros, pois um só elemento pode pôr a vibração a perder, criando, no ambiente, polo negativo. Acabou de conhecer a força de seu pensamento. Davi lhe explicou o que gera o sentimento de medo, raiva, indignação?

— Sim, disse que o nosso planeta é um lugar de energias diversas e, por conta disso, se torna uma grande escola para os espíritos que reencarnam, um lugar para que se ponha à prova o que aprendemos e conferirmos se estaremos aptos a pautar nossa vida cada vez mais no positivo, subindo um grau no caminho, cada vez mais próximo do Criador.

— Colhem experiências de que necessitam no aprendizado. Planos são elaborados minuciosamente a cada reencarnação no planeta. Promessas são feitas e tantas não realizadas, o que deixa o espírito, em seu regresso, constrangido diante do não-aprendido, permanecendo no ciclo das reencarnações, retardando sua ida rumo a lugares que geram maior positividade e onde só a felicidade faz morada.

— Por que não sabemos que nossos sentimentos e pensamentos têm esta importância, quando estamos vivendo aqui? Somos seres que deixam a mente solta e o pensamento vagar livre, não controlamos o que sentimos. Estamos diante de grande negatividade, a violência é espantosa à nossa volta. A depressão é o mal do século. O que realmente está ocorrendo no planeta?

— Chegou a hora da grande mudança vibracional para os seres humanos, porque a energia vibracional do planeta se alterou. Estão atravessando um momento especial para a evolução da raça. As provas se intensificam para todos, é necessário ficarem no positivo, buscando alegria no sentir, mostrando para o Criador que estão em condições de seguir adiante. Feche os olhos e deixe sua mente livre de toda a negatividade. Faremos um transporte rápido para a colônia de cura.

Shain segurou Laura pela cintura e ela sentiu a força energética aquecer seu corpo. Fechou os olhos e, quando os abriu, a paisagem se modificou à sua frente. Assustada, ela perguntou:

— Como chegamos aqui?

— Com a força do pensamento que gerei. Veja que belas são as construções à nossa volta, entraremos no castelo à sua frente.

— Meus olhos estão desfocados, vejo as torres altas e uma porta de entrada, flores que não existem em nosso planeta. Não consigo ver toda a construção.

— Confia em mim?

— Sim, mas não compreendo o que está acontecendo, por que não consigo ver?

— Disse que entraríamos em um plano de vibração mais elevada, sua vibração não atingiu o padrão energético da colônia, o motivo que a impede de analisar as construções. Consegue ver a porta de entrada?

— Consigo.

— É o suficiente.

113

Os dois entraram no castelo. Shain a guiou pelos corredores, até que chegou a uma sala específica. Laura foi colocada sobre uma mesa e sua cabeça foi examinada por um médico de vestes claras.

Ela não identificou o rosto do médico, só conseguiu ver a luz forte que emanava sobre ele. Sentiu que tocaram em sua cabeça, percebeu o momento em que tocaram o local do aneurisma.

Acordou em seu quarto sentindo calor na cabeça, uma sensação de formigamento no cérebro. Olhou para o relógio ao lado da cama, que marcava quatro horas da manhã.

Laura se levantou da cama, seguindo para o banheiro, olhou-se no espelho, tentando recordar o que acontecera em seu sonho. Algumas frases permaneceram vivas na mente. Retornou para a cama, apanhou o diário e a caneta e escreveu as lembranças do seu sonho.

O relógio digital despertou e ela parou de escrever.

— São seis horas! O tempo passou rápido, preciso acordar Beatriz e levá-la ao colégio.

Entrou no quarto da filha, chamando-a apressada. Beatriz acordou assustada, dizendo:

— Mãe, hoje é sábado, não tenho aula, me deixa dormir.

— Sábado! Desculpe, filha, minha cabeça está confusa, pensei ser segunda-feira. Durma, aproveite um pouco mais sua cama.

Laura retornou ao seu quarto, entrou no banheiro, abriu o chuveiro e, quando a água caiu sobre seus cabelos, o formigamento se intensificou. Passou o xampu, massageando o local com delicadeza.

Quando terminou o banho, ligou seu *notebook* e digitou o texto para entregar a Davi.

Na cozinha, preparou o café da manhã e se deliciou com um pedaço de bolo que Maria tinha assado no dia anterior.

Abriu a porta de entrada, olhou para o céu azul e pensou alto.

— Será um belo dia de primavera. Farei deste dia que se inicia um dia de alegria.

Sentou-se no gramado à frente de sua casa em posição meditativa. Imagens passaram em sua tela mental, o rosto de Shain sorrindo, as flores, o gramado queimado e, em seguida, verde novamente... Seu cérebro e o aneurisma, o sangue que voltara a correr, diminuindo o aneurisma, um forte calor no local, luzes que giraram coloridas.

Laura respirou fundo, abrindo os olhos e tendo a certeza de que recebera uma graça durante a noite. A cura, tinha certeza, ocorreria em pouco tempo em seu corpo físico. Falou em voz alta:

— Passei por uma cirurgia no astral!

— Cirurgia, dona Laura! Bom dia!

— Bom dia, Maria, não notei que estava próxima. É melhor se acostumar, porque às vezes falo sozinha, penso em voz alta.

— Também tenho esta mania, Laura, os meninos acham graça, falam que sou estranha.

— Também sou estranha. Diga-me, Maria, você faz meditação?

— Não, é coisa de oriental. Não tenho tempo de parar, o trabalho sempre me chama.

— Sente aqui a meu lado um pouco. Vai lhe fazer bem dar um descanso para sua mente. Dez minutos somente é o suficiente para fazer muita diferença em nosso dia.

Maria, orientada por Laura, entrou no estado meditativo e, quando terminou, comentou:

— Consegui parar meu pensamento por alguns minutos, sinto-me revigorada, não sabia que era bom fazer isso.

— Estou aprendendo a me equilibrar mentalmente. Aprendi que a meditação é fundamental para conseguir educar a mente.

— Educar a mente?

— Sim, deixamos os pensamentos soltos, e a negatividade entra com facilidade. Cultivar pensamentos positivos e alegres ajuda manter a saúde equilibrada.

Laura falou o que vinha aprendendo sobre o assunto e Maria se impressionou com a filosofia nova que ela expôs.

— Meditar me fez bem, quero aprender um pouco mais sobre o assunto. Impressionante a forma como discorre sobre ele. Deveria escrever um livro sobre o assunto para ensinar muitos, e eu seria a primeira a ler.

— Escrever livro é para pessoas que possuem este dom. Escrevo meu diário, mania da infância.

— Se publicasse seus diários, retirando a parte extremamente pessoal e íntima, tenho certeza que daria vários livros interessantes, seria um aprendizado para os leitores.

— E quem perderia tempo para lê-los? Comprá-los?

— Eu compraria para aprender mais sobre este assunto específico. Analisou o que tem em suas mãos?

Pelo que percebi, está recebendo informações não somente de seu analista, mas dos espíritos evoluídos. Uma coisa eu sei, não se pode receber toda essa informação e guardar somente para você. Existe algo acontecendo em sua vida, foi escolhida para trazer uma nova forma de pensar. Uma mensagem nova vinda do alto. O que fará a respeito?

— Escolhida!

— Narrou um sonho real, diferente. Sente que passou por uma cirurgia fora do nosso mundo, um amigo te explica como se educar para evoluir. Isso não é nada? É um forte chamado espiritual.

— Maria, você é espírita?

— Minha mãe era médium, trabalhava em uma casa espírita no interior do Piauí. Cresci neste segmento doutrinário, mas não terminei os estudos sobre o assunto. Não tive tempo de terminar o primário, precisava trabalhar, mas sempre lia os livros que minha mãe ganhava da casa espírita. Sei como funciona quando se recebe o chamado ao trabalho espiritual. Se você combinou com os espíritos antes de reencarnar, não conseguirá fugir de seu propósito.

— Se este chamado, contudo, não for um compromisso com os espíritos? Se for apenas aprendizado para meu equilíbrio?

— Estará aprendendo a se equilibrar, e os amigos espirituais mostrarão para você a forma como se evolui para alcançar um grau mais elevado. Acaso já se perguntou por que sua vida mudou de repente? Por que conheceu Davi? Por que está realizando viagens astrais? Pergunte a si mesma qual é o objetivo das novidades que chegaram a sua vida e, o mais importante: o que fará com toda essa informação?

— Realmente não sei. Não tenho muito tempo...

— Deseja colocar seu projeto em prática e fica sem tempo para outras necessidades. Ainda é jovem, terá tempo para realizar todos os seus projetos. Sabe, quando recebemos um chamado, não podemos fugir. Está escrevendo para seu terapeuta, mas inicie um livro seu, paralelo ao que escreve para Davi, porque sinto que este é seu caminho. Algo me diz que será uma escritora de sucesso. Sinto intuição forte a este respeito.

— Pensarei a respeito. No tempo ocioso, me divertirei digitando em meu *notebook*. Obrigada, Maria, essa conversa matinal foi proveitosa. Abriu uma nova possibilidade em minha vida, realmente esta noite passei por algo especial, não foi apenas um sonho, sinto em meu cérebro um suave formigamento e um calor estranho no topo da cabeça.

— Acredito que tenha passado por uma cirurgia espiritual no astral. Tem algum problema de saúde nesta parte de seu corpo?

— Não! — mentiu.

— Talvez o tivesse e não sabia, pelo que contou do sonho, e a sensação física, me arrisco a dizer que está em tratamento com os médicos espirituais no astral.

— A cura! Seria maravilhosa!

— Compreendo que não queira contar a respeito de seus problemas pessoais, afinal, nos conhecemos há pouco. Sou matuta do sertão do Piauí, carrego a sabedoria popular que aprendi com a vida.

— A vida é uma grande escola, Maria, a mais rigorosa das escolas. As lições são fortes e, quando não aprendidas, se repetem com maior intensidade, nos fazendo parar para encarar o problema, até aprendermos a lição e não repetirmos os mesmos erros. É um caminho a seguir na evolução. Você é a segunda pessoa que afirma que eu sou capaz de escrever e me incentiva. Quer saber? Aceito o desafio, começarei a escrever meu livro hoje mesmo.

— Tenho certeza que não estará sozinha, receberá intuição de seus amigos espirituais. Não se preocupe com os afazeres rotineiros, tomo a liberdade de cuidar de tudo. Se me permitir, assim terá mais tempo para pôr em prática uma bela obra que, com certeza, ajudará muitos.

— Obrigada, Maria, você é um anjo que entrou em minha vida, está na hora de renovação. Afinal, estou viva e a jornada no planeta não terminou. Não sei se estou sendo chamada com o objetivo de me tornar uma escritora. Gostei da ideia e farei o melhor que puder.

— Gosto de ver seu entusiasmo e me veio uma intuição forte agora. Esse sítio é lindo, a natureza exuberante, não se feche em uma sala para escrever seu livro, aproveite a natureza à sua volta.

— Maravilhosa ideia! Farei. Colocarei uma mesa à sombra de uma árvore e trarei meu *notebook*.

— Deixa que levo a mesa pequena da piscina para debaixo da árvore que escolher. Não perca tempo, traga o computador e deixe seus dedos digitarem com liberdade, mostre sua capacidade ao mundo.

Laura se levantou do gramado, sentindo-se renovada. Passou o resto do dia digitando, se impressionou com a história que facilmente elaborava na mente, sentindo que não era preciso parar para pensar muito, buscando inspiração para continuá-la.

Os últimos raios do sol se escondiam atrás da colina. Maria, como prometido, cuidou de todos os seus afazeres e não se esqueceu de levar para Laura o almoço delicioso e o lanche da tarde.

Beatriz e os filhos de Maria passaram a tarde se refrescando na piscina, ouvindo música, deixando o volume do som agradável para não incomodar a mãe.

Quando Laura se cansou de escrever, entrou na piscina com eles, organizando um jogo com a bola. Insistiu para Maria e José participarem da brincadeira. Estava calor e a temperatura da água estava agradável.

Maria aceitou o convite, mas José, constrangido, preferiu não entrar na água.

Laura insistiu:

— Venha, José, trabalhou o dia todo, está na hora de se divertir. Solte seu lado criança e pule na água.

— Dona Laura, não fica bem um empregado como eu tomar a liberdade de nadar com a patroa.

— Deixe de bobagem, homem, que orgulho é este? Está calor, e não sou sua patroa, somos sócios. Seu nome constará no contrato que Marcos está preparando.

— Não é certo, dona Laura. Conheço meu lugar neste sítio.

— José, aprendi algo especial com a vida e amigos, ninguém é melhor ou maior que o outro, e também não é menor. Somos todos iguais e especiais. No universo não existe outro ser que seja igual a você, é único como Deus o criou. Eu sou única e especial para comigo. Todos nós somos, José, por isso não se coloque inferior a ninguém. Não é abuso participar da brincadeira com sua família e amigos, venha, solte a criança que vive em você, meu amigo.

— Falando assim, a senhora me convenceu.

José retirou a camisa e os chinelos, pulando na água. Todos comemoram com gritos, assovios e palmas. E uma guerra de lançamento de água se iniciou.

O grupo se divertiu na piscina até a hora do jantar.

Capítulo 9

A semana decorreu com muito trabalho com os preparativos para o primeiro evento no sítio. Um amigo de Marcos realizaria uma grande festa de aniversário.

Laura estava feliz e controlava o pensamento, não permitia que ideias negativas se aproximassem.

Toda vez que iniciava em sua mente algo como "não vai dar certo", ela mandava o pessimismo embora e repetia, sentindo em seu peito, que tudo daria certo, o universo estaria a seu favor, já que trabalhava para o bem e permanecia no bem, na luz do Criador.

Dessa forma, Laura se positivava e sentia a leveza e a felicidade em seu íntimo.

Maria tentava fazer o mesmo que aprendia com Laura. O serviço que elas realizavam se concluía com facilidade e rapidez.

Laura não sentia mais dores de cabeça ou mal-estar.

Gabriela se surpreendeu ao ver a transformação da amiga.

— Está radiante, querida. Parece que remoçou! Até mesmo sua pele tem novo vigor. Davi está fazendo um belíssimo trabalho com você.

— Ele é maravilho terapeuta, mas eu também tenho mérito, estou colocando em prática o que aprendi com ele e com Shain. O meu esforço não conta?

— É incrível sua transformação física. Preciso aprender como conseguiu em pouco tempo se tornar positiva e alegre. Estou nervosa, agitada com a aproximação de nosso primeiro evento. E você e Maria estão calmas e sorridentes, dançam e cantam com a música que toca no rádio.

— Gabi. Para que cultivar toda essa agitação? Realize sua tarefa com delicadeza e presteza. Experimente relaxar, dance conosco e cante, mande embora essa sensação negativa que a oprime. Estamos realizando uma festa e não um velório.

— Tem razão.

— Alegria, Gabi. Tudo sairá na perfeição, estamos colocando amor em tudo que realizamos. Quando os convidados entrarem neste ambiente sentirão a energia positiva e a harmonia do lugar. Relaxe. Experimente realizar o trabalho com a cabeça boa.

— Realmente preciso marcar com Davi um horário para fazer terapia. É incrível seu equilíbrio e disposição para o trabalho. Sinto dores em todo o corpo, peso sobre meus ombros e meu estômago se contrai causando enjoo. A ansiedade me deixa exausta.

— Controle sua mente, não deixe pensamentos negativos entrarem. Maria e eu estamos no controle mental, administrando o cérebro. Sou dona desta máquina maravilhosa que o Criador me concedeu. Estamos realizando um trabalho novo e queremos que saia com perfeição, alegrando a todos os convidados e ao nosso contratante. Estamos fazendo o melhor. Seja a administradora de sua máquina mental, positive os seus pensamentos. Experimente, use sua força.

— É impossível o que me pede! Não sou como você e Maria.

— Ninguém é igual a ninguém, somos diferentes e criamos em nosso mundo mental a fonte que vibramos, porque nossa mente é como um captador de energias. Energia é massa condensada, e direcionamos nosso captador mental para a densidade energética que escolhemos. Pensamento gera energia, o positivo atrai o bem, o negativo, o mal, e você escolhe o lado em que deseja ficar.

— Quero ficar no bem! Mas o mal, o negativo está em toda a parte. Não posso ficar alienada sobre o que ocorre no resto do mundo. O mal está presente, a violência impera no planeta todo, até a natureza está mostrando sua força negativa, matando milhares com uma onda gigante; furacões destroem tudo por onde passam. Há fome no mundo, dor e doenças terríveis. A falta de humanidade, de civilidade, é escabrosa e não mencionei a corrupção política de nossos governantes. Como ficar bem diante de tudo?

— O que pode fazer para amenizar todos esses problemas? Tem o poder de acabar com a corrupção? Tem o poder de saciar a fome de todos? Talvez de alguns em nossa volta, podemos fazer. Tem o poder de retirar um grupo de pessoas que foram engolidos por um *tsunami*? Pode parar a fúria do vento? Tem o poder de curar e sanar as dores dos enfermos? Pode segurar o planeta para que não ocorram terremotos? Pode parar o mal antes que ele aconteça?

— Não tenho este poder.

— Mas tem a escolha em suas mãos do lugar em que deseja permanecer. Seja um polo positivo para o planeta, acenda sua luz interior, que ajudará a si e aos outros. Não podemos fazer nada para modificar quem escolhe ficar no mal, e o mal é necessário para que a pessoa aprenda o valor do bem. Habitamos um planeta com sete bilhões de pessoas. Cada uma gera o polo energético que desejar e os pensamentos negativos de medo, raiva e angústia negativam grande parte do planeta.

— Compreendo.

— Usamos a força do bem positivando e atraindo o bem. Se sete bilhões de pessoas vibrassem tão somente no positivo, permanecendo no bem, este planeta seria um local de paz e amor fraternal. Ainda não temos condições para tanto. A Terra recebe seres em evolução de diversas faixas o que a torna uma escola, um local onde se realizam provas para nosso crescimento. Devemos resistir contra o mal e nos positivar dentro da ética, composta por leis regidas pelo universo para todos os seus habitantes, sejam diferentes formas de vida deste ou de outros mundos.

— Estava compreendendo e concordando com que estava expondo, percebi o quanto está madura, mas afirmar que existem alienígenas fora do planeta é loucura de sua cabeça, ultrapassou o limite da sanidade.

Laura, que organizava um armário de louças, parou, se encaminhou até seu *notebook*, digitou no programa de busca rápida a palavra universo. Pegou a mão de Gabriela e de Maria e as acomodou diante da tela que se abriu, dizendo:

— Não direi uma só palavra a respeito, quero que tirem suas próprias conclusões.

A tela mostrou a nossa galáxia, a Via Láctea, e a galáxia vizinha, Andrômeda. Retornou para a imagem da Terra e fez a comparação de tamanho dos planetas.

Cada vez, se tornavam maiores, deixando a Terra parecer um grão de areia diante da magnitude dos outros e nosso Sol, que para a Terra é gigantesco, se tornou minúsculo diante dos outros. Apareceram na tela muitas galáxias.

Laura esperou o pequeno filme terminar e perguntou:

— O Criador colocaria vida inteligente somente nesta minúscula bolinha azul que é a Terra? Um ser que cria, com infinita originalidade e perfeição, vida, somente povoaria este planeta pequeno com sua obra? Quero que pensem a respeito, não se esqueçam de olhar a diversidade de animais que habitam a Terra, do macro ao micro. É vida, e só existe aqui? E para onde seguimos depois? Para o céu ou para o inferno? Nosso espírito é imortal, qual lugar fora do planeta ocupamos? Os espíritos não são visíveis aos nossos olhos humanos, e basta procurar as provas sobre a existência deles à nossa volta.

As duas se olharam um tanto assustadas. E Laura continuou.

— Não peço que acreditem no que estou dizendo. Procurem pensar, investiguem a respeito das civilizações anteriores que deixaram construções comprovadas, realizadas sem as atuais máquinas que suportam grande peso. Analisem o peso e o tamanho das pedras que formam as pirâmides espalhadas em muitos locais do planeta! Os ossos de crânios alongados que estão expostos em museus, as pinturas rupestres deixadas por homens nos primórdios da raça humana. Busquem informações a respeito, encontrem a resposta para os enigmas deixados na Terra. Agora preciso deixá-las, tenho hora marcada com Davi. Fiquem com o *notebook* e continuem a pesquisa. Quando voltar, conversaremos a respeito, ou não.

Laura caminhou até a garagem, ligou seu carro e, ao longe, observou Gabriela teclando em busca de informações e Maria com os olhos voltados ao computador.

Laura sorriu e deixou o sítio.

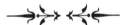

Laura recebida por Davi com alegria e um forte abraço. Com a proximidade dos corpos, ela foi dominada por uma forte atração. Controlou-se para que Davi não notasse seu estado íntimo.

— Olá, Davi, que entusiasmo! Aconteceu algo que não estou sabendo?

— Primeiro, quero lhe dar os parabéns, li o que escreveu e estou encantado com sua desenvoltura para a narrativa. Conseguiu expressar seus sentimentos com clareza. Segundo, deu um passo importante para sua cura.

— Estou usando o que aprendi com você e com Shain em sonhos. Por falar em sonho, gostaria que me explicasse o que aconteceu comigo fisicamente depois de passar por um sonho no qual recebia ajuda médica.

Sinto no físico um leve formigamento em minha cabeça, e calor no local do aneurisma. Depois do sonho, não tive dor de cabeça, não sinto enjoo e minhas pernas e braços retomaram a força.

— Foi atendida por uma equipe de médicos no astral, passou por uma cirurgia. Quero que retorne ao neurologista e repita o exame de ressonância magnética. Quero analisar o progresso que obtivemos na cirurgia. Pedirei pessoalmente a meu amigo Filipe Torres que se apresse em realizar o exame.

— Ótimo, também estou curiosa para saber qual será o resultado do exame. Tenho novidades, Davi.

— Está mais alegre, sinto uma energia boa em você, percebeu a diferença de energia? Entende como a força de nosso pensamento e a importância de vibrar no positivo a deixam melhor?

— No início não foi fácil, a mente é repetitiva, o pensamento negativo insiste em permanecer. Contudo, persisti no bem e consegui.

— Obteve o mérito por seu trabalho e esforço. Shain me informou que sua mudança foi imprescindível para poder adentrar em um nível mais alto no astral e realizar a cirurgia. Mas qual a novidade que deseja me contar?

— Está olhando para uma mulher de negócios, sou uma empresária.

— Mesmo?

— Sim. Tive uma ideia maravilhosa. Eu a analisei, montei um projeto e mostrei aos meus amigos. Todos aceitaram e fechamos sociedade. Tenho certeza que obteremos lucro de nosso trabalho. Serei capaz de prover todas as necessidades de minha filha e as minhas sem a ajuda de Jair.

— Está colocando em prática a força que estava trancafiada em seu interior, parabéns. Percebe que não é mais a mulher derrotada que entrou aqui pela primeira vez?

— Aquela Laura, quero deixá-la bem longe, no passado, porque a nova Laura é forte, determinada e capaz de grandes feitos. Sinto a força da saúde retornando. Não sei se estou curada nem quanto tempo terei de vida neste planeta, mas quero aproveitar o melhor da vida. Chega de ficar na queixa, lamentando o que poderia ter sido. O que passou ficou no passado, tenho o presente, o agora, e o futuro não chegou. A Laura do presente aprendeu a sentir amor por si, levantou a autoestima e segue confiante na força do Criador. Mantenho meus pés no chão, e encontrei um novo caminho para a felicidade. Estou pensando em cursar a faculdade de psicologia no próximo ano. Quero aprender tudo e muito mais.

— Desta forma sou obrigado a lhe dar alta, não precisa mais de minha ajuda. Despertou para a vida em poucas sessões.

— Desejo continuar a encontrá-lo, me faz bem nossas conversas. Você me compreende e traz novidades para meu desenvolvimento evolutivo. Estive investigando sobre a vida fora do planeta, estou encantada. Estou abrindo minha mente para o que existe lá fora. Poderá me elucidar a respeito. Tentei mostrar essa verdade para minhas amigas, as deixei analisando vídeos no computador sobre o tamanho do universo.

— Este caminho é individual. Existem pessoas que não estão prontas para olhar nessa direção. A educação que tiveram as impede de manter a mente aberta.

Não teme ser ridicularizada? Isso é comum acontecer com quem se atreve falar a respeito.

— Também mantinha esta postura diante do assunto, era descrente em relação à vida em outro planeta, mas sou obrigada a olhar nesta direção. Shain me levou para conhecer lugares diferentes no universo. Estou tendo sonhos incríveis, reais e, em um desses sonhos, notei um ser diferente que havia se aproximado de nós. Fiquei perturbada e Shain me orientou a pesquisar a respeito.

— E o que encontrou?

— Busquei informações na internet, procurei pessoas idôneas que explanavam com simplicidade e clareza sobre o assunto. Além disso, assisti a um documentário em um canal estrangeiro sobre as construções antigas que permanecem no planeta. A beleza da arte nos detalhes me impressionou, o tamanho, o peso estimado das pedras, o local em que se encontravam! Não se pode negar que algo estranho aconteceu no passado em nosso mundo. Então, comecei a ler o Velho Testamento, as narrativas que encontrei sobre carruagens de fogo descendo do céu, gigante lutando com Davi, tantos outros casos estranhos! Investiguei outras culturas milenares, como a chinesa, egípcia, inca, asteca, maia e indígena. Minha mente se abriu.

— Isso é fantástico!

— Sim. Mas preciso de sua ajuda Davi. Tenho tantas perguntas sem respostas.

— Eu não sou a pessoa indicada para orientá-la sobre o assunto. O melhor é continuar pesquisando a respeito. Pesquise nas obras do codificador da doutrina espírita, Allan Kardec. Leia *O Livro dos Espíritos*, em que o autor faz as perguntas e os espíritos respondem e leia também *A Gênese*.

— Assim que terminar nossa sessão, passarei em uma livraria para comprar esses livros.

— Não é necessário, tenho alguns exemplares aqui e vou lhes dar.

Davi foi até uma estante, apanhou dois livros e os trouxe para Laura. Ela os pegou e agradeceu:

— Obrigada! Podemos olhar uma dessas respostas agora?

Ele fez sinal afirmativo e acomodou-se ao lado dela no divã, para que os dois pudessem ler juntos. Abriu *O Livro dos Espíritos*, procurou no sumário pelo Capítulo III – *Criação, Pluralidade dos Mundos* e abriu na página em que estava a pergunta cinquenta e cinco: "Todos os globos que circulam no espaço são habitados?"

Davi leu a pergunta e, na sequência, a resposta:

— "Sim, e o homem terreno está bem longe de ser, como acredita, o primeiro em inteligência, bondade e perfeição. Há, entretanto, homens que se julgam espíritos fortes e imaginam que só este pequeno globo tem o privilégio de ser habitado seres racionais. Orgulho e vaidade! Creem que Deus criou o universo somente para eles."

— Depois dessa resposta não precisamos nos aprofundar na pesquisa, pois ficou clara a afirmação.

— Deixe-me ler esta pergunta de Allan Kardec número cinquenta e oito, que é: "Os mundos que estão mais distanciados do sol são privados de luz e de calor, uma vez que o sol lhes aparece apenas como estrela?"

— Leia a resposta, por favor — pediu Laura, interessada.

— "Acreditam, então, que não há outras fontes de luz e de calor, além do sol? Não levam em conta a eletricidade que, em certos mundos, desempenha um papel que desconhecem e bem mais importante que o que lhe cabe na Terra? Aliás, não dissemos que todos os seres vivem da mesma maneira que vocês, e com órgão semelhantes aos seus".

— Davi! Ele realmente afirma que não estamos sozinhos no universo, aponta para as formas diferentes de matéria que desconhecemos! Estou escrevendo um livro, quero narrar sobre minhas descobertas a esse respeito.

— Laura, é preciso ter cautela para tocar neste assunto, recomendo que não o coloque em seu livro. Sei que é muito boa escritora, mas, se deseja seguir uma carreira, este não será o caminho. As barreiras do preconceito que encontrará são grandes. Temo que você não esteja pronta para suportar o escárnio.

— Tem razão, este assunto me fascina. Suportar o escárnio dos maldosos, ignorantes que não querem abrir a mente, é a parte difícil. Ainda mais agora, que deixei de ser apontada na rua como a traída abandonada!

— Pense em sua filha. Ela sofreu com os colegas da escola com piadinhas de péssimo gosto. Imaginou se você escrever sobre ufologia?

— Infelizmente a população não deseja abrir os olhos para o óbvio. Eles estão lá fora e nós fazemos parte do universo. Continuarei com as pesquisas sobre o assunto, mas prefiro escrever sobre a importância de controlar a mente e os sentimentos, a necessidade de vibrar no positivo e não deixar entrar o negativo, que nos derruba, impedindo que caminhemos na evolução de nosso espírito.

— Este é o seu trabalho, e pode ajudar a muitos. Laura, infelizmente tenho que lhe dar alta. Não precisa mais ter sessões comigo e faremos nossa última sessão quando trouxer o resultado do exame que lhe pedi.

— Davi, eu não desejo parar com a terapia. Adoro estar aqui, sinto-me feliz ao seu lado, você me compreende, dá força para continuar.

— Estaremos em contato, continuará a me fornecer material para meu livro. O depoimento que me entregou é completo e de grande eficiência. Você é uma mulher linda e equilibrada, soube dar a volta por cima. Hoje é uma nova mulher.

— Sentirei falta de nossas conversas.

— Também sentirei, foi a melhor cliente que atendi neste consultório, aprendeu rápido. Modificou-se. Percebe que não se queixa a respeito de nada? Fez a escolha certa, encontrando a alegria da vida.

— Quero ser feliz! E compreendi que depende apenas da forma como encarar as situações do dia a dia. Busco estar no bem, ser uma pessoa nutritiva, jogo fora o que não me pertence, e aprendi que não posso modificar o mundo, somente a mim.

— Isso mesmo.

— Aprendi a não dar tanta importância aos problemas que surgem. Tudo tem solução, e a vida cuida do resto. Este aneurisma me colocou diante da morte, não pude deixar de encará-lo, me desesperei imaginando problemas terríveis que ocorreriam com minha filha sem a minha presença em sua vida. Devo confessar, hoje sei que ela também é um espírito, precisando de suas experiências para seu crescimento e fortalecimento espiritual. Não posso impedi-la de colher os frutos de suas escolhas, posso apenas orientá-la para o melhor, esta é minha função. Amo-a intensamente, mas não sou sua dona. Faço o meu melhor, tento praticar o desapego. O amor não pode ser egoísta.

— O que sente a respeito de Jair?

— Ele foi um bom companheiro de jornada, o amei no início de nossa relação, mas sabia que havia terminado o sentimento forte que um dia nos uniu. Hoje, Jair em minha vida não passa de um amigo querido. Sinto por Marcos grande amizade e muita admiração, pois tem se mostrado um grande amparador, é um homem com um grande coração.

— Sente amor por ele?

— O que quer dizer com amor por Marcos?

— Pergunto se está apaixonada por ele?

— Não! Marcos é como um irmão. Tenho gratidão por ele ter me ajudado no momento em que mais precisei. Talvez nunca mais queira me apaixonar novamente. Hoje sinto amor-próprio e isso me basta. Nunca mais quero ficar à mercê de outra pessoa, deixar meus sentimentos vulneráveis, quando o outro não estiver de bom humor. Toda vez que Jair chegava em casa irritado, ficava nervosa, sentia que a culpa era minha! Bobagem, queria controlar seu estado de humor, loucura de minha mente conturbada.

— Não pensa em amar novamente? Encontrar um amor?

— Não! Quero cuidar do meu bem-estar e de minha saúde. O amor desequilibra e tira a liberdade. O tempo que me resta, quero me dedicar ao que gosto de fazer. Por que insiste na pergunta?

— Por você ser bela, jovem e estar solteira, logo aparecerão homens interessados em conquistá-la. E sei que algum mexerá com seu coração. Não pense em morte, em ter pouco tempo de vida, terá todo tempo que precisar.

E um grande amor pode ocorrer novamente. É o que diz Shain ao meu ouvido.

— Shain está prevendo um grande amor? Talvez ele se enganou, não tenho a intenção de perder a liberdade que há tanto tempo não sentia. Quem sabe, Shain não esteja dizendo para você que conhecerá um grande amor porque eu estou fora disso!

— Ele me disse que o amor acontecerá forte e não tem como fugir. E que eu...

— Você? O que disse Shain ao seu respeito?

— Nada, está maluco. Brincando, disse que eu e você...

— Fale, Davi! Eu e você?

— Que encontraremos o amor.

— É solteiro?

— Sou viúvo há dez anos.

— Então este grande amor acontecerá em sua vida e não na minha vida. Quero curtir a liberdade.

— Shain é brincalhão.

— Nosso tempo terminou, trouxe algumas páginas para você analisar. Na próxima semana trarei o exame e será nossa última sessão, infelizmente. Sentirei saudade, mas faz parte do aprendizado, o desapego. Passarei logo mais no neurologista. Quem sabe não realize a ressonância ainda hoje?

— Assim que tiver o resultado, traga-me. E, promete que não abrirá o exame?

— Prometo.

— Fique bem, minha querida. Estou orgulhoso por você ter aprendido rápido.

— Sou a nova Laura, feliz e livre. Tenha uma boa tarde, Davi.

135

Capítulo 10

Gabriela e Maria terminavam a organização das louças finas em um armário, pois estavam organizando o aniversário do amigo de Marcos e seria servido um jantar elegante.

Laura retornou ao sítio após ter realizado o exame, a pedido de Davi.

— Boa noite, meninas. Olhem o que tenho em minhas mãos!

— Realizou outra ressonância magnética? Não abrirá este exame, Laura? — quis saber Gabriela.

— Prometi a Davi que não abriria, mas estou curiosa para saber o resultado.

— Dê-me este exame, ficará comigo até o dia da consulta com seu terapeuta.

— Gabi! Não vou abri-lo, estou animada, espero que tenha boas notícias dentro desse envelope. Estou positiva quanto ao resultado, algo me diz que estou curada.

— Estava doente, Laura?

— Tinha um grande aneurisma em meu cérebro, você mesma me afirmou que passei por uma cirurgia espiritual.

— Pelo que me contou sobre seu sonho e o adormecimento de uma parte de sua cabeça, afirmo que houve interferência cirúrgica dos espíritos.

— Ou, quem sabe, dos seres que vivem em outro planeta.

— Laura, para seu próprio bem, pare com essa investigação sobre alienígenas, não lhe fará bem voltar sua mente a este assunto polêmico. Analisei os vídeos que me mostrou, e tenho a certeza que a ciência pode explicar tudo de uma forma simples.

— Acredita que eles não existem, Gabi, e que estamos sozinhos no universo? Respeito seu ponto de vista, não tocarei neste assunto com você. Peço que também respeite o meu ponto de vista. Minha intenção foi boa, desejava que vocês abrissem a mente, e olhassem por outra perspectiva. Além do mais, Davi me aconselhou não escrever sobre o assunto em meu livro.

— Ele tem razão, para abordar este assunto em um livro é preciso ter estrutura para suportar o escárnio do povo. No momento, é preciso que se dedique à sua saúde e ao trabalho que estamos realizando. Falta um dia para inaugurarmos nosso negócio, tudo tem que estar perfeito!

— OK, meninas, vamos ao trabalho. A louça que Marcos encomendou é linda, de muito bom gosto.

— Direi a ele que você gostou. A cozinheira que contratamos chegará de manhã no sítio, Maria vai instruí-la. Os garçons estarão aqui uma hora antes do início da festa. O palco está pronto e os músicos virão de manhã montar os equipamentos. Falta alguma coisa?

— A decoração!

— O sítio todo está florido. José e os filhos estão preparando os arranjos de flores, com a ajuda de Bia e de Fernanda.

— Ótimo, nosso planejamento segue com perfeição. Olhou a lista dos convidados?

— Uma festa para duzentas pessoas.

— São muitos os convidados para uma festa de aniversário, não acha? Quem é este amigo de Marcos?

— Um advogado que trabalha para uma grande empresa em São Paulo.

— Os convidados virão de São Paulo?

— Alguns. O aniversariante nasceu aqui, tem familiares nesta região. Ele completa cinquenta anos e deseja rever seus amigos de infância, entre outros. Quando Marcos lhe contou sobre os eventos no sítio, ele adorou e fechou conosco essa festa. E se preparem para a próxima semana, teremos outro grande evento, bodas de ouro de meus avós.

As três ficaram planejando este outro evento até a hora do jantar. Maria preparou com carinho a comida.

Marcos entrou no sítio animado, perguntando por Laura, que estava no banho. Quando ela retornou ao salão, ele a chamou em um canto.

— Tenho novidades, encontrei Jair. Entrei em contato e lhe enviei a petição do divórcio.

— Ele assinou?

— Mandou pelo correio, aqui está, basta você assinar para dar entrada ao divórcio consensual. O juiz estipulará uma pensão para Beatriz e outra para você.

— Não quero! Jair não me deve nada, ele precisa do dinheiro que ganha para sustentar sua nova mulher. Um lar tem muitas despesas e Jair deve estar desempregado. Não preciso do dinheiro dele.

— É um direito de Beatriz receber uma pensão de seu pai, ela é menor e o juiz estipulará a quantia a ser depositada para ela. Mas você abre mão de seu direito?

— Sim.

— Tem certeza? Jair a abandonou; deixou-as sem recursos financeiros. Será fácil provarmos em juízo que está doente e tem direito a uma grande indenização.

— Não, deixe Jair seguir a vida dele com sua nova mulher, retire o pedido de indenização, por favor. O nosso negócio será lucrativo, pagarei o que devo a você e seguirei minha vida de cabeça erguida e feliz por me tornar autossuficiente, capaz de sustentar meu lar.

Marcos se sentiu tocado:

— Estou orgulhoso de você, tenho certeza que nossos eventos ficarão na memória de nossos convidados. Realizaremos festas maravilhosas em seu sítio. Outra coisa: Laura, não quero que se preocupe com nada, quitei as prestações restantes de seu carro.

— Marcos! Faltavam vinte prestações! É um valor alto, como pagarei a você tanto dinheiro?

— Não se preocupe, eu consegui um bom desconto. Um dia me pagará. Vamos jantar, estou faminto. Gabi deve estar cansada, não estava acostumada a trabalhar tanto. Veja a carinha dela, deixou a vida de madame para empenhar sua força no trabalho, o que está fazendo muito bem a ela.

— Obrigada, meu amigo, não sei como retribuir tudo que tem feito por mim e minha filha. A família de José foi uma grande bênção para este sítio. Mudamos nossas vidas depois que as flores que ele semeou brotaram. Elas trouxeram para o sítio vida nova e uma energia positiva belíssima. Minha vida se transformou para melhor.

— Pois é.

— Às vezes, é preciso um vendaval passar, carregar tudo, para que possamos recomeçar. Jair não é o único responsável pelo final de nosso casamento. O nosso amor terminou e não percebemos, continuávamos na rotina sem nos dar conta. Foi preciso, para mim, aparecer a doença e, para Jair, o reencontro com Mayara, para percebermos que o fim havia chegado, estava na hora da renovação em nossa vida. Com a força da vida ninguém pode, quando chega a hora, as mudanças chegam sem pedir licença ou esperar que fiquemos fortes. Gabi encontrou trabalho digno, que lhe mantém a mente ocupada. Eu me encontrei novamente. Agora sei quem é a Laura, de verdade. E você, Marcos, o que descobriu de novo em sua vida?

— O valor de ter uma família unida e amigos maravilhosos. Coloquei para fora minha parte protetora, paternal. Trabalhava demais e não tinha tempo para minha família, estava preocupado em sustentar a família e não sou apenas o provedor, sou o marido, o amante, o conselheiro, o amigo e o pai.

Gabriela se aproximou da mesa que os dois ocupavam, à beira da piscina, um pouco distante do grupo.

— O que os dois estão fazendo aqui sob a luz do luar?

— Trocávamos juras de amor, sua boba! Ciumenta. Jair foi encontrado, assinou a petição de divórcio.

— Que maravilha! Então será uma mulher livre! Poderá se casar novamente, em breve, se desejar.

— Não brinque! Estou feliz curtindo minha liberdade, não tenho intenção de amar novamente, de me envolver com ninguém nunca mais. Viva a liberdade!

Marcos e Gabriela sorriram. Os três se uniram ao restante do grupo, à mesa do jantar.

Depois de terminarem a limpeza dos pratos, todos se despediram.

Laura e Beatriz caminharam para casa, abraçadas. Laura a colocou na cama, beijando-lhe a face, e seguiu para seu quarto. Acomodou-se na cama, apagando a luz.

Não demorou a pegar no sono, seu espírito se desprendeu do corpo físico e transportou-se para outra dimensão, mais elevada.

Shain a esperava à porta de um elegante prédio. Ela caminhou por entre o jardim e seus olhos o encontraram. Seu corpo astral volitou suavemente em sua direção. E os dois se abraçaram carinhosamente.

— Este lugar é lindo, senti seu chamado. Onde estamos?

— Em um ponto mais elevado daquele que visitamos antes. Desejo que sinta a energia que vibra neste plano. Primeiro, vamos limpar a energia densa que trouxe do planeta. Vamos entrar?

Laura volitou ao lado de Shain e foi conduzida a uma sala no piso superior do prédio. Notou a elegância dos móveis espalhados pela sala.

Shain apontou para Laura sentar-se em uma cadeira. Em seguida, ele se posicionou atrás dela.

Ele levou uma das mãos ao topo da cabeça de Laura e uma bola de luz violeta se formou ao redor de seus dedos. A bola de luz penetrou no corpo astral de Laura, que sentiu forte calor e uma sensação maravilhosa de bem-estar e leveza.

Um largo sorriso iluminou seu rosto. Ela não se conteve, dizendo:

— É incrível a alegria que estou sentindo! Sinto-me criança a brincar feliz. Sinto que posso transbordar de felicidade, Shain.

— Acabo de lhe dar uma amostra de como os espíritos que se elevaram até este nível se sentem. Estamos em um plano que Kardec descreveu como mundo feliz em um de seus livros. É para este lugar feliz que se encaminham os que deixam o mal, o negativo de seu pensamento, depois que terminam o período reencarnatório e aprendem que somos seres responsáveis por nosso progresso evolutivo, e, o principal: que é preciso se valorizar. Laura, é preciso controle mental absoluto ou contaminará o ambiente. Está se sentindo feliz?

— Muito feliz, leve, uma sensação maravilhosa que se torna difícil de descrever, jamais me senti assim.

— Podemos caminhar por uma pequena parte, para que você conheça o lugar. Controle total, Laura, pode fazer isso?

— Neste momento, sinto que posso tudo, sou senhora de mim, sinto que tudo ficou para trás, nada do que vivi tem importância, me sinto livre e o sorriso não quer deixar meus lábios. Sinto vontade de beijar, correr, voar... Desejo ter asas, como um pássaro.

— Quem sabe um dia não possa vir a tê-las, mas, por enquanto, ficará longe da categoria dos anjos.

— Seres que pertenceram à Terra podem se tornar anjos? Anjos existem? Estão neste plano?

— Calma, as perguntas serão respondidas todas ao seu tempo, está empolgada. Gosto dessa característica de sua personalidade. É curiosa e mostra necessidade de aprender rápido. Abre-se para você um novo campo para os estudos, e sua missão terá início.

— Missão?

— Querida, para todo passo que damos, existe um motivo, uma razão. Não se perguntou por que está sendo retirada de seu corpo físico na madrugada, sendo trazida até lugares em que não se permite a entrada dos que vibram em um nível inadequado? Qual o motivo que lhe causou o aneurisma no cérebro? Por que recebeu tratamento curativo? Você despertou para a vida, está transformando seu caminho, colocando sua força positiva para fora. Modificou sua visão sobre a vida e a morte, transformou suas velhas crenças, passou a acreditar no seu poder. Enfim, passou por uma profunda transformação de valores. A doença foi a forma para que despertasse, e, assim, pudéssemos iniciar aquilo com o que se comprometera realizar na Terra, nesta encarnação. Você tem uma missão, sim. Prepare-se para ensinar lá embaixo os que estão prontos para ouvi-la. Conhece o poder de uma caneta em suas mãos?

— É a melhor arma do planeta, pois a caneta sobre o papel transmite ideias novas, tem o poder de modificar a crença de um povo. Pode falar um pouco mais sobre minha missão?

Os dois deixavam o prédio e volitavam pelo jardim quando se aproximaram de uma linda e encantadora fonte de águas coloridas, que jorravam para o alto com ritmo magistral. A energia que emanavam era colorida como a fonte. Espalhavam-se por boa parte do campo.

Laura sorria e acabou esquecendo-se de questionar Shain a respeito de sua missão.

— É linda! De onde vem esta água colorida? As cores não se misturam! E a energia é lançada no ar como a bola de luz que me deixou neste estado de felicidade plena. Quem coloriu a água?

— O dono da fonte, o Criador. Vamos um pouco mais à frente, existe uma cachoeira atrás daquelas árvores, quero que a veja, quem sabe posso elucidar um pouco melhor o caminho e função da água em planos elevados.

Diante da cachoeira, Laura não acreditou no que seus olhos viam. A água descia de uma alta montanha, em forma de arco-íris, e, ao descer e formar o rio embaixo, as cores não se misturavam.

— Isso não existe! Estou sonhando?

— De certa forma, está sonhando e seu corpo físico está adormecido lá embaixo, no planeta minúsculo chamado Terra. Este lugar existe e você, agora, está aqui, sentindo a beleza e a felicidade que vibra este plano.

— Por que as cores não se misturam? De onde a água provém?

— Primeiro, esqueça a forma química que conhece da água lá embaixo. A composição do líquido aqui é diferente; a pureza que carrega a energia, a fonte da vida, a luz do Criador está presente neste plano em grande proximidade.

— Sinto uma explosão de energia em meu ser! Minha consciência se expande, sinto-me plena, inteira. É maravilhosa a plenitude de sentir quem realmente sou, parte integrante do universo. Tenho a luz do Criador pulsando em meu ser. Shain, não desejo retornar à Terra, quero viver aqui.

— Não seria permitido que habitasse este planeta, porque ainda não tem uma vibração totalmente compatível para viver no local. Para que receba o passe livre para habitá-lo, é necessário deixar o ciclo das encarnações terrenas e subir a escada que marca o fim deste ciclo de aprendizado. Existem leis que regem o universo e todos os seres que nele habitam. Apresento-lhe este paraíso para que escreva na Terra sobre o que podem esperar para a evolução, que planetas regidos pela luz do amor incondicional existem. Está aqui para mostrar em sua narrativa que vale a pena se esforçar no bem positivo para se elevarem e se tornarem cidadãos conscientes de que são parte integrante do universo.

— Desculpe, sou exagerada e, diante desta maravilhosa sensação de felicidade plena, esqueci o meu devido lugar.

—Não se menospreze. Não é um ser insignificante ou desnecessário para o Criador, apenas caminha colhendo experiências em sua jornada evolutiva. Conhece o motivo que a trouxe aqui?

— Escrever um livro sobre os caminhos da evolução.

— Não é apenas isso, Laura. Foi chamada para um grande trabalho para com seus irmãos terrenos. Ensinar, abrir a mentalidade humana que está adormecida para a verdade de quem realmente são. Há muitos irmãos que estão na Terra levando informações, ensinando a vibrar no positivo. A você cabe mostrar que lugares como este existem. Seu propósito é mostrar que todos têm um caminho a percorrer e cabe ao indivíduo se posicionar na direção correta para atingir a vibração positiva. O planeta Terra está atravessando um momento especial para toda a humanidade, e é necessário ensinar aos que têm ouvidos para ouvir a importância de sair da faixa negativa.

— Que momento especial é este, Shain?

— A transição planetária. Um período de grandes mudanças para a evolução da raça humana. A separação do joio e do trigo citada nos Evangelhos. Um período forte para todos, e a necessidade de vibrar alto no positivo é imprescindível. Esta é sua missão, como de muitos que foram chamados. Estão espalhados em pontos específicos em todo o planeta e não se calam, mesmo diante do escárnio dos que ignoram o período da transição planetária e preferem permanecer no comodismo do cotidiano, sem proveito para seu crescimento evolutivo. Os missionários da luz são muitos. Deseja se unir a nós?

— Se prometi antes de reencarnar que faria meu trabalho perante meus irmãos terrenos, não fugirei deste compromisso assumido. Mesmo que não me recorde da promessa feita naquele momento, sinto a necessidade de fazer o meu melhor. Ensine-me, Shain, para que possa transmitir a mensagem na Terra. Aceito.

Laura despertou do sonho consciente de grande parte de tudo que ouvira e sentira. Mesmo sonolenta, apanhou seu diário e anotou o que recordava do sonho.

Olhou para o relógio de seu celular, que marcava três horas da manhã. Imaginava que pudesse ser mais tarde, sentia que tinha ficado muito tempo naquele lugar incrível.

Levantou-se da cama, caminhou até o banheiro, se olhou no espelho, lavou o rosto e retornou para cama, adormecendo em seguida, mas, dessa vez, sem sonhos reais ou viagem astral.

Capítulo 11

O sol brilhava lá fora e Maria organizava os últimos preparativos da festa. Laura se uniu a ela nas tarefas.

A tarde caiu e Laura instruiu os garçons na forma de servir os convidados.

O sítio estava lindo, José preparou arranjos de flores em todos os recantos. Gabriela chegou com sua família para ajudar nas tarefas. Estava agitada e nervosa.

Laura percebeu que a agitação de sua amiga a atingia direto no estômago. Reuniu o grupo e pediu uma prece, acalmando todos:

— Não é preciso o nervosismo, todos realizaremos nosso melhor, tenho certeza que será magistral a inauguração de nosso negócio. Vamos todos nos dar as mãos. Vamos agradecer ao Criador e buscar energia positiva para que tudo corra na perfeição; que todos os convidados saiam deste evento felizes e nos recomendem para novos clientes.

— Estou muito nervosa, não temos experiência em eventos, se não der certo, o que faremos? — a voz de Gabriela era tensa.

— Não está sendo positiva, Gabi, o que negativa o ambiente. Pense positivo, problemas aparecerão e estaremos tranquilos para resolvê-los todos. Respire fundo e solte o ar lentamente, positive sua mente. Jogue fora qualquer pensamento negativo ou contrário ao que desejamos. Imaginem bolas de luzes sobre nossas cabeças. Essa luz vem do alto e nos penetra como um raio de fluidos altamente salutares, calmantes e positivos. Sintam o bem-estar que ela traz.

Laura fez uma sentida prece e direcionou sua voz à motivação do grupo. Quando terminou, notou que o enjoo tinha passado. O ambiente estava preparado, e todos, motivados e sentindo grande bem-estar, retornaram ao trabalho.

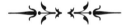

Os primeiros convidados chegaram, a música começou a tocar e tudo decorria bem. Seguiam o cronograma.

Laura deixou a cozinha para ajudar a levarem o jantar à mesa para os convidados se servirem. Colocou uma travessa sobre a mesa e levantou o olhar para os convidados da festa.

Ela olhou em direção a um grupo que estava conversando à beira da piscina e reconheceu Davi entre eles. Gabi, que chegava com outra bandeja, falou:

— Conhece aquele homem? Ele é muito bonito. Não sabia que nesta cidade poderia ocultar-se tamanha beleza masculina. Onde se esconde este exemplar magnífico da espécie?

Nesse momento, Davi, com outros convidados, se aproximou da mesa para se servir.

— Ele está mais próximo. É ainda mais belo de perto.

Davi reconheceu Laura, deu a volta na mesa e se aproximou dela, abraçando-a.

— Não imaginava encontrá-la nesta festa. Conhece o aniversariante?

— Também não esperava encontrá-lo aqui. Esta é Gabriela, minha amiga e sócia.

Ele estendeu a mão para Gabriela, dizendo:

— Muito prazer. Laura fala com muito carinho da amizade que sente por você. Sou Davi, ao seu dispor.

— Você é o terapeuta de Laura?

— Não mais, porque lhe dei alta, ela não precisa mais de meus serviços. Agora virei um amigo, espero que me considere.

— Um grande amigo, Davi — tornou Laura. — Seja bem-vindo ao meu sítio. Esteja à vontade, espero que aproveite a festa que realizamos para nosso cliente. Se precisar de um espaço para comemorações, estamos ao seu dispor.

— O lugar é belíssimo, parabéns a todos e boa sorte com o empreendimento.

— Davi, podemos conversar mais tarde, se não o atrapalhar?

— Esteve com Shain, não sou mais seu terapeuta, como amigo podemos nos divertir juntos, faço questão de dançar com você depois do jantar. Não se esconda na cozinha, estarei à sua espera. Depois conversaremos.

Davi retornou para pequena fila que se formava para se servirem do jantar.

Gabi e Laura retornaram para a cozinha. Gabi não se conteve e falou:

— Querida, seu terapeuta é um gato, refinado e elegante, você dançará com ele, não? Percebeu o olhar que lançou sobre você? Ele é solteiro?

— Pare de maliciar. Davi é um homem especial, trata todos com respeito e carinho. É um cavalheiro.

— Um cavalheiro solitário ou comprometido?

— Ele é viúvo.

— Querida, tudo isso e ainda solto nesta festa? As moças ficam enlouquecidas. Volte ao salão e dance com ele.

— Gabi! Não estou à procura de aventuras amorosas, meu divórcio não se consumou, ainda estou casada com Jair.

— Oficialmente é casada, mas está livre deste compromisso, não se deu conta de seu novo estado civil? Não percebeu o olhar de Davi? Acorda, Laura, a vida é curta, aproveite. Se não fosse casada com Marcos, Davi não me escaparia. Estou encantada com tanta beleza e refinamento.

— Assanhada! Se Marcos escuta o que está dizendo...

— O que é belo é para se olhar... Não estou desrespeitando meu marido, amo Marcos.

— Ouvi meu nome, estão falando bem ao meu respeito? Espero que sim.

— Marcos, estava olhando o andamento da festa, está tudo certo?

151

— Perfeito, recebi elogios sobre a organização e a decoração do ambiente. Vamos esperar terminar o jantar para colher informações sobre a comida. Laura, venha comigo até o escritório quero lhe mostrar alguns papéis que precisam ser assinados por nosso cliente e por você.

— Deixe para mais tarde, meu amor, Laura tem um compromisso importante em instantes.

— Precisa deixar o sítio? É melhor assinar os papéis antes de sair.

— Gabi está brincando, meu terapeuta me convidou para dançar. Está fazendo papel de alcoviteira. Vamos para o escritório, quero aprender sobre o nosso negócio, a parte burocrática, tudo.

— Não é de bom-tom que nos misturemos desta forma com os convidados, melhor evitar exposições.

— Tem toda razão, Marcos. Gabi é que não compreendeu nossa posição, esquece que a cidade toda está presente no evento, quero fugir dos comentários maldosos. Vamos trabalhar.

Laura e Marcos atravessaram o salão e seguiram em direção ao escritório que ficava do lado oposto à cozinha. Davi acompanhou-os com o olhar e Gabriela observou-o da entrada da cozinha.

O jantar terminou e o grupo musical começou a tocar. A pista de dança ficou repleta de pessoas a se divertirem.

Davi continuava à mesa, conversando com amigos.

Laura e Marcos terminaram os afazeres no escritório e os dois atravessaram o salão novamente. Ao passarem próximo a Davi, ele se levantou e segurou Laura pela mão, dizendo:

— Dança comigo?

— Infelizmente não posso, Davi. O meu sócio não concordaria, não podemos nos unir aos convidados.

— Seria a minha convidada, venha, apenas uma dança. Prometo não pisar em seu pé. Sou um pouco desajeitado quando se trata de dançar.

— Realmente adoraria, mas não ficaria bem, me indisporia com Marcos.

— Podemos conversar em outro lugar? Estava olhando uma pequena parte de seu sítio, o lugar é muito bonito.

— Obrigada. Aproveite a festa, tenho que trabalhar. Amanhã o convido para almoçar comigo, assim lhe mostrarei todo o sítio. Estou com o resultado do exame, quero lhe mostrar, fico ansiosa para saber se estou curada ou...

Davi levou seu dedo indicador ao lábio de Laura.

— Não fale, a palavra tem força. Se desejar, posso olhar o exame agora.

— Não é o momento, está com seus amigos, se divertindo.

— Seriam apenas alguns minutos, não me roubaria da presença dos amigos, estaria com uma companhia mais agradável que a presença masculina.

— Acabou me convencendo, avisarei Gabriela, retorno em instantes.

Laura se afastou de Davi e se encaminhou para a cozinha. Gabriela, que observava da porta, sorriu animada.

— Percebeu o olhar dele?

— Gabi! Está exagerando! Davi não me olhou de forma diferente.

— Está cega! Não percebe que ele está vidrado em você? Sei reconhecer o olhar de um homem apaixonado.

153

O brilho em seus olhos revela seus sentimentos, Davi a acompanha com o olhar. Eu estava observando.

— Está maluca. Preciso me ausentar por alguns instantes. Levarei Davi até minha casa, quero lhe mostrar o exame.

— Não dançará com ele?

— Não fica bem, estamos trabalhando, não somos convidados para o evento.

— Infelizmente tenho que concordar, mas pode se ausentar o tempo que desejar. Tudo está correndo em perfeita ordem. Observe um pouco mais o seu apaixonado. Abra os olhos, homem como este não se encontra solto pelas ruas.

— Gabriela, como insiste neste assunto! Somos amigos apenas, veja à sua volta quantas moças jovens e belas. Davi é atraente e jovem ainda.

— Você tem pouco mais de trinta.

— Divorciada e com uma filha adolescente. É muita coisa. Ele vai preferir uma mocinha, jovem, solteira. Prometa não comentar nada sobre o assunto? Sei que gostaria de me ver feliz, refazendo minha vida ao lado de um homem especial como Davi. Mas não é o caso, querida.

— Você é jovem e bela como elas. Não se menospreze por passar dos trinta anos, seu corpo é perfeito, é uma mulher exuberante. E tem o direito de ser feliz ao lado de um homem. Se apresse, Davi está caminhando em nossa direção.

— Você estava demorando. Houve algum problema na recepção dos convidados? — perguntou Davi.

— O cronograma segue na perfeição, podemos seguir para minha casa se não for atrapalhá-lo.

Davi ofereceu seu braço, que Laura gentilmente segurou. Os dois atravessaram o salão e seguiram.

Na porta de entrada da casa, Laura se abaixou e retirou a chave que estava escondida dentro de um vaso grande de flores.

Davi comentou sorrindo:

— Descobri seu segredo.

Ela abriu a porta e o conduziu até a sala, dizendo:

— Fique à vontade, pegarei o exame em meu quarto. Aceita tomar uma taça de vinho?

— Aceito. Deixe que me sirvo, sua casa é encantadora. Existe uma energia agradável aqui.

— Procuro deixar sempre flores e uma música suave a tocar. Eu e Beatriz não discutimos, apenas brincamos, e a programação da tevê é selecionada, nada de violência. Quanto aos filmes, preferimos as comédias e os românticos, o que vem deixando o ambiente agradável, com uma energia boa.

Laura deixou Davi e correu para seu quarto, abrindo a gaveta à procura do envelope do exame.

Enquanto isso, Davi encontrou no bar da sala duas taças e abriu uma garrafa de vinho branco. Ligou o aparelho de som, que começou a tocar uma música romântica dos anos oitenta. Laura retornou à sala e ele lhe ofereceu a taça, dizendo:

— Beba um pouco antes que lhe mostre o resultado do exame, relaxe. Tenho certeza de que um quadro favorável se confirmará. E será a última vez que lhe atendo como seu terapeuta.

Davi abriu o envelope, leu com total atenção e o entregou para Laura:

— Sei que compreende a linguagem que é usada na medicina. Leia com calma.

Ela pegou o papel com as mãos trêmulas e Davi segurou sua mão, dando o seu apoio. Ao terminar de ler, ela olhou para ele e perguntou:

— Compreendi bem? O aneurisma desapareceu? Estou curada?

— Sim, você conseguiu, Laura. Está curada e sabe por quê?

Lágrimas rolaram por sua face e ela não conseguiu responder, estava muito emocionada. Davi continuou.

— Shain me contou sobre seu mérito, fez grande progresso no controle mental e buscou ficar no positivo. Passou por uma cirurgia no astral e limpou de seu campo a doença que lhe retiraria a vida terrena. Você conseguiu. O mérito foi todo seu.

Laura, trêmula, abraçou Davi com toda sua força e ele correspondeu ao abraço, sussurrando em seu ouvido:

— Parabéns, você me surpreendeu. Conheceu o verdadeiro poder da mente. Quando colocamos nossa força inteira no querer, conseguimos verdadeiros milagres em nossa vida. Mostrou-se que é uma grande mulher, estou orgulhoso de você.

— Obrigada! Estou feliz, terei tempo para viver aqui e realizar meus projetos. Recebi a bênção de poder ver minha filha crescer um pouco mais. Você me ajudou muito, Davi. Se não fosse você, estaria morta. Obrigada, meu amigo.

— Não me agradeça, apenas lhe mostrei o caminho e você escolheu segui-lo. Usou sua força e não a minha. Foi a melhor paciente que tive. Vamos comemorar!

Os dois brindaram, batendo as taças e tomando um pouco de vinho.

Davi se levantou do sofá, colocou a taça sobre a mesinha ao seu lado, retirou a taça de Laura e fez o mesmo. Segurou-a pela mão, fazendo-a se levantar. Apertou seu corpo junto ao dela e os dois dançaram com o rosto colado.

— Quando jovem, dançávamos assim; aqui não está trabalhando e tampouco eu estou. A terapia terminou. Se me atrever, não serei antiético em minha profissão.

— Atrever a quê?

— Laura, não percebeu? Você mexe fortemente com meus sentimentos. Estou totalmente atraído por você.

— Davi, eu não...

Laura o olhava sem piscar. Seus lábios estavam bem próximos, seus braços fortes apertaram sua cintura e Davi a beijou, expressando todo o sentimento contido em seu coração. O beijo se prolongou ardente e voraz, as mãos deslizavam pelo corpo.

A música terminou e Laura tomou fôlego para dizer:

— O que aconteceu entre nós?

— De minha parte, amor e desejo. Não sou homem de me aproveitar das fragilidades das mulheres. Desde que fiquei viúvo, nunca mais me envolvi com outra mulher. Você me despertou a paixão. O que sentiu ao meu respeito?

— O desejo! Sinto forte atração e acabo de me dar conta que estou perdidamente apaixonada por você.

Os dois uniram os lábios novamente em um beijo ardente.

Lá fora, o som da banda parou, os convidados cantaram para o aniversariante, com palmas e gritinhos eufóricos.

Laura se afastou um pouco e disse:

— Temos que voltar para o salão, seus amigos sentirão sua falta. E eu preciso ajudar a servir os convidados.

— Não quero que esta noite se acabe, vamos para meu apartamento? Não estamos na adolescência, mas quero fugir com você.

— Não posso deixar Beatriz sozinha em casa, não acha que estamos caminhando rápido demais?

— Desculpe, é que perco o controle ao seu lado. Desde que a conheci, quando entrou em meu consultório, senti atração forte por você. Sinto que, em algum outro recanto de nossa existência, estivemos juntos, já nos amamos.

— Estranho, também tenho esta sensação de que não é a primeira vez que nos beijamos e nos tocamos com paixão e desejo. Davi, não seria melhor nos acalmarmos? Não sou uma mulher livre ainda. E você, está livre? Tem algum compromisso com alguma das moças que estão lá fora? É um homem belo e atraente, aposto que deixou sua namorada à sua espera na festa.

— Está enganada, sou livre. Não sou dado a entregar minha intimidade a qualquer mulher. Casei-me muito cedo, estava muito apaixonado quando minha esposa morreu. Prometi que não amaria novamente enquanto não aparecesse alguém especial em minha vida. Há alguns anos não sei o que é tocar em um corpo de mulher. Como terapeuta, conheço bem a troca energética em uma relação sexual, e não desejava receber energia que me deixasse mal. Sou cuidadoso nessa troca de energia, tenho forte sensibilidade. Você quebrou minha resistência. Eu me rendo aos seus encantos, Laura, venha comigo, te quero esta noite e todas as outras em que viveremos nesta vida.

Laura procurou o lábio de Davi e ele caiu sobre o corpo dela no sofá. Ficaram a trocar carícias até que a porta abriu e Beatriz entrou.

Os dois, assustados, pularam, ficando em pé no meio da sala, e tentaram disfarçar.

Beatriz não percebeu nada, e Davi foi apresentado à adolescente como um amigo de Laura.

— Muito prazer. Mamãe, os convidados estão se retirando. Tio Marcos está à sua procura, pede que o encontre no escritório. Ele também quer voltar para casa, posso dormir na casa de Fernanda? Amanhã passaremos o dia no clube. Não se importa em ficar sozinha?

Laura olhou para Davi e voltou o olhar para a filha, dizendo:

— Tem minha permissão. No final da tarde eu a apanharei na casa de Gabi. Só me prometa que não tomará sol em demasia no clube. E leve os livros para estudar, as provas finais começaram.

— Toda mãe é igual — retrucou Davi. — Deixe a menina se divertir sem preocupações.

— Obrigada, tio. Mamãe se preocupa demais com as provas, tenho ótimas notas, estudei para as de segunda-feira durante todo o dia de hoje. Preciso me divertir com as amigas no clube.

— Certo, pegue seu pijama e a escova de dente, e não se esqueça do biquíni.

Beatriz deixou a sala. Laura encarou Davi e lamentou:

— O trabalho me aguarda. Gostaria que esta noite não terminasse.

— Você me convidou para almoçar neste domingo, aceito. Estarei aqui bem cedo para aproveitar todo o dia ao seu lado.

— Sendo assim, a madrugada é alta, faltam poucas horas para o sol nascer. Fique aqui, vamos vê-lo nascer por entre as montanhas, próximo à cachoeira. Faz muito tempo que não aprecio o espetáculo da natureza.

— Seu convite é maravilhoso, aceito. Mas saiba que, permanecendo no sítio, as outras pessoas comentarão ao nosso respeito.

— Não me importo com a maldade alheia, quero ser feliz. Estou em primeiro lugar. Pouco importa o que dizem ao meu respeito, não estou traindo ou enganando ninguém.

— Vamos retornar à festa, me despedirei dos amigos. Eu vou esperá-la no salão. Diga-me, Laura, está feliz?

— Sim, meu terapeuta, estou radiante. Acabo de descobrir o amor e terei tempo para vivê-lo. Sou abençoada pelo Criador.

Beatriz, carregando uma pequena mala, passou por eles na sala e os três deixaram a casa, seguindo para o salão de festas.

Laura entrou no escritório junto com a filha e Davi se uniu com os amigos em uma das mesas.

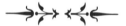

Uma hora depois, todos se retiraram e os garçons recolheram o lixo e empilharam as cadeiras. Maria se recolhera com José, e os filhos terminavam a limpeza, quando Laura os dispensou para o descanso.

O sítio ficou em silêncio e Laura preparou uma cesta de café da manhã com a ajuda de Davi. Os dois caminharam até a cachoeira de mãos dadas.

O céu perdia o tom escuro da noite e o azul se destacava, os primeiros raios de sol indicavam que seria um dia quente de final de primavera.

Davi cobriu o gramado com um cobertor e Laura espalhou as guloseimas sobre uma toalha de mesa.

O sol nasceu por detrás das montanhas como uma bola de fogo alaranjada. Depois de se alimentarem, Davi e Laura se puseram em posição de meditação sobre o cobertor.

Os raios do sol os aqueceram e eles terminaram a meditação. Davi pegou Laura em seus braços e a levou com cuidado para debaixo da cachoeira. Ela sentiu a água gelada e tentou fugir dos seus braços.

— Venha, lhe fará bem este banho frio.

Davi a apertou forte em seus braços e a beijou. Laura se rendeu ao beijo e à água fria.

Naquele momento existiam somente os dois na entrega do amor. As roupas foram jogadas sobre as pedras, e mergulharam no rio que formava abaixo da cachoeira, se amando entre beijos e carícias.

Quando se acalmaram, retornam ao cobertor, abraçados, enrolando-se em toalhas de banho.

Alimentaram-se com frutas. Davi as colocou na boca de Laura, dizendo:

— Cuidarei bem de você desta vez, não vou perdê-la. Fica ainda mais bela com os cabelos molhados.

— Por que disse que não me perderá desta vez?

— Tenho recordações de vidas passadas, amor. Não lhe fui um bom companheiro.

— Desejo ter essas recordações também.

— Melhor deixar o passado para trás, o que importa é o presente. Estamos juntos novamente. Com a permissão do Criador, seguiremos unidos nesta vida, tenho a informação que vamos realizar nossa missão no mundo de mãos dadas. Nosso amor resistiu ao tempo, eu a amo, Laura, sempre amei, foi especial em muitas outras vidas.

— Conte-me o que sabe sobre nós no passado. Sinto que há uma força irresistível que me liga a você. Não me entregaria a um homem no primeiro encontro como ocorreu entre nós. Sempre fui muito cuidadosa em permitir intimidades desta forma. Estive casada com Jair por anos e nunca senti nada igual ao que senti quando fizemos amor.

— Temos uma ligação energética de muitas vidas, a relação sexual flui com naturalidade e sincronicidade entre nossos corpos, a energia que nos une é de amor, desejo, paixão.

— Você sabia de tudo quando entrei em seu consultório pela primeira vez?

— Bastou sentir sua presença na antessala, que todo o passado me veio à mente, como se assistisse a um filme em minha tela mental. Quando a secretária abriu a porta de meu consultório, eu sabia quem era você, e todo amor que sentia no passado retornou forte, me contive o quanto pude, porque tinha medo de perdê-la para a doença terminal. Shain me animava dizendo para ter calma, que você reagiria à terapia. Senti vontade de abraçá-la e de beijá-la em tantos momentos! Doía-me vê-la triste.

— Não deixou transparecer nada! Gabi me falou na festa que seu olhar brilhava na minha presença. Ela insistiu tanto, que quase discutimos.

— Ela percebeu o meu amor por você. Sagaz sua amiga.

— Por que decidiu revelar seu amor?

— Não resisti à felicidade de você estar curada. Quando me abraçou em sua sala, meu corpo estremeceu de prazer, uma onda elétrica o percorreu, e a beijei. Confesso que a amaria naquele momento. Mas, com muito esforço, me contive, não queria assustá-la com minha saudade do passado.

— Senti o mesmo, mas estava assustada com o sentimento que me invadia. Meu corpo todo estremeceu de prazer naquele momento.

— E, neste momento, sente prazer ao meu toque?

Davi a beijou e a envolveu em seus braços fortes. Deslizou as mãos em seu corpo. A respiração de ambos se tornou ofegante, e novamente se entregaram ao amor.

Quando se acalmaram, Laura, deitada sobre o braço de seu amado, falou:

— Gostaria que tivéssemos nos encontrado antes, jamais me casaria com Jair, pois o que senti por ele não era amor. Por que a vida não nos uniu antes?

— Tudo tem o tempo certo, amor, tínhamos compromisso com outras pessoas, a vida nos colocou frente a frente quando estávamos livres do compromisso de viver certo tempo ao lado deles.

— Amava sua primeira mulher?

— A amei sim, tivemos momentos bons juntos.

— Sente a falta dela? Não se casou com outra ou namorou alguém?

— Esperava por você. Sentia que a encontraria algum dia, e não queria estar comprometido quando a encontrasse. Durante a recepção, na noite passada, percebi os olhares masculinos sobre você, ouvi um comentário de um amigo, quando se afastou após nosso cumprimento. Ele disse que você era linda e que a desejava. Fiquei enlouquecido de ciúmes, senti vontade de deixar a festa. Contudo, deixá-la sem minha proteção...

— É ciumento, amor? Um terapeuta com grande conhecimento sobre a vida deixa este sentimento atingi-lo!

— Eu sou ciumento, amor. Nossas brigas no passado foram sempre neste sentido, não suportava que outros homens a cobiçassem. Não fui um bom companheiro; eu a fiz sofrer com meu ciúme. Tenho conhecimento do meu ponto fraco. Sou terapeuta, psicólogo, ajudo pacientes com distúrbios do ciúme, mas sou um homem ciumento.

— Sentia ciúme de sua esposa?

— Um pouco, mas quando se trata de você... Devo confessar, quando deixava meu consultório, ficava imaginando que outros homens a olhassem na rua. Sentia vontade de correr atrás de você e abraçá-la para que todos soubessem que era minha e não estava desacompanhada.

— Repete o que disse, amor.

— Que correria atrás de você?

— Não, a outra frase, eu sou...

— Você é minha! E eu sou seu. Sei que estou acelerando as coisas, mas...

— O quê?

— Laura, aceita se casar comigo?

— Casar! Estamos juntos há menos de vinte e quatro horas e me pede em casamento!

— Estamos juntos há mais de mil e quinhentos anos, foram várias histórias de amor que vivemos. Não quero perder tempo com papéis sociais, é preciso seguir adiante. Quer se casar comigo? Viveremos juntos, Beatriz se acostumará comigo como seu padrasto, serei um bom pai para ela.

— Aceitaria me casar com você se fosse livre. Os papéis do divórcio ainda estão correndo. Não sou uma mulher livre. Se tiver paciência, terá de esperar.

— Espero o tempo que for preciso, mas quero que mude para meu apartamento hoje, não quero ficar longe de você uma noite sequer.

— Davi, amo-o, mas não posso viver ao seu lado tão rapidamente. Preciso conversar com minha filha, é preciso que vocês dois se conheçam um pouco melhor, ela se acostume com sua presença ao meu lado. Tenha calma, amor, eu não sou sozinha.

— Compreendo, me controlarei por Beatriz, não pela regra social.

— Obrigada, está na hora de voltar para casa, prepararei o almoço que lhe prometi. Daqui a pouco, José aparecerá por aqui com seus filhos para pescar. Não quero que nos encontrem desnudos.

Capítulo 12

O domingo terminava, Laura e Davi, após se entregarem ao amor, sentaram-se na sala para assistir a um filme romântico na tevê.

Marcos estacionou seu carro próximo da garagem. Estava com toda sua família, viera trazer Beatriz para casa.

Bia abriu a porta e todos entraram na sala. Davi e Laura se levantaram para recebê-los.

Beatriz ficou boquiaberta ao ver a mãe ao lado de outro homem. Gabriela, sorridente, brincou com Laura ao cumprimentá-la, dizendo baixinho ao pé de seu ouvido:

— Agarrou o bonitão, parabéns, amiga.

Marcos cumprimentou Davi, e Fernanda fez o mesmo.

As meninas se encaminharam para o quarto se olhando e sorrindo disfarçadamente.

Laura os convidou para sentar, dizendo:

— Tenho novidades, estava esperando Bia me ligar para buscá-la em sua casa. Não sabia que viriam para o sítio.

— Deixamos o clube e decidimos seguir direto para cá. Marcos esqueceu alguns documentos.

— Vou ao escritório apanhá-los e seguiremos para casa — disse Marcos, constrangido com a presença de Davi.

— Espere, Marcos, não lhe apresentei corretamente meu amigo Davi. Ele era meu terapeuta.

— Como está, Davi? Devo admitir, realizou ótimo trabalho com nossa amiga, renovou o ânimo e a transformou em uma pessoa feliz.

— Laura escolheu o caminho do bem, somente apontei as direções, não a conduzi. Acredito muito na independência do ser como indivíduo, que determina qual posição escolher. Existem apenas dois lados, o bem e mal, o positivo e o negativo. Laura usou sua força para permanecer no positivo, o mérito é dela.

— Aproveitando que as meninas estão ausentes, estou curiosa e aflita para saber o resultado do exame — interessou-se Gabriela, segurando a mão de Laura entre as suas.

— Meus amigos, pasmem, estou curada! O aneurisma desapareceu de meu cérebro.

— Graças a Deus! Laura, foi um milagre! Temos que comemorar! — Gabriela abraçou Laura, empolgada. Marcos fez o mesmo, e disse emocionado:

— Estou muito feliz, ficará muito tempo conosco, minha querida!

— Tenho outra novidade, meus amigos, Davi me pediu em casamento.

Gabriela e Marcos se olharam assustados, e repetiram juntos:

— Casamento?!

— Vamos esperar o divórcio ser assinado, e marcaremos a data em seguida. Imaginam que estamos sendo precipitados.

— Vocês se conhecem há poucos meses. E, pelo que sei, iniciaram um relacionamento ontem! Ou estou errada?

— Gabi, eu e Davi nos conhecemos há mais de um século em vidas passadas, foi apenas um reencontro de almas com forte afinidade. É o amor que nos liga um ao outro.

— Loucura! Desculpe, mas não acredito que tiveram outras vidas além desta.

— Respeito sua opinião, Marcos. Sinto que está próxima sua mudança mental a respeito da vida além da morte. Provas aparecerão e será difícil contestá-las.

— Estranho — tornou Gabriela —, comecei a abrir minha mente para este campo após examinar os vídeos que me indicou e ler alguns livros a respeito. Sinto que a reencarnação explica praticamente tudo. É complexa nossa existência no universo. Somos muito mais do que podemos imaginar. E não somos os únicos seres inteligentes no universo.

— Gabriela! O que anda lendo e pesquisando?

— Amor, não sou apenas um rostinho bonito no meio da multidão. Tem uma pessoa aqui com capacidade de discernimento — brincou Gabi com Marcos.

— Tenho que apanhar os papéis no escritório. Vocês estão ficando loucos.

Marcos se retirou da sala, assustado com as últimas palavras de sua mulher. Gabi tentou segui-lo, mas Davi pediu:

— Deixe-o, ele precisa de um tempo para colocar os pensamentos no lugar. Chegará a hora desta conversa e você poderá explicar melhor suas descobertas. Tudo tem seu tempo de maturação. Nosso amigo iniciou o processo neste instante. Não adianta bater de frente com ele, é preciso que tenha ouvidos para ouvir e olhos para ver.

— Tem razão, Davi. Marcos é cético, teimoso. Tem suas qualidades, mas, quando empaca, se parece com uma mula. Será que um dia abrirá a mente tão voltada para o cotidiano? Quer saber? Deixe este teimoso para lá. Quero dizer que estou feliz por todas as novidades. Percebi que você olhava para Laura com o olhar apaixonado. Quase briguei com minha amiga ontem, quando lhe disse isso.

— Fiquei admirado com a sua sagacidade. Tentei esconder este sentimento o máximo que pude. Na noite passada, por pouco não discuti com um amigo que ousou comentar que Laura estava atraente e que ele a...

— É ciumento? Não acredito! Davi, você é um homem estudado, equilibrado e sente ciúmes?

— Não sou perfeito, Gabi, tenho esta característica forte em minha personalidade, sinto ciúmes da mulher que amo. Em vidas passadas, Laura sofreu com meu descontrole, com meu ciúme.

— Tem as lembranças do que viveu em outras encarnações?

— Algumas, e, em muitas, estivemos juntos. Sou louco de amor por essa mulher, Gabi!

— Agora compreendo a urgência desse casamento, mas é preciso falar com a Bia. Explicar-lhe a situação com delicadeza. Conversei com ela e percebi que está muito sentida com o pai, mas ainda guarda a esperança que ele retorne para a casa e tudo volte a ser como era antes.

— Está na hora de minha filha aceitar a mudança, jamais voltarei com Jair. O prazo de validade de nossa relação terminou. Posso dizer que cresci, aprendi e não sou mais a mesma pessoa. Deixo o passado para trás sem carregar culpa das atitudes que tive em cada momento da vida. Casei-me com ele e posso até dizer que fomos felizes por um tempo. Ao meu modo o amei, sou grata a ele por termos conseguido trilhar esse espaço de tempo em harmonia.

— Acabou mesmo, né? — indagou Gabriela, só para confirmar.

— Sim. Acabou de fato. O que sinto por Davi é muito forte e não estou impressionada com as revelações de nossas vidas passadas. Em sonhos, há muito tempo, me foi revelado um grande amor, não conseguia ver o seu rosto. Às vezes, caminhava nas ruas olhando para os homens que passavam à minha volta, procurando-o. Desejava reencontrá-lo e, no momento que mais precisei de ajuda, o Criador me concedeu uma nova oportunidade de estar aqui e de realizar uma tarefa especial ao lado deste meu amor. Meu primeiro livro está em seus momentos finais, nos últimos capítulos. Não sabe a felicidade que tenho em escrevê-lo. Sinto-me forte, com coragem para enfrentar qualquer desafio que aparecer em minha jornada, pois compreendo que tudo faz parte do aprendizado para o meu crescimento, para eu conquistar a felicidade. Só evolui quem é feliz.

— Laura! Quanta mudança! Não é mais aquela menina mimada e assustada que conheci. Passa segurança em suas palavras, se tornou uma mulher forte e determinada. Não vejo a hora de ler seu livro. Também preciso modificar-me internamente. Seu livro ensina como iniciar a reforma íntima?

— A busca de quem realmente somos é a única via. Se não se conhece, como descobrir quais as modificações necessárias? Você deve se autoconhecer e não se julgar. O julgamento negativa nosso mental, carregamos culpas que não nos cabem, Gabi. Posso lhe dizer que não é fácil iniciar a mudança, mas, quando se começa, não podemos parar porque qualquer recaída lhe custa caro. As energias que a invadem, quando cai, se tornam pesadas demais para suportar. Em meu caso, o fracasso significava a ruptura do aneurisma, o que me levaria à morte. Às vezes, a vida aponta para as mudanças que necessitamos realizar, mas preferimos ficar estacionados na zona de conforto, dentro do comodismo. No entanto, a vida continua a cobrar, trazendo desafios cada vez mais pesados. E se temos um compromisso com o lado espiritual, como é meu caso, a necessidade do despertar é imprescindível. A doença me levou a um passo da loucura, e, se não usasse minhas forças, teria colocado a perder esta reencarnação. Chegaria ao outro lado da vida derrotada e reiniciaria novos planos para voltar, trazendo o peso do fracasso e compromissos de aprendizados mais intensos e sofridos. Se não aprendemos pelo amor, seguimos com a dor.

— Quero aprender pelo amor. Davi, como terapeuta, poderia me ajudar na busca do autoconhecimento? Sinto a necessidade de saber como a vida funciona. Não sou apenas um ser humano passando pelo planeta, que segue uma rotina comodista, ditada por uma sociedade decadente e retrógrada. Quero tirar o máximo de proveito desta reencarnação, aprender e me tornar uma pessoa melhor, enriquecida com o conteúdo de meu aprendizado. Minha amiga foi a prova de que algo superior está no comando de tudo, e quero me ligar a esta fonte de luz. Pode me orientar, meu amigo?

— Com todo o prazer, Gabi, podemos formar um grupo de estudos sobre o assunto. Será de grande proveito aos participantes. Laura ensinará o que aprendeu em sua forte experiência. Será nossa mestra.

— Eu! Mas você é o terapeuta aqui! Eu sou apenas uma estudiosa engajada na causa. Acabo de encontrar o nome para meu livro.

Nesse momento, Bia e Fernanda retornaram à sala e Beatriz, ouvindo o comentário sobre o livro, perguntou:

— Terminou de escrevê-lo, mamãe?

— Não, mas falta pouco.

— Estamos famintas, não está na hora do jantar?

— Está, querida, podemos jantar no salão de festas. Preparei um almoço delicioso para Davi e sobrou bastante.

— Você cozinha muito bem, me fartei com o delicioso almoço, mas também devo dizer que colaborei. Lavei a louça.

— Almoçou aqui com mamãe? Passou a noite aqui?

— Não. Ele foi meu convidado. Davi, que você viu aqui ontem à noite, é o meu terapeuta, querida, e um grande amigo. Conversaremos mais tarde, apenas nós duas, porque preciso lhe explicar muitas coisas. Agora convido a todos para jantar.

— Chamarei papai, ele está no escritório? — indagou Fernanda.

— Está sim, Nanda.

As meninas se retiraram. Laura respirou fundo e disse:

— Será uma longa conversa, espero que ela compreenda que eu o amo, amor.

— Se desejar, posso ajudá-la.

— Não, será uma conversa entre mãe e filha, agradeço sua ajuda.

— Ela aceitará Davi, pense positivo, não se esqueça da confiança no bem. Aprendi com você, amiga — finalizou Gabriela.

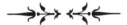

Após o jantar, Marcos apresentou o relatório sobre o lucro que obtiveram com o primeiro evento realizado no sítio. Laura se entusiasmou com o resultado.

— Não esperava todo esse lucro! Pagamos todos os credores e funcionários e nos restou capital para investir no próximo evento e ainda garantir nosso sustento. É maravilhoso, Marcos.

— Temos marcado para o próximo fim de semana três festas, sendo que duas delas são casamentos. Em uma das cerimônias, haverá a presença de um rabino. E, na outra, um padre.

— Temos estrutura para realizar a cerimônia?

— Temos, montaremos no gramado uma cobertura elegante e faremos um pequeno altar. Encomendei o tapete vermelho em São Paulo.

— Tio Marcos, em todos os finais de semana teremos trabalho. Quando chegar as férias, não poderemos viajar para conhecer o mar?

Laura sorriu para Beatriz, dizendo:

— Nós vamos tirar alguns dias de férias, não se preocupe, querida. Prometi e cumprirei.

— Falei com tia Eulália, que concordou em nos emprestar a casa na ilha, mas disse que há dez anos ninguém esteve por lá. Ela não sabe se está em condições de uso.

— Deixem com o tio Marcos, contratarei uma equipe de limpeza que enviaremos para a ilha. Quando pretendem me abandonar?

— Papai! Vamos todos juntos. Teremos as melhores férias de verão se toda a família estiver junta.

— Mas quem dará continuidade ao nosso empreendimento? Temos agendado eventos até meados do próximo ano.

— Faremos revezamento, Marcos. Fico na primeira semana, você retorna a Minas Gerais na semana seguinte. José e Maria estarão aqui para nos auxiliar.

— Eu fico com as meninas na ilha — disse Gabriela animada.

— Nossa empresa será um sucesso, se preparem para realizar eventos no sítio durante a semana também. Fechei com quatro grandes empresas para as festas de confraternização. Temos muito trabalho pela frente — emendou Marcos.

— Estou muito feliz! A tempestade passou, o sol está brilhando em minha vida. Tornei-me empresária de sucesso e, em breve, uma escritora. Encontrei a luz no meu caminho.

Todos brindaram a esse momento com alegria, Marcos se retirou com sua família e Davi se despediu de Laura e de Beatriz.

— Tenha uma boa-noite, foi muito agradável desfrutar este belo domingo ao seu lado.

— Nossa conversa foi maravilhosa, meu amigo. Amanhã telefono, deixando-o a par das novidades. Obrigada por tudo, Davi.

Eles desejaram se despedir com beijos ardentes, mas era preciso se conter. Beatriz estava abraçada a Laura.

Davi entrou em seu carro e Laura entrou com a filha dizendo:

— É tarde, querida, amanhã levantaremos bem cedo, quero conversar com você antes de ir para a escola.

— Não estou com sono, mãe, podemos conversar agora. Sabe que sou curiosa e tem algo no ar me incomodando. Gostei do seu terapeuta, ele é muito bonito, refinado, tão diferente de papai.

— Por que o compara com Jair?

— Algo me diz que minha mãe encontrou um novo amor!

— Você e as vozes que ouve nessa sua cabecinha! É muito intuitiva. É o princípio da mediunidade se abrindo. Davi pode ajudá-la, orientando-a sobre essa sensibilidade. É preciso aprender como lidar com as energias que a invadem.

— Mãe, Davi e você se amam e não é de hoje, se reencontraram nesta vida. Estive com vocês em algum lugar do passado, já fui filha do casal.

— Como sabe?

— Tenho a sensibilidade apurada, mãe. Quando olhei para ele na sala, me veio uma avalanche de cenas e informações, como um filme exibido em minha mente. Meu pai retornou, e desta vez não vamos sofrer com o seu ciúme.

— Bia! Às vezes me deixa assustada! Aceita que eu tenha um relacionamento amoroso com Davi?

— Como poderia ser contra a força da vida? Vocês são feitos um para o outro. É o amor que os une, mãe. Sinto medo pela rapidez dos acontecimentos, sim. Papai nos deixou há pouco tempo. Sinto sua falta, tinha esperança que ele retornasse. Ele continuará sendo meu pai. Davi não vem para tirar o lugar dele. Chegou para fazê-la feliz e me orientar nesta fase de aprendizado. Quero vê-la sorrindo, feliz, mãe.

— Querida, não sabe a felicidade que invade meu peito com suas palavras, minha pequena. Você cresceu! É uma mocinha consciente e equilibrada. Na sua idade, eu era boba, sofria por tolices.

— Minha geração, mãe, é mais avançada. O mundo em que foi criada mudou, hoje temos de ser rápidos e espertos, sem perder a ternura e a alegria da adolescência. Diga a Davi que o aceito como namorado de minha mãe. Mas não vou chamá-lo de pai, é cedo para isso. O passado ficou para trás, vivemos outra história no presente.

— Obrigada, querida, acaba de me tirar um grande peso dos ombros. Te amo.

— Também te amo, mãe. E não dê importância aos comentários maldosos do povo desta cidade, seja feliz e beije muito seu amado. Se ele desejar, pode se mudar para o sítio ainda esta noite, saberei ser discreta, respeitando a intimidade do casal.

— Ele pediu para que fôssemos morar em seu apartamento, na cidade.

— Não quero deixar o sítio, mas, se for sua vontade, iremos.

— Quero que você fique à vontade, a casa é grande e confortável. Viveremos aqui como uma família feliz.

— Boa noite, mãe. Estou cansada, me diverti muito na piscina do clube, meu corpo quer repouso. Sonhe com seu amado. Ligue para ele, está esperando do lado do telefone, ansioso.

— Bia! Como sabe disso?

— Minha tela mental é poderosa, mãe. Ele quer voltar para o sítio e ficar ao seu lado. Ligue, estarei dormindo em meu quarto e não vou prestar atenção em nada.

Beatriz beijou a mãe e fechou a porta do quarto. Laura pegou o telefone e ligou. No primeiro toque, Davi atendeu.

Após ouvir Laura narrar parte da conversa com a filha, Davi desligou o telefone, colocou algumas roupas em uma pequena mala, que jogou no banco de trás do carro, e acelerou em direção ao sítio.

Ao chegar e ver Laura em trajes íntimos de dormir, ele a pegou em seus braços fortes e a levou para o quarto, fechando a porta.

Capítulo 13

As férias chegaram, Davi e Laura estavam animados, organizando as malas para seguirem com a família de Marcos para Angra dos Reis. José e sua família receberam todas as instruções para organizarem os eventos de final de ano no sítio.

O telefone tocou e Laura atendeu, reconhecendo a voz que a cumprimentava:

— Bom dia, Jair, quer falar com a Bia?

— Não, fui procurado por um oficial de justiça. Estou com papéis do divórcio em minha mão.

— Ótimo, assine e compareça à audiência com o juiz. Será um homem livre.

— Quero conversar com você antes de assinar.

— Não temos mais nada para conversar, assine e compareça. Estamos atrasados para a audiência, que está marcada para as dez horas desta manhã. Você está na cidade?

— Estou, passarei no sítio para conversar com você.

— Não venha. Se insiste nessa conversa, diga onde está que vou ao seu encontro.

— Estou na casa de minha mãe. Laura, preciso falar com você, é importante.

— Chegarei em vinte minutos.

Laura desligou o telefone. Bia e Davi olhavam-na parados à porta de entrada.

— Mãe, o que ele quer?

— Não sei, estava com a voz embargada. Parecia-me aflito, nervoso. Preciso saber o que está acontecendo, é imprescindível que ele assine o divórcio.

— Amor, levo você até lá, fico esperando no carro.

— Quero ver meu pai.

— Querida — tornou Laura —, terminou de arrumar sua mala? Ficamos de seguir viagem logo após a audiência, não gosto de deixar Gabi esperando.

— Termino em dois minutos, mãe, me leve para vê-lo, por favor.

— Os dois ficam. Jair estava estranho. Vocês terminam de arrumar as bagagens e a coloquem no carro de Davi. Vou com meu carro, depois o deixo na casa de Marcos. Seguiremos viagem para o mar azul. Eu os encontrarei após a audiência no fórum. Querida, seu pai estará lá, poderá abraçá-lo.

Laura saiu rapidamente, antes que Bia protestasse. Estava agitada para resolver a situação, o que mais desejava era ficar livre para se casar com Davi.

Tocou a campainha e a porta se abriu. A mãe de Jair não parecia bem, seus olhos estavam inchados, demonstrando que havia chorado.

179

— Entre, Laura, meu filho está em seu antigo quarto, à sua espera.

— O que está acontecendo? A senhora não me parece bem.

— Problemas! Muitos problemas, querida. Tenha paciência com Jair, ele está muito nervoso.

Laura bateu à porta de leve. Jair a abriu e, ao vê-la, segurou-a com força em seus braços, beijou-a enlouquecido e a jogou sobre a cama. Em meio aos beijos no corpo de Laura, disse:

— Você está linda, como pude ser tolo em deixá-la! Estou de volta, amor, diga que me aceita?

Laura usou toda sua força para se desvencilhar de Jair, o empurrou e ele caiu ao chão. Ela se levantou, aflita:

— Ficou louco! O que pensa que está fazendo?

— Amo você, Laurinha! Estava errado, Mayara não era a mulher que esperava que fosse. Perdoe-me, amor, me aceita de volta, vamos ser felizes juntos.

— Jair! Acabou. A audiência do divórcio está para acontecer em uma hora. É o fim! Arrume-se e vamos para o fórum.

— Você não compreendeu, Laura. Estou de volta, amo você e não vou me separar.

— Jair, é melhor se acalmar, o que aconteceu com você e Mayara? Por que está nesse estado?

— Ela me traiu, tudo que queria era se vingar, por tê-la abandonado no passado. Ela me usou, me deu um golpe financeiro e desfilou com seu amante na minha frente. Laura, errei muito, fui um tolo, me perdoe, volte a viver ao meu lado.

— Sinto muito que as coisas não foram bem para você. Desejava que fosse feliz ao lado dela. Quanto a nós,

Jair, não existe a menor possibilidade. Não estou só, quero o divórcio para me casar.

— Ouvi comentários que tem um amante, que escreve um livro com ele. Eu a perdoo, deixe-o e voltaremos a viver como se nada tivesse ocorrido em nossas vidas.

— Está completamente louco, Jair. Você, me perdoar?! Não estou lhe pedindo perdão, você me deixou, está lembrado? Traiu-me com sua ex-noiva. Partiu levando todas as nossas economias. Perdoe-me por seguir com minha vida! Perdoe-me por ter encontrado alguém que amo de verdade e que me faz feliz! Jair, vamos assinar o divórcio, se não percebeu, a Laura que conheceu não existe mais, sou uma mulher forte, independente, feliz e saudável.

— Dê-me outra chance, sou um homem infeliz, descobri que errei muito em deixá-la. Perdoe-me, vamos voltar a viver juntos, felizes, como éramos antes.

— Compreendo que recebeu duro golpe. Para se reerguer não é este caminho que deve tomar. A vida o colocou nessa situação, use sua força para recomeçar, busque a felicidade, esqueça o passado, tudo se modificou para nós. Por todos os anos que vivemos juntos, não quero vê-lo nesse estado deplorável. Mostre que é um homem forte, refaça sua vida, você pode. Não traga às pessoas que o amam a dor de vê-lo nesse estado. Sua mãe está muito preocupada.

— Perdi o emprego e todo o dinheiro. Mayara usou meu nome em negócios escusos, estou devendo para agiotas e tenho o nome sujo na praça. Ela planejou a vingança em detalhes por todos esses anos. Acabou comigo.

— Sinto muito, Jair, lhe darei o dinheiro para pagar suas dívidas. Não quero o pai de minha filha sendo perseguido por agiotas, pode se tornar perigoso para todos nós. Quanto ao seu emprego, estou precisando de um funcionário competente na parte administrativa. Falarei com Marcos, se ele o aceitar, estará contratado. Agora tome um banho, troque de roupa e vamos para o fórum. No fundo, você é um bom homem, terá forças para se reerguer novamente. Não está sozinho.

— Vai me aceitar de volta?

— Não, estou feliz ao lado de Davi. Quero ajudar você, pois, no momento que mais precisei, também recebi ajuda. Não quero virar as costas para quem um dia foi importante em minha vida. Sou sua amiga, o que Mayara fez não me cabe julgar. Essa moça guardou forte sentimento negativo ao seu respeito. Sinto por ela ter sofrido todos esses anos, poderia ter refeito a vida, encontrado outro amor e ter sido feliz.

— Imaginei que amava Mayara. Soube ser ardilosa para me conquistar e acabei inebriado por seus encantos. Fui um tolo, Laura, acabei perdendo você.

— Nosso casamento estava em seu término; se nosso amor fosse forte o suficiente, não deixaríamos outra pessoa nos invadir. Estávamos levando uma rotina enfadonha, o desgaste de relacionamento era evidente. Mesmo se Mayara não o reconquistasse, eu lhe pediria o divórcio. Estamos aqui para encontrarmos a felicidade, e não estávamos felizes juntos. Precisa reconhecer a verdade, Jair.

— Tem razão, eu estava me tornando um homem amargo, reclamava de tudo. Mas na cama nos entendíamos, não é mesmo?

— Não, Jair, éramos dois robôs colocados no automático. No sexo é preciso haver troca e amor, entrega total dos parceiros. Estávamos longe disso.

— Acabou mesmo entre nós, não é, Laura?

— Acabou, Jair. Seremos amigos para sempre, e temos uma linda filha que nos ama e precisa de nosso amor. Ela deseja vê-lo, sente sua falta.

— Também sinto a falta dela, temo que esteja magoada com que acabei fazendo a vocês.

— Beatriz tem se mostrado uma menina incrivelmente adulta e de cabeça boa. Ela o ama, Jair. Claro que, no começo, ficou muito magoada. O escárnio do povo desta cidade não nos poupou. Bia o ama, mas agora temos que seguir para o fórum. Vamos passar as férias de verão na ilha, quero mostrar o mar para ela.

— Tomarei um banho rápido. Você conseguiu, dona Laura, me tirou da depressão. É o que deseja de verdade, ser livre?

— Sim, encontrei Davi e o amo muito. Refiz minha vida e pode ter a certeza de que não lhe tenho mágoa, pelo contrário, quero vê-lo feliz. É jovem ainda e existem muitas moças que adorariam um pouco de sua atenção.

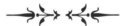

Algum tempo depois, Jair e Laura deixaram a sala do juiz e apertaram as mãos, desejando felicidades um ao outro.

Já do lado de fora, Laura se apressou em abraçar Davi. Jair parou à porta e ficou triste ao assistir a cena entre os dois.

Nesse momento, Bia se aproximou com os braços abertos em sua direção. Jair beijou e abraçou a filha, tentando segurar uma lágrima que insistia deixar seus olhos.

— Filha, me perdoe!

— Pai, não vamos falar em perdão, passou. Ficará na cidade?

— Não tenho outro lugar para viver. Estarei ao seu lado, querida. O juiz permitiu nossos encontros em alguns finais de semanas.

Jair, olhando para Laura e Davi, perguntou à filha:

— Você o aprovou como pai?

— O meu pai é você. Davi é um ótimo parceiro de mamãe e, quando conhecê-lo melhor, tenho certeza de que gostará dele. Seremos uma grande família.

— Seremos, querida. Está saindo de férias?

— Estou, pode ir até a ilha me ver no fim de semana, que passaríamos juntos.

— Não quero atrapalhar com minha presença na ilha. Espero seu regresso, querida.

Marcos deixou o fórum e disse:

— Tem minha permissão para nos visitar na ilha, e, quanto ao emprego que Laura mencionou, conheço sua competência na administração financeira, está contratado. Compareça ao sítio amanhã pela manhã, fale com José, todos os documentos necessários estão à sua espera. Tome conta dos negócios enquanto estamos de férias. Maria o instruirá quanto aos eventos. Jair, eles não são funcionários apenas, são nossos sócios.

— Agradeço a oportunidade que estão me dando. Fique tranquilo, farei o melhor que puder. Se precisar falar comigo, irei morar na casa de minha mãe. Faça uma excelente viagem.

Marcos se afastou e Bia abraçou o pai na despedida, dizendo:

— Esqueça o que passou, todos nós cometemos erros, não pense em vingança contra Mayara, se tornaria uma bola de neve rolando em montanha gelada. Siga em frente, papai, aproveite a oportunidade e a amizade sincera que lhe estende a mão. Fique bem, te espero no próximo fim de semana na ilha.

Jair olhou para filha boquiaberto, não sabia o que lhe responder. Beijou-a na face. Ela seguiu em direção ao carro de Davi, onde estavam Laura com o amado à sua espera.

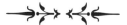

A viagem decorreu tranquila. Findava a tarde quando todos embarcaram na lancha que os levaria em direção à ilha, não muito afastada da costa.

Beatriz e Fernanda estavam encantadas com a beleza do mar, o cheiro e o barulho das ondas arrebentando nas pedras, próximo à marinha. Elas sorriam e comentavam entusiasmadas sobre a bela paisagem.

Marcos contratou o piloto da lancha para ficar à disposição deles durante as férias. A sensação de ficarem isolados em uma ilha o deixava nervoso.

A chegada à ilha deixou Laura emocionada. Segurou forte a mão de Davi e disse ao seu ouvido:

— Estou tão feliz por estar aqui ao seu lado. Meu sonho de adolescente se concretiza. Passava horas nas pedras, sonhando que meu grande amor estivesse ao meu lado.

— Estou aqui, amor, o seu sonho se realizou. No passado, estivemos juntos e vivemos à beira-mar.

— Uma hora você me conta essa história?

— Será melhor viver nossa história no presente. Estou ao seu lado. Só quero saber de amá-la. Estou feliz por estar com você!

185

O grupo desceu da lancha e três mulheres os esperavam no píer. Gabriela perguntou ao marido:

— Quem são elas? O que fazem aqui?

— São nossas colaboradoras, contratei-as para que nossas férias sejam para descanso de todos. Limparam a casa e prepararam um delicioso jantar.

— Você pensa em tudo. Não queria me ver trabalhando na cozinha ou cuidando das roupas sujas. Estamos em um hotel cinco estrelas, nada para fazer.

— Não é bem assim, querida, precisa cuidar de seu marido, me deixar relaxado e feliz. Faz muito tempo que não tiramos férias. Não queria que você e Laura deixassem de aproveitar os momentos agradáveis que passaremos na ilha. Programei um roteiro para passeios na lancha. Nosso piloto é instrutor de esqui aquático. As meninas irão adorar as aulas.

— Pensou em tudo, querido. A casa está incrível, imaginei que estivesse abandonada por anos.

— E estava, foi preciso fazer alguns pequenos reparos. A equipe de serviço deixou a ilha nesta manhã. Trabalharam por dois meses.

— Como assim? Tia Eulália me emprestou a casa faz cinco dias. Ela me enviou as chaves pelo correio. Não estou compreendendo, Marcos, pode me explicar?

— Venha olhar a casa primeiro, depois explico o que desejar.

Todos percorreram os cômodos da casa, admiraram a decoração e Laura disse, olhando para Gabi:

— Esta não me parece a casa onde passávamos as férias de verão. A decoração e alguns espaços não existiam antes, sua tia reformou a casa?

— Bela reforma, transformou uma casa simples de pescador em uma pequena mansão. Tia Eulália não fez isso, foi você. — Gabi insinuou, olhando para Marcos.

— Surpresa para minha amada. Comprei a casa de sua tia há três meses, contratei um engenheiro e um decorador. A casa é sua, amor.

— Marcos... Estou tão feliz. Sempre desejei esta casa, tenho tantas lembranças boas deste lugar. Obrigada, amor!

— Mas a surpresa não é apenas para minha amada. Para nossa amiga e sócia, mandei construir um lindo chalé com dois quartos ao lado da casa principal. Pensei na intimidade e no conforto de meus hóspedes. Queiram me acompanhar, por favor.

Laura e Davi entraram no chalé e se impressionaram com a beleza da decoração. Gabi e as meninas percorreram o piso superior. Fernanda e Beatriz não quiseram ficar separadas e optaram por ficar na casa principal.

Marcos olhou para o casal que estava na sala, um ao lado do outro, e disse:

— Aproveitem. Este é o ninho de amor para os pombinhos e o jantar será servido em uma hora.

— Estou encantada com toda esta novidade, esperava entrar em uma casa velha e suja. Estou rodeada de empregados em um lindo e confortável chalé. Obrigada.

Laura e Davi ficaram a sós, depois que uma das empregadas deixou as malas no quarto principal do chalé.

— Querido, é melhor tomarmos um banho, estou cansada da longa viagem. Depois do jantar vamos até a praia apreciar a luz do luar sobre o mar. Gostava de passar as noites deitada na areia, apreciando as estrelas e o brilho prata que a lua deixa na água.

Davi abriu a porta da varanda no quarto, e disse:

— É lua cheia. Veja o brilho do luar.

Laura sentou-se na confortável rede e Davi, ao seu lado, abraçou e a beijou ardentemente. Depois de se acalmarem, ele disse:

— Estamos juntos novamente, amor, nada mais pode nos separar. Nem o tempo, nem o aprendizado que a vida nos impôs. Eu te amo, sempre te amei, Laura.

— Te amo, Davi. Só sinto medo que a morte venha nos separar.

— Não tema, seria um tempo curto de espera, esperei por você tanto tempo. Por vidas e vidas a esperei, amor. Nossos espíritos se rejubilam na felicidade do nosso amor unificado. Não falaremos do passado ou do futuro, estamos aqui juntos, é o que importa, eu quero você como é, amo seu sorriso, seu rosto, seu cheiro me embriaga de êxtase. Minha amada, eu sou todo seu e você é minha.

Ficaram assim até que o celular de Laura tocou. Era Bia os avisando que o jantar estava sendo servido.

Após o jantar, todos caminharam à beira-mar. Gabi mostrou às meninas as pedras em um recanto da praia onde brincavam na adolescência. Bia apontou para o alto da pedra e perguntou:

— Quem é aquele homem que está lá em cima?
— Não há ninguém lá, Bia.
— Ele está com as roupas rasgadas e chora.
— Querida, está soltando demais sua imaginação, te garanto que não há ninguém sobre a pedra.
— Tia Gabi, ele está lá e chora, sinto sua tristeza.

Marcos, que estava alguns passos atrás, ouviu as palavras de Beatriz e brincou:

— Deve ser o fantasma do pescador, que chora por perder sua amada Eulália.

— Não brinque assim, tio, ele está lá e ficou zangado com o que disse.

— Não há nada lá em cima. Subirei para provar que está vendo coisas.

Davi e Laura, que estavam mais atrás se aproximaram do grupo que olhava para o alto da pedra, e Davi disse:

— Não suba, Marcos. Bia tem a visão aberta em sua sensibilidade. Eu também estou vendo e sentindo a tristeza do pescador.

— Diga a ele que esta ilha é minha propriedade, que precisa partir, esse não é mais seu lar. Que vá assombrar outro lugar.

— Ele se foi, tio, muito bravo.

— Bobagem, não havia nada lá, vocês estão assistindo a muito filme de terror. Coloquem o pé no chão, não existem fantasmas na ilha ou em qualquer outro lugar neste planeta, porque quem morre não volta para nos assombrar.

— Seu ceticismo se modificará, está na hora de conhecer a verdade. A vida o convida a abrir sua mente, meu amigo. Se não buscar aprender, o chamado se intensificará.

— Quero provas concretas da existência do espírito. Desafio a vida para que prove que continuamos vivos depois da morte; sou cético e continuarei a ser se não tiver a prova real.

— Se prepare, tio, coisas inexplicáveis começarão a ocorrer ao seu redor. Analise com equilíbrio e com os pés no chão.

— Pai, estou com medo do fantasma, comprou uma ilha assombrada, quero voltar para casa — choramingou Fernanda, abraçando Marcos.

— Não tenha medo, filha, meu tio não nos fará mal algum, era um homem bom quando estava vivo. Seu pai o desrespeitou por ignorar que a vida continua depois da morte — tornou Gabriela, num tom compreensivo.

— Você acredita que somos imortais? Gabi, não é possível que acredite nesta tolice de fantasmas do outro mundo. Querida, a morte é o fim de tudo.

— Prefiro ser tola a não crer que Deus existe. Obtive provas do poder do Criador. Não deseja ver que Laura está curada, e que um milagre ocorreu diante de nossos olhos? O aneurisma desapareceu de seu cérebro.

— Mamãe! Por que não me disse nada? Estava doente?

— Estava, querida, mas tudo passou, não se preocupe, estou saudável e muito feliz. Modifiquei minha forma de pensar e de olhar a vida. Recebi a intervenção de amigos espirituais. Passei por uma cirurgia no astral e o aneurisma desapareceu. Perdoe-me por não ter lhe contado, quis poupá-la.

— Estou muito feliz! Obrigada, Davi, sei que é responsável por deixá-la ao nosso lado um pouco mais.

— Nada fiz, Bia, apenas mostrei o caminho, o mérito é dela por ter seguido e se empenhado na mudança.

— Mudança essa que Marcos deveria realizar, seu ceticismo ultrapassa os limites, não é, meu querido marido?

— Não vamos discutir, estamos de férias. Quando tiver a prova que solicitei, conversaremos a respeito. Melhor entramos para descansar, amanhã aproveitaremos melhor o dia de sol.

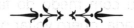

Retornaram à casa. Davi e Laura entraram no chalé e se entregaram ao amor que os unia.

Marcos e Gabriela se preparavam para dormir. Gabi ajeitou o quarto das meninas e se deitou ao lado do marido, quando este perguntou:

— Por que abriu a janela? O ar da noite está fresco.

— Não abri a janela, estava no quarto das meninas do outro lado da casa.

— Está mentindo, você passou pela cama e seguiu em direção à janela, abrindo-a.

— Marcos, não estava no quarto, e não abri a janela. As empregadas devem ter esquecido de fechá-la.

— Impossível, sabe como sou com essas coisas, verifico se toda a casa está fechada, tenho essa mania, você me conhece, e, quando me deitei, a janela estava fechada. Você a abriu, eu pude vê-la passar pela cama.

— Não abri! Vou fechá-la para que não continuemos com essa discussão inútil. Boa noite, querido.

Capítulo 14

Os dias seguiram com harmonia e tranquilidade. Laura e Davi estavam cada dia mais apaixonados. Beatriz e Fernanda se divertiam na praia todas as manhãs. Gabriela e Marcos, apesar das leves discussões, se divertiam com as meninas.

Coisas estranhas ocorriam com Marcos. Eram pesadelos que o deixavam cansado ao acordar, objetos que se mexiam sem que fossem tocados, portas e janelas que se abriam e fechavam com força, sem que houvesse a presença do vento.

Fisicamente, Marcos mostrava o cansaço de noites agitadas.

Foi em uma dessas noites que ele teve um pesadelo. Fugia desesperadamente de um homem armado que atirava em sua direção. Despertou, pulando da cama, abriu os olhos e à sua frente estava o espírito do tio de Gabriela.

    Marcos pôde vê-lo com nitidez e, para sua surpresa, o tio falou dentro de sua cabeça: "Estou vivo! Essa casa é minha, deixe minha amada Eulália em paz. Ela é minha mulher e não sua. Covarde!"

    As palavras eram nítidas e fortes. Marcos caiu da cama ao tentar correr, despertando Gabriela.

    — O que está acontecendo com você? Passou a semana toda tendo pesadelos e agora cai da cama? Definitivamente está difícil dormir ao seu lado.

    — Ele esteve aqui e falou comigo, pensa que você é sua amada Eulália.

    — Quem esteve aqui?

    — Seu tio, o pescador. Sua aparência é horrível.

    — Amor, meu tio está morto há dez anos, esqueceu que, para você, a morte é o fim? Como ele poderia estar aqui e falar com você?

    — Não é hora de brincadeira, Gabi, ele estava na minha frente. Quer que deixemos sua casa.

    — A casa é nossa, você a comprou de tia Eulália. Está na hora de falar com Davi. Pedir ajuda. O nosso amigo saberá o que fazer.

    — Não pode incomodá-lo, é madrugada. Davi e Laura estão dormindo tranquilos no chalé. Tentarei dormir novamente. Se ao menos os pesadelos não me atormentassem... Devo admitir, estou com problemas, não consigo resolver. Sinto-me impotente diante de tantas provas que tenho recebido. Este fantasma de seu tio joga pesado.

    — Admite que ele esteja vivo? Admite que quem morre pode retornar? Admite que a morte não seja o fim de tudo?

— Não tenho como negar. Durante toda a semana ocorreram coisas estranhas à minha volta, me sinto tão cansado fisicamente, perdi meu apetite, sinto dores no corpo. E finalmente pude vê-lo diante de meus olhos e também ouvi-lo. Estava errado, Gabi, a morte não é o fim, preciso de ajuda para voltar a ter paz.

— Tente dormir um pouco, está abatido. Quando o sol nascer, pedirei ajuda a Davi. Tome este calmante leve. Conseguirá dormir um pouco mais.

Marcos aceitou o calmante. Seus nervos estavam abalados. Procurou se deitar ao lado de Gabriela confortavelmente. Vinte minutos depois, ele adormeceu.

Gabriela perdeu o sono e passou a orar, pedindo ajuda a Deus pelo marido. Ela ouviu passos no corredor e barulho de objetos caindo e se quebrando.

Levantou-se da cama, vestiu seu roupão e abriu a porta. Não havia nada no corredor. Acendeu a luz e examinou o aparador que adornava o corredor.

Os cristais sobre o aparador estavam intactos, o espelho estava fixo na parede, não havia nada errado, mas sabia que o barulho de vidro se quebrando fora bem próximo à porta de seu quarto.

Beatriz e Fernanda se levantaram assustadas e apareceram à porta do quarto dos pais de Fernanda, que perguntou para a mãe:

— O que está acontecendo? Ouvimos vidro se quebrando.

— Não sei, filha, também ouvi. Está tudo em ordem aqui. Talvez uma das empregadas tenha retornado à casa e quebrou algo na cozinha.

As três desceram as escadas e examinaram a casa no piso inferior.

— Mãe, não há nada errado aqui embaixo, o som de vidro se quebrando veio do corredor dos quartos, lá em cima.

— Tia, estamos sendo atacadas por forças espirituais, vamos orar juntas, pedindo ajuda aos espíritos superiores.

— Não quero acreditar que seja verdade, meu tio não faria nada para nos prejudicar.

As três estavam na sala principal, conversando assustadas.

De repente, ouviram pancadas na porta da frente. Gabriela tentou acalmar as meninas, e Bia falou com os olhos arregalados:

— Estou vendo seu tio, ele está parado à porta da cozinha e tem uma faca na mão, quer que deixemos a casa dele agora.

Marcos acordou com o barulho na sala e desceu a escada perguntando:

— O que está acontecendo? Ouvi batidas na porta de entrada, melhor abri-la.

— Não, pai, é o fantasma querendo entrar.

— Nanda, ele está aqui, e alterado ao extremo. Chame tio Davi, ele saberá como lidar com essa situação.

Marcos olhou em direção à entrada da cozinha e, por pouco, não caiu nos últimos degraus. Ele podia ver nitidamente o espírito do tio de Gabriela.

— O que este homem faz aqui?

— Calma, tio, ele está descontrolado.

— Sai de minha casa! Aqui não é o seu lugar.

Com essas palavras, o espírito avançou sobre Marcos, que sentiu imediatamente a energia nociva que lhe foi lançada. Ele caiu ao chão se debatendo como se estivesse tendo um ataque epilético.

Gabi tentou socorrê-lo. Fernanda e Bia oraram em voz alta, pedindo ajuda aos espíritos superiores. Davi e Laura já estavam a bater à porta da frente.

Bia ouviu a voz da mãe a chamá-la e se apressou em abrir a porta. Davi entrou e correu para socorrer Marcos. Levou a mão a sua fronte e ordenou com autoridade que o espírito se afastasse.

O ataque cessou e Marcos abriu os olhos atordoado. Tentou falar, mas sua voz não saiu.

Davi o acalmou e lançou sobre ele energias revigorantes, dizendo:

— Passou, fique calmo, pense no poder Superior.

Marcos melhorou visivelmente e perguntou a Davi.

— O que aconteceu aqui? O tio de Gabi estava na minha frente, me atacou, dizia que Gabi era sua e que eu não tinha o direito de invadir sua casa e roubar sua mulher. Pude vê-lo como estou vendo você.

— Pediu a prova da existência da vida após a morte e obteve, desafiou um poder que desconhece. Foi permitido este ataque para que você abra sua mente a esta realidade.

— Eu creio que a vida continua após a morte do corpo físico, diante deste ataque não posso negar a força Superior. O que fazer? O espírito nos quer fora da ilha.

— Vamos orar para que ele se equilibre e possa ser levado para um bom lugar e receber orientações sobre seu estado espiritual.

— Quer dizer que ele não sabe que está morto?

— Não, está confuso. Vê em Gabi a sua amada Eulália, e esta casa que lhe pertenceu por muitos anos. Todos deem as mãos fechando uma corrente positiva, peçam, de coração, auxílio para o tio... Gabi, qual o nome dele?

— Adilson, tio Adilson.

O grupo orou. Marcos e Beatriz viram Shain e mais três seres de luz levando Adilson em direção à porta de entrada. Os dois falaram juntos,"eles se foram".

Davi terminou com uma bela prece e perguntou:

— Estão todos bem? Está melhor, Marcos?

— Estou. Pude vê-lo partir, quem é o hindu de turbante? Ele lançou uma bola de luz sobre todos nós antes de partir.

— Também pude ver e sentir essa energia luminosa, tio Davi, é linda e traz paz.

— Conheceu meu mentor Shain. Laura o conhece de sonhos. É um bom amigo.

— Davi, tio Adilson não voltará a esta casa?

— Ele será esclarecido sobre o que lhe ocorre, dificilmente entrará novamente neste estado de demência.

— Querido, você está bem? Percebeu que colocou todos nós em perigo por sua descrença absurda! Admita que estava errado para que isso nunca mais se repita.

— Estava errado, Gabi! Quero estudar a espiritualidade, não serei pego de surpresa novamente, quero saber como agir para não sofrer este ataque terrível novamente.

— Davi, pode nos ajudar, lembra-se que comentou de formarmos um grupo de estudos?

— Podemos formá-lo, tivemos a primeira aula nesta madrugada agitada.

— Quero fazer parte deste grupo de estudos — disse Beatriz.

— Eu também quero aprender, senti tanto medo que pensei que meu coração saltaria pela boca de tanto bater.

— Filha, me perdoe, eu fui o culpado.

— Não, Marcos, ninguém tem culpa de nada. Conservar este sentimento negativo não faz bem para a sua energia. Está negativando seu campo energético. Nós somos feitos de energias, nosso corpo físico trabalha sobre o comando do cérebro, que é uma máquina ainda desconhecida para o homem. A ciência não chegou a desvendar o poder da mente por completo. Existe, no centro de sua cabeça, uma glândula chamada pineal, ela é a antena receptora que o une a outras dimensões. Existem pessoas que têm esta glândula mais desenvolvida, são conhecidas como médiuns, são canais entre o mundo espiritual e físico. É como um aparelho celular que recebe mensagens, que chegam por intermédio desta glândula.

— Interessante, vou estudar essa glândula. Mas e a visão? Como pude ver o que não é visível para muitos? Adilson estava na minha frente, como vejo você agora. É essa glândula que permite abrir minha visão?

— Temos espalhados no corpo físico os pontos de energia, os chakras. A glândula pineal recebeu a informação e os outros pontos de força se expandiram, em seu caso pôde ver e ouvir. Abriu o chakra da visão e o da audição. O que permite a visão é o chakra frontal, que fica entre seus olhos, acima do nariz.

— Interessante!

— Bem-vindo ao mundo dos médiuns, meu caro amigo. É preciso estudar como tudo isso funciona, principalmente como lidar com energias negativas, o que o leva diretamente ao controle do pensamento, e, devo dizer, ao autoconhecimento. É necessária a reforma íntima para conhecer seus pontos fracos e encontrar seu equilíbrio. Sem isso, meu amigo, estará sujeito a ataques dos negativos, o que funciona por atração, abre a sensibilidade e se torna um polo atrativo para os espíritos, positivo ou negativo, você é quem escolhe o lado em que deseja ficar.

— Davi, e quanto aos fenômenos físicos que ocorrem na casa, janela se abrindo, barulho de vidro se quebrando, foi meu tio quem provocou? Ele tinha poder para tanto?

— Seu tio usou o ectoplasma que Marcos forneceu a ele.

— Ectoplasma, o que é isso?

— É uma substância fluídica produzida pelo corpo físico. Energia condensada que, quando utilizada por um espírito, é capaz de agir no campo físico, movendo objetos e, até mesmo, se materializando diante de uma plateia. Marcos, pelo que pude observar, é um médium que fabrica ectoplasma para efeitos físicos. O que não é muito comum na mediunidade, são raros os médiuns com essas doses de energia ao dispor, é preciso grande energia a ser gasta.

— Por que afirma que eu tenho este tipo de mediunidade? Beatriz também tem o dom de ver os espíritos, ela pode produzir os fenômenos com seu ectoplasma. E estávamos todos na mesma casa.

— Tem razão, meu amigo, é que as provas foram dadas a você e não a Bia. Vamos analisar melhor a sensibilidade de cada um, todos têm sensibilidades, até mesmo aquele que se diz normal.

— Este é meu caso, não sinto nada diferente, não sou médium ou sensitiva. Sou normal.

— Gabriela, o normal não existe no mundo terreno, somos todos seres buscando a evolução, o planeta é a grande escola para equilibramos nossos sentimentos e razão. Quem consegue o equilíbrio segue para planos superiores no mundo astral, quem não consegue fica mais tempo no ciclo das reencarnações. O verdadeiro mundo dos espíritos é regido por sentimentos positivos, vibração forte de felicidade. O sentir tem grande importância para aquele que deseja evoluir.

— Temos muito que aprender com vocês. Laura está terminando seu primeiro livro a respeito deste assunto complexo, o poder da mente, a vibração positiva, como funcionam os planos mais elevados. Estou empolgada para ler.

— Falta pouco para terminá-lo. Quem aceita um delicioso café da manhã? Estamos todos acordados, sugiro fazermos um piquenique na praia para assistir a um belo espetáculo da natureza: o nascer do sol.

— Que ótima ideia, tia, podemos nos divertir um pouco, esquecendo as cenas de filme de terror que se passaram aqui. Ainda estou tremendo.

— Não tenha medo, Fernanda, o medo nos deixa paralisados e negativos. Limpe sua mente, faça exercícios de respiração. Positive seu campo vibracional, não permita que seu pensamento continue a recordar o que se passou nesta casa hoje; ao contrário, pense no belo dia que temos para nos divertir à beira-mar, traga para seu dia a luz da alegria em estar viva, passando por experiências e aprendendo com elas.

Todos foram à cozinha preparar a cesta de café da manhã, pois os empregados estavam dormindo.

As meninas colocaram os biquínis, combinaram de dormir nas redes da varanda da frente, depois do nascer do sol.

O dia transcorreu com alegria entre conversas animadas de grande proveito. Marcos estava curioso e desejava retirar o máximo de informação de Davi.

Capítulo 15

Quinze dias se passaram e, na ilha, a alegria e a paz reinavam.

Laura terminou seu primeiro livro e Davi o enviou ao seu editor.

— Será que a editora aprovará meu livro? Estou ansiosa para saber, e se não aprovarem, o que fazer, amor?

— Ansiedade não lhe fará bem, fez o seu melhor e o assunto está na linha em que a editora trabalha. Não se preocupe, se receber um não, procure outra editora. Controle sua ansiedade, sua mente precisa estar captando a fonte Criadora do universo. Positivismo e otimismo sempre, amor.

— Tem razão, às vezes, me deixo cair por bobagens, pensamentos que chegam à minha mente. O que mais preciso agora é de controle mental, aconteça o que acontecer. A máquina cerebral precisa obedecer ao meu comando e não o contrário. Aprendi tanto com você e, às vezes, tenho recaídas com as dúvidas que persistem. Realmente fiz o melhor que pude e vou esperar o melhor sempre. Ligo-me à fonte que jorra na abundância no bem. Essa noite, Shain me levou em viagem astral para participar de um resgate.

— Conseguiu identificar o lugar onde ocorreu o resgate? Há espíritos que não se deixam ser guiados no momento do desencarne.

— Estavam no fundo do mar espalhados, em meio aos destroços de uma cidade inteira. Espalhados em um grande perímetro ao longo de uma bela praia. Quando cheguei, pude ver a praia ao longe. Tem ideia de onde estava e por que esses espíritos estavam ali, naufragados, em meio aos destroços? Observei que não se tratava de um naufrágio de uma grande embarcação. Que acidente levou tantos à morte, nesse local?

Davi deu um leve sorriso e disse:

— Estava trabalhando no mesmo local, e posso elucidá-la sobre a catástrofe que ocorreu ali algum tempo atrás. Recorda do primeiro *tsunami* na Indonésia, aquela onda que varreu as praias repletas de turistas e invadiu o continente?

— Estava resgatando os espíritos que o mar arrastou em sua fúria?

— Sim.

— Foi uma grande tragédia, mas por que não foram levados por grupos socorristas, no momento do desencarne? Ficaram presos no fundo do mar, como que adormecidos?

— Explico o que ocorre. No momento do desencarne, sempre há equipe de espíritos que trabalham no socorro imediato. Mas há aqueles que, por sua crença ou por medo, se negam acompanhá-los. Os socorristas não têm permissão de levar ninguém à força porque respeitam o livre-arbítrio. Não se esqueça de que nos foi dado o poder da escolha. E, assim, o espírito permanece onde deseja ficar, até que esteja maduro para o esclarecimento, segundo o qual somos seres imortais e a morte não é o fim de tudo. Foi o que ocorreu no resgate. Nessa noite, os espíritos foram separados por grupos, mas não conseguimos despertar todos com nossa energia terrena.

— Foi incrível, eu os tocava e indicava o caminho, eles despertavam um tanto atordoados e seguiam em direção à luz do socorro espiritual. Eram muitos. Eu diria a você que foram milhares levados essa noite. Não era a única a tocá-los para que saíssem do estado de torpor.

— Também estava lá — devolveu Davi —, a organização dos espíritos socorristas planejou um grande resgate e foram muitos os trabalhadores terrenos que participaram.

— Davi, o que aconteceria com eles se não estivéssemos prontos para ajudar nesse resgate?

— Infelizmente permaneceriam ali até que alguém fosse buscá-los, porque, nesses casos, é necessária a energia de quem vive na carne. É que nós estamos na mesma frequência e, assim, somos vistos por eles.

— Os espíritos socorristas não são percebidos por eles?

— Trata-se de frequências dimensionais diferentes. São todas as pessoas que conseguem ver um espírito?

— Eu não tenho o chakra da visão desenvolvido para vê-los. Bia pôde ver tio Adilson naquela noite, e Marcos também o enxergou.

— O caso de Marcos é diferente. Ele era descrente de tudo, e chegou o momento de abrir a mente para essa verdade. Nada ocorre ao acaso, meu amor. Nossa Bia, sim, tem esse sentido mais apurado e está aprendendo rápido a lidar com seu dom. Teremos surpresas, em um breve futuro, com nossa menina.

— Adoro quando se refere a ela com tanto carinho paternal.

— Amo a mãe dela e formamos laços de amor familiar. Jair é pai biológico, mas eu também me considero um pai para nossa pequena Bia.

Beatriz bateu na porta, mas não foi ouvida pelo casal. Entrou sem fazer alarde. Ouviu o último comentário de Davi e perguntou:

— Estavam comentando a meu respeito?

— Chegou sorrateira, filha. Terminou sua aula de esqui aquático?

— Sim, consegui me equilibrar sobre o esqui. Se preparem, temos visitas. Mamãe, meu pai chegou à ilha, achei melhor avisá-los da presença dele, e não está sozinho.

— Não?

— Por incrível que possa parecer, ele está com a prima Marcela.

— Jair e Marcela! Não pode ser!

— Estão se instalando na casa principal. É estranho os dois juntos, não acha?

— Muito estranho. Jair nunca suportou a presença de Marcela. Espero não termos problemas com ela.

205

— Mas o que falavam a meu respeito?

— Davi declarava o amor que sente por nós, o laço de amor que nos une.

— Meu querido padrasto, o laço que nos une é forte, tenho por você amor paternal, agora tenho dois pais, espero ter a liberdade de namorar quando aparecer o meu príncipe encantado. Com dois pais me controlando, não será nada fácil.

— Espera por um príncipe, filha? No meu caso ele apareceu, espero que tenha a mesma sorte. Mas coloque sempre os pés no chão, não existe perfeição no ser humano, temos pontos fracos, erramos e buscamos acertar.

— Estou ciente, mãe. Papai cometeu seus erros e a vida lhe deu uma grande lição. Davi me ensinou a não julgar ninguém. Aceito meu pai de volta e tirei aquele sentimento de revolta de dentro de mim. Fez-me mal permanecer naquele estado negativo. Quero ser feliz e seguir minha jornada evolutiva. Essa noite sonhei que resgatava muitas pessoas do fundo do mar, as tocava e elas despertavam, seguindo para a luz. Foi tão real, pode me explicar o que ocorreu nesse sonho, Davi?

— Querida, estava em viagem astral, participou de um trabalho de resgate, não percebeu a nossa presença nesse trabalho?

— Também estavam lá? Que loucura! Pena que não pude vê-los. Havia muitos a serem resgatados, não tive tempo de ficar olhando à minha volta. Quer dizer que trabalhamos durante o sonho?

— Sim — respondeu Davi.

— Adorei participar dessa bela aventura noturna. Podemos fazer novamente?

— Quem sabe, minha querida. Os espíritos precisam de trabalhadores equilibrados e que vibrem no positivo.

— Nossas reuniões estão realmente abrindo campos na minha sensibilidade que não esperava tê-los. A minha mediunidade se expande a cada dia. Ontem estava do outro lado da ilha com Fernanda, quando uma cobra apareceu e, antes que ela desse o bote sobre a perna dela, eu a empurrei no mar, ou seja, senti o ataque antes que ocorresse e pude evitá-lo.

— Filha, que perigo, não quero que caminhe pela ilha sem nossa presença. É perigoso.

— Mãe, estamos de férias. Você ficou os últimos quinze dias digitando seu livro. Tia Gabi e tio Marcos passam o dia deitados na rede da varanda. Eu e Nanda temos que nos divertir, e aposto que, quando era jovem e passava as férias na ilha, percorria todos os recantos com tia Gabi.

— É verdade, querida, desculpe por ter estado ocupada. Agora que terminei o livro vamos nos divertir juntas um pouco mais. Conhece a cachoeira no meio da ilha?

— Existe uma cachoeira na ilha? Por que não disse antes?

— Estava ocupada. Os empregados não as levaram até lá?

— Eles são novos na ilha, a exploraram pouco. Podemos conhecer esse lugar hoje?

— Seu pai veio te ver, deixaremos para outro dia. É melhor voltar para fazer companhia a ele. Conhece Jair, fica irritado se não recebe atenção. Não quero problemas nestas férias especiais. Estou tão feliz, tenho meus dois amores ao meu lado, minha pequena e meu amado. E, claro, meus amigos queridos. O que mais uma pessoa pode querer?

— Paz! Cuidado com sua prima Marcela. Não se deixe irritar com os comentários maldosos dela. Ela tem a energia pesada e desagradável. Deve ser de tanto julgar as outras pessoas, inferioriza todos para se sentir superior. Pobre Marcela, se negativa, deve ter um grande problema de autoestima.

— Compreendi o recado, querida, saberei me controlar, não se preocupe. Agora vá, diga a Gabi que iremos à casa, para o jantar. Durante a tarde, descansaremos no chalé e, quem sabe, exploraremos a gruta dos desejos.

— Quero acompanhá-los nesse passeio, mãe. Por que não vamos todos? Lembra-se de quando deixei de conhecer a gruta no passeio da escola para São Tomé das Letras? Minhas amigas comentaram a beleza da gruta que conheceram, pena que não pude fazer o passeio. Foi depois que papai nos abandonou e eu estava perdida na revolta. Os comentários que suportei dos colegas, só de lembrar-me traz uma sensação negativa.

— Bia, o passado não tem força sobre você, viva o agora, controle a mente. Esqueceu do que aprendeu em nosso curso?

— Desculpe, tio, a presença de papai na ilha me deixou agitada. Às vezes, quando olho para ele, sinto raiva e, ao mesmo tempo, pena por vê-lo sofrendo. Queria que ele aprendesse conosco a viver melhor, será que ele pode participar do curso?

— Tudo tem seu tempo de maturação, podemos convidá-los, mas não forçá-los a aprender.

— Tio Marcos era como papai, descrente, e hoje está se saindo muito bem no aprendizado. Ele passou a dar atenção à sensibilidade, está mais tranquilo e feliz. Antes era agitado, preocupado com tudo.

Beatriz deixou o chalé e Laura comentou com Davi:

— Gostaria que esses dois não estivessem na ilha, não suporto o olhar de Marcela e seus comentários maldosos. Jair não deveria tê-la convidado. Ficarei aqui até eles partirem.

— Querida, se esconder não adiantará, lembre-se de que nada acontece por mero acaso. Enfrente os desafios e sairá vitoriosa. Você precisa se colocar em primeiro lugar sempre. Não dê poder aos outros, não se deixe cair na maldade alheia. Use sua força. Vamos cumprimentá-los com a felicidade de nosso amor estampado em nossos rostos, pois nada devemos a eles.

— Tem razão, amor, não devo nada a Jair ou a Marcela. Vamos encará-los com naturalidade. Mas primeiro quero tomar um banho delicioso de banheira, me acompanha?

— Com todo meu desejo e amor. Eu te amo, mulher, minha mulher!

Os dois se entregaram ao amor pelo resto da tarde, que se findava. Deixaram o chalé e caminharam em direção à casa principal.

Na praia estavam Beatriz, Jair, Marcela e Fernanda, a correrem na areia, divertindo-se com brincadeiras infantis.

Laura e Davi se aproximaram do grupo para cumprimentá-los.

Marcela abraçou a prima, dizendo:

— Desculpe minha ousadia em visitá-los, Jair estava sem o carro e me pediu para trazê-lo.

— Tudo bem, Marcela, seja bem-vinda. Este é Davi, meu noivo.

— Muito prazer, não queremos atrapalhar o descanso de vocês neste paraíso.

— Não se preocupe, nosso anfitrião recebe todos com carinho.

Jair foi apresentado a Davi e os dois apertaram as mãos.

Marcela olhou para o rosto de Davi e perguntou:

— Você não é aquele escritor que se tornou famoso por ajudar os que estão em estado terminal? É?

— Sim. Gosto de escrever sobre alguns casos que atendo em meu consultório. Colaboro com meu material para o estudo da ciência.

— Que honra conhecê-lo! Sou sua leitora, depois quero um autógrafo. Pena que deixei o livro no carro — virou-se para Jair — ele é muito famoso, faz um trabalho magnífico na mente humana. Trabalha com as energias positivas dos espíritos iluminados. Estou feliz por estar em sua presença, há muito tempo desejava conhecê-lo.

— Marcela, Davi vive em nossa cidade.

— Prima, eu não sabia! Pensei que estivesse morando fora do Brasil.

— Passei uma temporada no exterior, mas há quatro anos retornei e escolhi viver no interior de Minas Gerais. Gosto de lugares tranquilos para trabalhar.

— Laura, você se deu bem! Por sua expressão, noto que desconhecia o talento de seu noivo.

— Engana-se, Marcela. Também sou leitora das obras dele. Davi é mesmo especial, um ótimo profissional e um grande escritor.

— Desta forma me deixarão constrangido, você também é uma ótima escritora, Laura.

— Você é escritora? O que escreveu? Um livro de receitas práticas ou um manual da dona de casa?

— Leia o livro e depois tire as suas próprias conclusões.

— Não foi minha intenção ofendê-la, desculpe. Mas é que Laura passou a vida cuidando do lar, soa-me estranho se tornar uma escritora. Não sabia que gostava de ler ou de escrever!

— Conhecemos pouco os parentes. Muitas vezes tiramos conclusões errôneas a respeito das pessoas em nossos julgamentos.

— Não somente desconhecemos parentes próximos, como também erramos em confiar no ser humano em geral.

— Jair, é negativa sua forma de pensar, não perca a esperança em um mundo melhor.

— O que aconteceu comigo me fez perder a crença na humanidade, Laura.

— Papai, me colocaria nesse patamar também? Faço parte da humanidade.

— Não, querida, você é especial, jamais foi ardilosa e vingativa.

— Veja o estado dele — disse Marcela, com pesar. — Jair veio o caminho todo se queixando de Mayara, não suporto mais ouvir o nome dela. Laura tem razão, conhecemos pouco as pessoas com quem convivemos, às vezes, nos surpreendemos com elas. Li em seu último livro, Davi, que criamos ilusões em nossa mente. Distante da realidade, toda ilusão será retirada para que a verdade apareça. Às vezes, a verdade pode nos ferir profundamente, mas é preciso reagir no positivo, encarando os desafios que a vida impõe.

— Você é mesmo uma leitora de meus livros, espero que coloque em prática os exercícios que ensino neles.

— Estou tentando, mas ler e compreender não basta?

— Se não colocar em prática, apenas deixou sua mente com mais uma informação que ficará guardada no arquivo de conhecimentos. Tente praticar e verá a diferença que fará em sua vida. Pode auxiliar Jair na grande decepção que o abalou profundamente.

— Farei melhor, emprestarei o livro para que leia.

— Recomendo o livro que Laura escreveu, em breve estará nas livrarias; ajudará muitos, mostrando nosso poder de escolha na busca da felicidade.

Gabriela apareceu na varanda da casa e convidou todos para o jantar.

— Estou faminta, vamos, antes que mamãe comece a gritar. Ela adora ver todos à mesa, saboreando a comida. Venha, tio Jair, esqueça sua tristeza, um belo prato de frutos do mar lhe fará bem.

Todos riram da forma como Fernanda havia se expressado e Davi comentou:

— É melhor olhar o lado bom da vida, frutos do mar é meu prato preferido. Vamos saborear com alegria, usando de maneira inteligente o poder de escolha para sermos felizes. Jair, um dia de cada vez, acredite na sua força para renovar sua vida.

— Obrigado por me animar, vocês são ótimos, farei o possível para sair da depressão em que me encontro. Foi um prazer conhecê-lo, doutor. Faça Laura feliz, ela é uma grande mulher e merece ter ao seu lado um homem culto e bem-sucedido como você. Fico contente em saber que, após toda essa história, ela conseguiu encontrar a felicidade. Fui um grande canalha, estava cego, como se estivesse sob o feitiço de uma bruxa ardilosa. Perdoe-me, Laura, errei muito e perdi tudo o que poupei para o estudo de nossa filha.

— Passou, Jair, não vamos ficar batendo na mesma tecla. Dinheiro conseguimos com trabalho. Beatriz terá um futuro brilhante cursando a faculdade que desejar. Você tem força para dar a volta por cima. Estamos todos empenhados para ajudá-lo, mas nada poderemos fazer se continuar com esta atitude pessimista que negativa sua energia. Força!

— Isso mesmo — concordou Davi.

— Busque o equilíbrio, saia da culpa. Não o culpo de nada, todos nós cometemos erros e é melhor aprendermos com eles. Mude sua forma de pensar, selecione os pensamentos que o invadem, tenha fé.

Após o jantar, todos se reuniram na varanda, ouvindo as palavras sábias de Davi.

Naquela noite, Shain iniciava o tratamento de Jair, lançando sobre ele energias reparadoras, limpando o campo energético da densidade negativa.

Aos poucos, Jair se sentia mais animado, e passou a sorrir, abraçado à filha.

No dia seguinte, depois de retornarem da cachoeira, no final da tarde, Marcos decidiu fazer um luau na praia, trazendo a todos alegria.

Capítulo 16

Na espiritualidade, as tramas do destino teciam o aprendizado de Laura.

Shain deixou a reunião com seus superiores, animadíssimo. Desejava unir o casal no mesmo patamar, quando regressassem ao plano espiritual.

Davi estava no mundo como missionário da luz, cumprindo sua missão, escrevendo seus livros e orientando, em palestras, uma pequena multidão que o procurava.

Terminada sua missão, Davi retornaria à morada dos espíritos mais elevados e Laura seguiria para um plano alguns níveis mais alto do que se encontrava antes dessa reencarnação. Por mérito de seu aprendizado e esforço, sairia temporariamente do ciclo das reencarnações. Mas não era o suficiente para seguir ao lado de Davi, e viverem o forte amor que os unia.

Shain desceu a planos mais densos à procura de um voluntário para a missão que lhe caberia. Laura precisava ser testada em sua força e equilíbrio.

Por essa razão, seriam colocadas em seu caminho energias densas, além de um obsessor com bastante negatividade. Se Laura conseguisse modificar as energias que a permeavam, venceria o mal do mundo, tornando-se um ser elevado e seguindo na escalada cada vez mais próxima dos planos felizes, ao qual Davi partiria, para seguir sua jornada missionária.

Shain adentrou os portões de uma cidade umbralina. Cães de tamanho gigantescos estavam na entrada, a proteger o lugar. Grossas correntes que os prendiam, os puxaram para abrirem o caminho ao nobre ser de luz, que visitava a pequena cidade de muros altos em torno da vastidão de solo árido, na escuridão, afastado da luz solar.

Foi recebido pelo dirigente da cidade, um nobre ser que se voluntariou para ajudar os irmãos que caminhavam nos vales escuros de suas mentes negativas.

Romão apertou a mão de Shain e curvou-se, demonstrando respeito.

— A que devo a honra de sua visita, meu caro amigo?

— Venho em missão especial, quero ajudar uma amiga muito querida em seu aprendizado. Preciso de um voluntário, que seja obediente à nossa orientação.

— Sabe que aqui não temos muitos irmãos que respeitam o próximo e tampouco obedecem as leis. Em todo caso, vamos olhar no arquivo dos habitantes da cidade.

Os dois entraram em um prédio de três andares de uma construção simples. Percorreram os corredores e Shain notou que as salas estavam lotadas de alunos. Subiram dois níveis e chegaram à sala da administração.

— Bem-vindo à diretoria. Pode deixar sua capa de proteção, mantenho esta sala com energias dos planos superiores, ou não suportaria permanecer tanto tempo nesta cidade sem usar esse recurso.

— Agradável o ambiente que formou, permite que eu a energize um pouco mais?

— Agradeço a ajuda. Nessa manhã, um dos alunos conseguiu burlar a segurança e adentrou a sala contaminando-a com sua energia negativa. Imediatamente limpei o ambiente dentro do possível e não tive tempo para meditar elevando-me ao nível da energia superior. Tenho muito trabalho na cidade, meu amigo.

Shain, com um toque em um dos cristais que estavam espalhados pela sala, lançou jatos de luz de sua mão, e um arco-íris luminoso formou-se pela sala, cruzando os cristais espalhados.

Romão sorriu, curvando seu corpo, agradecendo e dizendo:

— Às vezes, me esqueço de como é bela a luz dos espíritos ascensionados! Vamos verificar nos arquivos. Temos alunos que dariam qualquer coisa para deixar o estado de lamúria que lhes penetrou a mente.

Em poucos segundos, Shain apontou um nome na lista, dizendo:

— Este dará o que preciso.
— Mesmo?
— Sim.
— Shain, este irmão foi resgatado de esferas inferiores há pouco tempo, não frequentou as aulas, se encontra em estado crítico mental. Poucos são os

momentos de lucidez, se encontra na câmara para limpeza dos miasmas.

— Este serve para o trabalho de que necessito. Se ele fizer o que está acostumado a fazer, em pouco tempo será transferido para uma colônia em um nível mais elevado. É uma oportunidade única de elevação. Vamos falar com ele?

— Desculpe interferir em sua decisão, mas esse irmão não tem condições de deixar a câmara, espalhará grande negatividade onde estiver.

— Ele serve, compreendo sua reticência. Mas é exatamente o que preciso para ajudar uma amiga querida.

— Ele prejudicará muito a sua amiga e todos que a circundam. Mas se prefere assim...

Shain vestiu sua capa e a fechou com rigor, impedindo que as energias densas o invadissem.

Desceu a câmara, no subsolo, ficando de frente com Ernesto, jovem que, na sua ignorância evolucional, cometeu delitos que perturbaram sobremaneira seu estado vibracional. Comprometeu-se com seres de extrema negatividade e perversão; serviu-os com prazer em troca de favores e proteção, sem medir as consequências de seus atos.

O jovem rendera-se quando percebeu que tinha caído em uma cilada dos que julgava serem seus amigos. Foi resgatado por espíritos socorristas em um momento de grande fragilidade, depois de pedir ajuda sincera ao Criador.

Ernesto foi levado a uma sala preparada com energias especiais, de alto teor positivo. Seu corpo foi limpo com jatos de luz, o que lhe trouxe um pouco de lucidez e certa paz. Como se despertasse de um pesadelo. Ainda atordoado, ele disse:

— Quem é você? O que faço aqui?

— Está em segurança, meu irmão, pediu ajuda em um momento de desespero, foi resgatado e se encontra em tratamento.

— Eles me perseguem! Estão tentando manipular minha mente. Por favor, quero que os retirem da minha cabeça, estou ouvindo os risos sarcásticos e o escárnio sobre minha rendição. Ajudem-me!

— Somente você pode cortar esta ligação mental, use sua força, fechando o campo que dá abertura a eles. Sinta a energia positiva que o cerca, absorva-a e não pense mais no passado. Equilibre seu pensamento.

Ernesto abriu os olhos aos poucos e voltou sua mente para o presente. Olhou ao seu redor, estava cercado por uma forte luz que o deixava extasiado, e disse:

— Jamais estive na presença de tanta luz! Não poderia imaginar que existisse tamanha força. Sinto-me lúcido e senhor de mim, nada mais pode me afetar. Eu sou luz, leveza, equilíbrio, beleza. Sinto que tudo ficou para trás. Que força é essa que traz a felicidade?

— Está na presença da pureza. A luz vem da fonte pura da Criação, o amor em forma luminosa de nosso Criador.

— Não sou merecedor de tamanha graça, por que recebo?

— Temos uma grande tarefa para você cumprir, meu amigo. Se aceitar, garanto que essa luz estará presente no plano que habitará depois do bom trabalho realizado. Aceita trabalhar para o Criador?

— Serei levado para bem distante do meu... Não posso dizer que são meu povo, não concordo com os métodos usados por eles. Prejudicam e escravizam seres que ignoram nossa presença, manipulam as mentes, lançam veneno no ambiente domiciliar. Os mais ignorantes assinam contratos com os lideres da facção. Não quero fazer parte desse absurdo abusivo. Tentei abrir os olhos de meu irmão e eles colocaram o pobre na hipnose. Ele não me reconheceu, se tornou um deles, com toda a hipocrisia do comando dessa grande facção. Eu seria o próximo a ser transformado em escravo mental. Tentaram mostrar que a causa era nobre e necessária para nossa sobrevivência, mas não aceitei e fui perseguido. Tentam me destruir, não quero fazer parte dessa guerra entre o bem e o mal. Não sou o mal, não quero trabalhar para o mal. Tive uma educação rígida, meu pai era militar e toda minha família seguiu esse caminho. Quando desencarnei, fui encontrado pela facção, não conhecia outro caminho, aceitei segui-los. Prometeram milhares de benfeitorias para meu conforto, mas o preço foi alto demais. Pode me elucidar sobre o trabalho que devo realizar? Você promete a luz em um mundo que desconheço. Sinto em sua presença o respeito à sua superioridade evolutiva. Aceito o trabalho, pois me sinto como nunca me senti antes, na presença da luz.

Shain sorriu e esclareceu:

— Meu irmão Ernesto, existe no planeta uma pessoa que precisa conhecer as leis que regem o universo. Trata-se de uma mulher. Quanto à sua missão terrena, queremos ensinar a ela, na prática, o poder de estar no bem maior. Por essa razão precisamos de seu serviço, tudo que fizer será para o bem dela, para que evolua e que, ao deixar a Terra no final de sua jornada, possa vir a viver ao lado de seu amado em um plano superior. Não estou dizendo que será fácil sua missão, pois que usará métodos que a facção lhe ensinou. É preciso estar na presença do negativo para vencê-lo.

— Está me pedindo para prejudicá-la com minha energia negativa? Sabe o que acontece quando vampirizamos uma pessoa? Quer que continue sendo um obsessor?

— Essa é sua missão, temos uma programação a seguir para o aprendizado de nossa irmã. E naturalmente para seu aprendizado, ou não poderá seguir para os planos mais elevados, distantes dos seus inimigos. Deseja a paz interior? E um local seguro para viver?

— Desejo! Aceito sua proposta, farei o meu melhor.

— É uma mulher fascinante, os espíritos que se aproximam dela se apaixonam com facilidade, ela os seduz com seu jeito meigo e seu sorriso cativante. Adora música e dança. Uma boa conversa extrovertida e ela se solta. Não estou dizendo que é perfeita. Tem seus defeitos, comete erros como qualquer outro ser humano. Se você chegar como amigo, ela o seduzirá com seu jeito cativante, brincalhão e amoroso. Será melhor se aproximar dela como inimigo cruel e voraz ou sua missão estará perdida antes de começar.

Shain abriu uma tela na sala e mostrou Laura em sua primeira experiência terrena. Todas suas vidas passadas foram mostradas a Ernesto. Shain apontou os pontos em que Laura precisava melhorar e esclareceu a missão a ser cumprida. Terminou com a imagem de Laura dançando no luau na ilha, ao lado da filha e dos amigos.

— Deseja colaborar para que os dois finalmente fiquem juntos? Conhece agora toda a história de amor que os une e nossa causa é nobre, meu irmão Ernesto. Trata-se de um amor puro e forte. Almas afins que desejam passar a eternidade lado a lado. Laura precisa aprender rápido e evoluir para que possa habitar o mesmo plano de nosso nobre Davi.

— Realmente é uma mulher fascinante, estou encantado! Desejo colaborar, a causa é nobre. Mas, para estar presente na Terra, preciso de proteção. A facção pode me encontrar e me aprisionar, na tentativa de me destruir.

— Não se preocupe, terá toda segurança de que precisar. O grupo de guerreiros que ignoram a verdade da luz não chegará próximo de Laura ou de você, se seguir com rigor nossas instruções. Caso se perca em sua missão, nada mais poderemos fazer para o ajudar.

Dessa forma, Shain e Ernesto deixaram a pequena cidade no umbral. Ernesto foi levado para a ilha e sua energia se colou ao campo energético de Laura. Davi sentiu imediatamente a presença de Shain e a de Ernesto, com sua energia forte e negativa. Perguntou ao amigo:

— O que está acontecendo? Laura não o atraiu, o que faz este irmão ao lado dela?

— Calma, meu amigo, é para o bem de Laura, porque está na hora de nossa amada irmã ser testada em sua força. Temos uma programação a ser cumprida. Ela enfrentará grandes desafios e, quando tudo terminar, seguirão juntos para viverem o amor que os une. Não interfira no aprendizado de sua amada. Confie no poder maior do Criador. O mal é necessário para que o bem mostre sua força.

— Se ela sucumbir ao negativo? Permitirei que se perca?

— Não sofra por antecipação, ela não se perderá se escolher o caminho do bem em direção à luz. Vamos remexer o passado, quando Laura guardou fortes impressões negativas que a prejudicaram na evolução de seu caminho. Quer sua amada ao seu lado pela eternidade?

— É o que mais desejo. Mas vê-la ser obsediada não será fácil. Não sabe que meu coração se fere quando a vejo angustiada? Quero protegê-la de todas as formas.

— Davi, meu amigo, sua proteção impedirá que ela cresça e desenvolva sua força. Não entre na aflição, controle-se. Poderá interferir quando lhe for permitido, continue aconselhando e incentivando a meditação e o equilíbrio. Laura precisa resgatar o passado e limpar seu campo energético da influência negativa que este lhe deixou. Sei que não será agradável vê-la sofrer, mas é o único caminho. Ela evoluirá em uma só vida o que outras pessoas levam várias reencarnações para alcançar. É uma oportunidade única, que nossos superiores estão dispondo à sua amada. O que desejamos é vê-los felizes no amanhã. Fique em paz, meu amigo, e lembre-se de que estarei sempre ao seu lado.

— Obrigado, precisarei de toda a ajuda que puder me oferecer.

Davi olhou para Laura e sentiu um forte arrepio percorrer seu corpo. Ela se aproximou, dizendo:

— Amor, me leve para o chalé, não estou me sentindo bem. Fiquei enjoada e minha cabeça dói, sinto que vou desmaiar a qualquer momento. Devo ter comido algo que não me fez bem. Quem sabe o vinho, não estou acostumada a bebidas alcoólicas.

Davi, que tentava disfarçar sua preocupação, segurou-a pela cintura e a fez caminhar pela praia, dizendo:

— Respire fundo e solte o ar lentamente, peça a limpeza à natureza. A energia da terra limpará seu campo energético. Você tem que ser forte, amor.

— O que está acontecendo comigo? Sinto vontade de chorar! Não há motivo para lágrimas. Ajude-me, estou me sentindo fraca.

— Reaja, Laura. Não se entregue ao mal-estar, jogue fora essa energia negativa. É preciso ser forte! Não vou perdê-la novamente.

— Acha que o aneurisma retornou? Está nervoso!

— Não, amor, sua saúde está ótima. Estou sentindo uma forte energia negativa, mande-a embora porque ela não lhe pertence.

— Estava bem, feliz por dançar ao lado de minha filha. Estava me sentindo como uma criança leve a brincar. O que aconteceu? Por que este ataque negativo?

— Tudo tem um motivo, Laura, nada nos ocorre por mero acaso. Está na hora de ser forte e enfrentar os desafios para seu crescimento espiritual. Vamos voltar para próximo da fogueira. Continue a dançar feliz, a alegria positivará sua energia. Reaja, amor.

Laura se esforçava para se levantar da areia e Davi a ajudava. Retornaram ao luau e Laura começou a dançar, segurando a mão de Davi.

Aos poucos, o mal-estar foi passando. No final da noite, já estava equilibrada.

Todos se recolheram e Laura entrou no banho ao lado de seu amado, dizendo:

— Tinha razão, a dança sempre me trouxe alegria, e estou me sentindo muito bem agora. Sinto vontade de fazer amor com você. Estou disposta e feliz. Mas não compreendo o que aconteceu, parecia que a Laura do passado estava de volta, a se queixar de dor e lamentar a vida. Estranho, não sou mais aquela pessoa que ficava no negativo, acho que acabei vacilando, permitindo que meu pensamento retornasse ao passado. Talvez seja pela presença de Jair.

— Não fale mais do passado, venha para meus braços. Esta noite é curta para todo o amor que tenho para lhe dar.

Davi beijou Laura e os dois saíram do banho e caíram sobre a cama, entregando-se ao amor que transbordava em desejo.

Capítulo 17

A presença de Ernesto deixava Laura mentalmente perturbada. Acostumada à presença positiva e agradável de Shain, ela sentia o peso da energia negativa de seu obsessor. A sensação era que Laura girava como um pêndulo.

Quando ficava triste e nervosa, sentia que o pêndulo girava em sentido anti-horário e começava a passar mal. Enjoava, sua cabeça doía, e o peso em seu corpo limitava seus movimentos.

Davi tentava fazer Laura reagir, dizendo:

— Amor, está experimentando energias perturbadoras. Os espíritos superiores estão colocando você à prova. É preciso ser forte e aprender a limpar seu campo energético da densidade negativa. Use a força mental para expulsar o negativo, a energia da natureza a ajudará. Um banho de mar lhe fará muito bem.

— Não sinto vontade de me levantar da cama, meu corpo está pesado. Davi, preciso de um médico, leve-me ao hospital da cidade.

— Seu caso não é para a medicina, confie em meus conhecimentos sobre assuntos médicos e sobre as energias que nos permeiam. Se formos ao pronto-socorro, realizarão vários exames e nada de anormal será encontrado em seu corpo físico. Amor, não poderia lhe dizer, mas quebrarei as regras.

— O que foi?

— Shain me afirmou que os espíritos superiores analisam seu caso de elevação espiritual. Experimentará as mais diversas formas de energias negativas, usará sua força para se livrar delas. E, quando tudo isso terminar, sairá como vencedora e poderá seguir ao meu lado nos planos felizes.

— Eu sabia que você não era um simples humano a viver aqui, vem dos planos felizes para cumprir sua missão. Davi, nossos caminhos se distanciaram nos caminhos da evolução. Pelo que compreendo, você deixará temporariamente o ciclo das reencarnações terrenas e se tornará um habitante das estrelas mais longínquas.

— Acredito que sim.

— Dessa forma, nosso destino nos distanciará por um longo tempo um do outro. Pelo que estou sentindo, lhe digo que não tenho como superar a negatividade que toma conta de meu corpo. Você afirma que me colocaram à prova, lançando sobre meu corpo negatividade ainda maior. Sinto, mas esse será nosso último encontro. Continuarei minha jornada reencarnando longe de você.

— Essa não é a Laura que eu conheço! A mulher que eu amo é forte, lutadora, não se entrega com facilidade. Vamos, Laura, reaja! Levante dessa cama, tome um banho, ligue o rádio, dance e cante. Espante o negativo que a ronda. Você pode! Não vai lutar para alcançar um futuro melhor?

— Conheço muitos lugares na espiritualidade. Shain me levou a diversos planos, sei como nos elevamos e as maravilhas que encontraremos, nos tornando habitantes desses lugares incríveis. Davi, também me foi mostrado de qual nível evolutivo eu era habitante antes de retornar para cá. Vivia abaixo da escada que separa o nível fora do ciclo reencarnatório. Muitas vezes tentei subir a escada, mas carrego o peso do passado, mágoas que me marcaram e não tenho como subir olhando na tela minha história, sem permitir que meu sentimento se abale e traga de volta a dor. Tenho muito que aprender. Superar o passado não é fácil. Se assim fosse, teríamos nos planos mais elevados superlotação habitacional, o que não ocorre. Pude analisar que nos ciclos reencarnatórios constantes está a maioria das grandes populações de espíritos.

— É conhecedora dos lugares fora deste mundo, teve permissão de adentrar em dimensões elevadas, que poucos podem entrar. Isso não significa nada para você?

— Sei que tudo tem um propósito e minhas visitas a esses planos elevados são para que eu escreva sobre eles e mostre aos leitores que existe, sim, um caminho que nos eleva a Deus. Mas não significa que eu, ao morrer, serei elevada para habitar um desses lugares felizes. Tenho muito que aprender até chegar mais próximo da energia criadora do universo.

— Por que está se rebaixando? Não nota que esta sua forma de pensar negativa toda sua energia? Está somando com a energia densa que a coloca à prova. Tem os pés no chão, amor, mas tem o direito de sonhar com nossa união em dimensões mais elevadas, ou não me ama o suficiente para lutar por nosso amor? Não deseja que sigamos juntos do outro lado? É uma oportunidade para poucos.

— Sei, mas...

Davi a cortou:

— Pegue a chance que estão lhe dando e lute com toda sua força. Sei que dói no corpo físico o peso negativo e os malefícios que acarreta. Seja forte, controle seu pensamento, vibre no positivo, você é dona absoluta de si. Não é pretensão querer o melhor, não estará sendo egoísta se colocando em primeiro lugar. Esqueceu-se de como superou sua doença? Ficou na queixa? No menosprezo de si mesma?

— Não, lutei com toda minha força, limpei minha mente do negativo, policiei meus pensamentos, vibrei na alegria de ser a Laura. Mas, Davi, eu não tenho mérito para viver ao seu lado depois que deixarmos a vida terrena. O universo tem leis e não é como aqui, em que sempre achamos cláusulas na legislação com as quais conseguimos burlar certas leis. O que desejam é que eu aprenda e siga a lei do universo na íntegra, para meu próprio crescimento. Você é conhecedor dessas leis, aponte uma e lhe digo que ainda não aprendi a viver sob ela.

— Aprenderá, amor, estou aqui para ajudá-la, não é tão difícil assim. Primeiro, você se levantará dessa cama ciente de que tem o poder em suas mãos, e escolherá viver no bem, no positivo, na alegria. Veja que belo dia está lá fora, o sol brilha e está convidativo para um banho de mar. É verão, as águas do Atlântico estão mornas. Vejo golfinhos brincando próximo da praia. Bia e Fernanda nadam em volta deles.

— Não é perigoso? Os golfinhos podem atacar!

— Não, amor, são animais dóceis com humanos, vamos tomar café da manhã na praia, os empregados estão colocando a mesa. Ainda deseja ficar na cama e cultivar dores físicas?

— Tem razão, me desculpe. Estou sendo colocada à prova, e meu prêmio será você pela eternidade. Tem certeza que me deseja ao seu lado para sempre? Quem sabe não exista outra à sua espera, e você decida por ela, me deixando na solidão.

— Isso é impossível, só tenho olhos para você. Amo-a com toda a minha força. E não é apenas nesta vida, nosso amor tem raízes fortes no passado. Como ser feliz longe de tudo que desejo? Seria como viver sem ar, você é minha alegria. Eu a desejo ao meu lado para sempre. E quando digo isso não é apenas força de expressão. Conheço os motivos que me trouxeram a abraçar minha missão, e você foi e é o motivo principal por estar aqui. Com a ajuda de meus amigos espirituais, retornei para levá-la comigo. Não desperdice a oportunidade que lhe ofertam, estamos juntos e vou ajudá-la a superar os desafios que vierem. Não existe outra à minha espera. Quando um ser espiritual ama, ele é fiel. Não sabe quanto tempo esperei por você. Eu te amo, minha maluquinha.

Laura sorriu e convidou Davi com um sinal para se deitar ao seu lado. Ele rapidamente se lançou sobre seu corpo, beijando-a com a fúria do seu desejo. Um tempo depois, os dois deixaram o chalé caminhando em direção à bela mesa de café, à sombra do coqueiro, onde estavam todos, curtindo a bela manhã à beira-mar.

Jair e Marcela deixaram a ilha na parte da tarde e regressaram a Minas Gerais. Marcos lhe passava instruções sobre a administração dos negócios. Estava sempre em contato com os filhos de José pela internet, ciente de tudo que se passava durante os eventos realizados no sítio.

Laura, após um leve café da manhã, entrou no mar ao lado de Davi. As meninas brincavam com boias, perto das pedras, e dois golfinhos faziam piruetas, bem próximo dali.

Laura sentiu a limpeza de seu campo energético ao contato com a água do mar. Deixou-se levar pela alegria quase infantil, brincando com as meninas. Ficou maravilhada com a presença dos golfinhos.

Ela não desistiria dos desafios que viriam. Reconhecia que tudo era para seu bem e tinha a certeza da fé com a qual conseguiria vencer todos os obstáculos. Aprenderia as lições que os espíritos lhe disporiam.

Estava ciente de que não bastava saber, ler ou escrever sobre as leis, era preciso vivenciá-las, praticando com o máximo de rigor tudo que aprendera.

Shain e um grupo de espíritos amigos observavam seu comportamento; não se tratava de julgamento e, sim, de auxílio para equilibrar as energias.

Cada vez que Laura vencia a massa energética negativa que lhe era lançada, todos comemoravam como uma vitória.

Ernesto estava sempre por perto e, aos poucos, lançava sobre ela a negatividade de sua energia densa.

No início, ele se passava por amigo, ludibriando as informações que chegavam, deixando Laura irritada com a presença dele ao seu lado. Estava cumprindo seu dever como obsessor.

Ernesto era um espírito conhecedor de muitos truques na hipnose. Tentava manipular os pensamentos de Laura e ela passou a sentir ciúmes de Davi, quando ele estava na presença de Gabriela.

As brigas começaram. Davi tentava fazer com que ela percebesse seu estado hipnótico, se armou de grande paciência para lidar com sua amada.

Ernesto desejava separar o casal, pois se via apaixonado por Laura. Ficava louco de ciúmes quando os dois se entregavam ao amor que os unia.

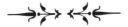

Era início do ano e Laura, não suportando mais permanecer na ilha, decidiu retornar para Minas Gerais. Estava cansada das brigas com Davi.

Em uma dessas brigas, ela pegou suas malas e pediu ao piloto da lancha que a levasse para a rodoviária de Angra dos Reis. Saiu sem ser notada, comprou passagem para Belo Horizonte, de onde pegaria outro ônibus para sua cidadezinha.

Davi despertou no sofá na parte de baixo do chalé. Era ali que passava as noites quando Laura o colocava para fora do quarto. Ele caminhou, tentando não fazer barulho para não acordá-la, fez sua higiene e foi se unir ao grupo na casa, para tomar seu café da manhã.

Todos estavam reunidos à mesa quando o jardineiro veio avisar da partida de Laura.

Bia ficou triste com a partida da mãe e Davi respirou fundo, tentando manter o equilíbrio.

Marcos perguntou:

— O que aconteceu? Brigaram novamente?

— Sim, Laura está passando por momentos difíceis, temos que ter paciência com ela. Vou procurá-la na rodoviária. Depois, eu a levarei para casa.

— O piloto da lancha não regressou, não temos como sair da ilha. Nessa manhã, lhe pedi para fazer as compras para abastecer a casa. Ligarei para ele cancelando as compras, quem sabe terá tempo de alcançá-la antes que o ônibus deixe a rodoviária.

— Se conheço bem minha amiga, ela não aceitará deixar o ônibus e seguir viagem com você, Davi. Não sei o que está se passando com ela, mudou seu comportamento de uma forma drástica. Não brinca mais com as meninas, está sempre com o semblante fechado, irritada e nervosa. Tentei falar com ela, mas tudo que obtive foram recusas em se comunicar. Aconteceu algo diferente que não estamos sabendo?

— Tia Gabi, mamãe se isolou. Também tentei me aproximar, pedi que se abrisse. Mas ela se recusou a falar e disse que estava tudo bem. Toda vez que me aproximava dela, sentia uma forte energia negativa. Ela não está bem, quero voltar para casa para ficar ao lado dela.

— As férias não terminaram, querida, deixe que Davi resolva as diferenças com sua mãe. Aproveite um pouco mais nossa estadia na ilha. Laura retornará com Davi.

— Tia, há forças contrárias que desejam que ela fique longe de Davi. Eu posso ver uma sombra escura colada a ela. Precisamos orar por mamãe.

— Vamos orar com fé, Davi conseguirá trazê-la de volta, faremos uma sessão para livrá-la dessa energia perturbadora.

Marcos retornou da copa, dizendo:

— Consegui falar com o piloto da lancha, ele deixou Laura na rodoviária da cidade. Está retornando para levar Davi, irei com ele.

— Tio, quero ir junto, mamãe não está nada bem. Os dois não conseguirão convencê-la a retornar. O espírito não deseja que ela volte à ilha.

— Vá se arrumar, a lancha está a caminho. Temos que nos apressar antes que seja tarde.

Bia subiu as escadas apressada, vestiu o primeiro vestido que encontrou no armário.

Ao descer apressadamente, acabou caindo da escada e torcendo o pé. Soltou um grito e todos correram para a sala.

Davi a pegou nos braços, dizendo:

— Ele não vai nos impedir. Depois a levaremos ao pronto-socorro para examinar seu pé.

— Algo me empurrou da escada, senti a força batendo em minhas costas. Tentei me segurar o quanto pude, mas acabei caindo no último degrau. Está doendo, tio.

— Calma, querida, vai passar, na lancha examinarei melhor seu tornozelo.

Os três estavam no píer e a lancha se aproximava em velocidade. A bordo, partiram velozes, fazendo a lancha bater sobre a água.

Davi notou que o tornozelo de Bia sofrera uma torção. Retirou da bolsa de emergência uma faixa e a enrolou, imobilizando o tornozelo com cuidado.

Ao chegarem à rodoviária, Davi encontrou Laura sentada em um banco, à espera do ônibus. Respirou fundo e disse:

— Ela não partiu, fique com Marcos, vou até lá convidá-la para retornar à ilha.

O ônibus parou na plataforma e Laura seguiu na pequena fila que se formava na porta do veículo. Ao ver Davi se aproximando, ela se apressou, empurrando os outros passageiros.

— Espere, Laura, se subir neste ônibus nunca mais me verá. Vamos conversar.

— Me deixe em paz, nunca mais quero vê-lo. Volte para sua amada. Você me traiu covardemente.

— É mentira, está enganada, eu amo você. Não deixe que domine sua mente, use sua força.

— Deixe-me em paz, está criando tumulto, todos estão olhando.

Nesse momento, Marcos se aproximou com Bia apoiada em seus braços. Laura olhou para filha com a faixa no pé e deixou a porta do ônibus, seguindo em sua direção.

— O que aconteceu, querida?

— Caí da escada, mamãe, não me deixe. Volte conosco para a ilha.

— Marcos a levou ao pronto-socorro?

— Não tivemos tempo, Laura, preciso que nos acompanhe. Fique com Bia enquanto apanharei sua bagagem.

Laura sentiu uma forte tontura, seu corpo estremeceu. Teria caído se Davi não a segurasse.

Ao ser tocada por Davi, seu rosto mudou a expressão, fechou o semblante e, de uma forma dura, falou entre dentes.

— Não toque nela! Você não conseguirá ficar ao lado dela! Laura é minha!

Davi fez um pedido forte a Shain. Imediatamente uma bola de luz branca desceu do alto e penetrou a cabeça de Laura. Ela sentiu um forte calor em seu peito e lágrimas rolaram por sua face. Como se despertasse de um pesadelo, abraçou Davi dizendo:

— Estou enlouquecendo! Não me deixe, amor, essa energia é forte demais.

— Use sua força, você pode afastá-lo. Respire fundo, deixe a mente sobre o seu comando. Você é senhora absoluta de seus pensamentos, não aceite sugestões negativas.

— Mamãe, está sentindo a luz que banha seu corpo? Um arco-íris que desce do alto e cai sobre você. É lindo...

— Estou sentindo a positividade desta luz, minha mente se torna lúcida. Voltei a me sentir eu mesma.

Marcos retornou com a bagagem perguntando:

— Deseja retornar para a ilha?

— Eu peço desculpas, meu amigo, estava fora de sintonia, não quero estragar as férias que tanto sonhamos. Se me quiser de volta à sua ilha, aceito com todo prazer retornar.

— Levaremos Beatriz ao hospital, ela precisa fazer um raio X do tornozelo. Assim que liberados, voltaremos ao nosso paraíso. O piloto da lancha deve saber onde fica o pronto-socorro mais próximo.

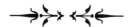

Ao lado da mãe, Bia deixou a sala com o tornozelo engessado. Davi levou Laura em seus braços até a lancha. Laura, que ainda sentia tontura, foi amparada por Marcos.

A lancha se aproximou do píer, de volta à ilha, e Laura sentiu o peso negativo em suas costas, um pouco abaixo do pescoço. Segurou a mão de Davi e pediu:

— Por favor, me ajude, ele voltou. Não quer que desça da lancha.

— Seja forte, não o deixe dominá-la. Estou com você.

Gabriela e Fernanda, que estavam na varanda da casa, se aproximaram do píer. A lancha encostou e Marcos desceu com Bia em seus braços. Gabriela estendeu a mão para Laura, dizendo:

— Venha, minha querida, é bem-vinda aqui.

Laura segurou a mão da amiga que a puxou para o píer. As duas se abraçaram. Laura tentou explicar o que estava acontecendo:

— Minhas pernas estão pesadas, não consigo caminhar.

E chorou, abraçada a Gabi. Davi a pegou em seus braços e Laura desmaiou. Ele a levou para a sala, colocando-a no sofá, ao lado de Bia.

— Tio, o que está acontecendo com mamãe? Ela perdeu os sentidos.

— Fique calma, querida, vamos fazer uma corrente forte e orar.

Todos ficaram à volta de Laura, de mãos dadas em oração. Laura despertou e seu rosto se modificou em traços fortes, com uma expressão de ódio. Sua voz ficou rouca e forte:

— Ela não ficará com vocês, ela é minha e vou levá-la.

Davi colocou a mão sobre a testa de Laura, dizendo:

— Meu amigo, ela não lhe pertence, somos todos seres livres e temos o direito de escolha, saia do mal. Suas maldades estão deixando que se perca no caminho da evolução, não retarde sua jornada na maldade. Escravizá-la não fará que ela sinta por você o amor que tanto deseja. Está tendo a oportunidade de ser resgatado por amigos espirituais de luz. Siga com eles e encontre o equilíbrio mental e conforto para seu espírito cansado e triste.

Davi concentrou uma forte energia sobre a cabeça de Laura e a tocou, afastando Ernesto. Este seguiu atordoado com a presença de muitos trabalhadores da luz.

Laura despertou, respirando fundo e dizendo:

— Ele se foi, graças a Deus! Este pesadelo terminou.

Davi foi até a cozinha, pediu à empresa uma jarra de água e copos para todos. Serviu a água que ele energizou com a luz do seu amor.

— Bebam e limpem a energia negativa que ficou no campo energético de cada um.

— Podemos passar o resto da manhã à sombra dos coqueiros na praia — sugeriu Marcos. — Todos estamos precisando de alegria. Gabi, peça aos empregados para nos servir um delicioso lanche à beira-mar. Levarei Bia para descansar na espreguiçadeira. Minha filha, pegue o som, quero música e alegria. Vamos esquecer o que se passou aqui.

— Ótima ideia, meu amigo. Alegria é um forte remédio contra a energia negativa. Levarei Laura para o chalé para trocarmos as roupas. Nos encontraremos na praia.

Capítulo 18

Ernesto, ao ser recolhido por Shain, foi levado para uma conversa esclarecedora.

— Meu amigo, cumpriu parte de sua tarefa com nossa protegida. Eu o avisei que ela era uma mulher apaixonante, se deixou envolver por seus encantos.

— Amo essa mulher, a desejo como nunca desejei ninguém. Não suporto a ideia de ficar longe dela. Ela vai ser minha para sempre.

— Entre Laura e Davi existe um forte laço de amor, nem mesmo o tempo foi capaz de desatar esse elo. Nosso trabalho é para que ela se eleve em seu aprendizado e venha viver ao lado de nosso amado irmão Davi. Esqueça essa paixão, lhe garanto que é impossível e o fará sofrer.

— Por que me colocaram ao lado dela? Eu apenas pedi ajuda para seguir novo caminho. Como viver longe do que mais desejo? É injusto o que fizeram comigo!

— Temos uma proposta a fazer.

— Qual seria?

— Está na hora de você dar um passo à frente em sua evolução. Permitirei que fique um pouco mais ao lado dela, e, se tudo correr como gostaríamos, você será elevado a um plano mais alto, terá sua mente lúcida e sua energia positivada. Habitará um lindo lugar onde, com seu esforço, aprenderá, sentindo-se parte dessa comunidade espiritual. Aceita nossa proposta?

— Ficar ao lado dela! Aceito e não precisa dizer mais nada, eu quero voltar agora.

— Teremos um tempo para prepará-lo. Coloque-se em condições possíveis para reencarnar. Laura será sua mãe.

— Não a quero como mãe, eu a desejo como mulher.

— Essa será a única forma de ficar ao lado dela e, garanto, será pouco tempo de gestação. Não chegará a nascer. Com isso, aceleraremos o aprendizado dos dois. Mãe e filho. Seu corpo espiritual será renovado, deixando grande parte da negatividade que carrega no corpo físico, limpando seu espírito. E, quanto a ela, aprenderá um pouco o que significa o amor incondicional. Nesse momento, ela está sentindo raiva de você, vamos transformar a raiva em amor maternal, que, em minha opinião, é o amor da forma mais pura no planeta. Aceita nossa proposta?

— Aceito, não suporto a ideia de ficar longe dela.

Ernesto foi conduzido ao departamento de reencarnação para preparar seu corpo espiritual.

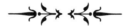

Na ilha, as férias chegavam ao fim, todos preparavam as malas para o regresso a Minas Gerais.

Davi e Laura estavam no quarto, fechando a última mala, quando Laura se sentiu mal. Um forte enjoo a levou apressada para o banheiro.

Ao retornar para o quarto, Davi percebeu sua palidez.

— Esses enjoos matinais se repetem diariamente. Vamos ao médico depois que retornarmos, você sente sono o dia todo.

— Não queria lhe falar nada sem ter realizado o exame. Não estou doente, teremos um novo ser que povoará nossa vida de alegria. Davi, meu amor, você será papai.

Ele parou de forçar o zíper da mala, pegou Laura em seus braços e a rodou como criança feliz. Beijou-a freneticamente.

— Serei pai, meu amor! Tem certeza?

— Os sintomas indicam que estou grávida, a menstruação está atrasada. E esse enjoo constante...

— Que seja bem-vindo, meu filho — ele beijou o ventre de Laura.

— Davi, me coloque no chão, estou sentindo uma forte vertigem.

— Desculpe, fiquei emocionado com a notícia. Vamos contar para os outros.

— Não, querido, melhor ter certeza primeiro. É preciso preparar Bia, ela deixará de ser filha única.

— Tenho certeza que adorará o seu irmãozinho.

— Ou irmãzinha.

Nesse momento, um dos empregados bateu à porta do chalé para levar a bagagem à lancha.

— Vamos, Davi, estamos atrasando nossa partida. Laura chamou-o.

— Pena que partirão, esta ilha ficará solitária sem a presença alegre de todos. Espero que retornem em breve.

— Se me convidarem, retornarei nas próximas férias de verão. Foi um prazer conhecer todos vocês.

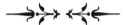

Em poucos minutos, todos deixavam a ilha. Laura, olhando para trás, deixou sua mente recordar a adolescência e pôde vê-las brincar nas pedras. Gabi segurou sua mão dizendo:

— Parece que estou nos vendo brincando na ilha. Nosso sonho foi realizado, Laura. Recorda-se que um dia prometemos retornar à ilha com nossas famílias?

— Sim, fizemos um juramento em cima das pedras, passaríamos umas longas férias de verão com nossos filhos e maridos. Deu certo, o universo ouviu nosso pedido e o transformou em realidade. Quantos anos se passaram?

— Vinte anos. E ainda me sinto como se o tempo não tivesse passado. Dentro de mim existe uma adolescente feliz que, às vezes, insiste em se mostrar nas brincadeiras mais ingênuas.

— Também me sinto assim, às vezes. Lembra como adorávamos dançar? Não perdi essa mania gostosa, adoro ouvir música e dançar, soltando meu corpo desajeitadamente.

Pouco depois, com as malas nos carros, seguiram viagem tranquila.

Laura, conferindo as mensagens em seu celular, ficou feliz ao ser notificada pela editora da publicação de seu livro.

— Davi, me chamaram para assinar o contrato de publicação. Consegui! Aprovaram meu livro!

— Parabéns, eu sabia que conseguiria, você escreve muito bem. Seu livro será um sucesso.

— Não imaginei que poderia me tornar uma escritora, devo isso a você. Obrigada pelo incentivo.

— Deve a você mesma porque tem o mérito do esforço, colocou sua força positiva e seguiu em frente.

— Acha que Shain gostará da forma como descrevi os belíssimos paraísos que me mostrou?

— Ele fala que você fez o seu melhor, descreveu com carinho e clareza o que aprendeu com os amigos espirituais. Fez com amor e, quando o usamos para realizar tarefas, somos bem-sucedidos. Shain fala que sua tarefa não terminou, que pode iniciar o próximo livro, ele estará ao seu lado.

— Tenho ideias fervilhando em minha mente. Quando chegarmos em casa, darei início ao próximo livro. Amo escrever.

— Por falar em chegarmos em casa, não decidimos onde vamos morar. Virá para meu apartamento na cidade?

— Não quero deixar o sítio. Bia se sentirá mais à vontade permanecendo em seu quarto. E, se estiver grávida como suponho, nosso filho terá mais espaço junto à natureza, sendo criado no sítio. Alugue seu apartamento e venha viver ao meu lado. Não quero ficar longe de você.

— Aceito sua proposta. Teria lugar em sua cama para um homem que a ama? E um espaço em seu armário de roupas?

— Em minha cama sempre estará meu amado a me aquecer nas noites frias de inverno, e, no verão, ligaremos o ar-condicionado. Meu armário talvez não tenha o espaço de que necessita, podemos comprar uma cômoda grande, cuidarei de suas roupas com carinho. Montaremos um escritório no quarto de hóspedes, e terá um lugar reservado para trabalhar em casa. Coloque seus cristais, energizando o ambiente. Não se esqueça de que ainda sou sua paciente na terapia.

— Laura, não crie dependência, está aqui para aprender a ser livre, usar sua força ao seu favor. Não precisa de terapia. Sou seu marido e não permitirei que se torne dependente. Vamos compartilhar a vida juntos, sendo você um ser independente e dona de sua força. Há mulheres que se entregam totalmente ao companheiro, apagando sua luz interior, tornando-se para eles um fardo sem graça que carregam nas costas. Esse é o grande motivo das separações.

— Compreendo o que quer dizer. Eu deixei me apagar quando estava casada com Jair, fazia todos os gostos dele, e me colocava sempre em segundo lugar. Deixei de fazer as coisas de que gostava para fazer as vontades dele. Sentia-me vazia e fui perdendo a vontade de viver. Aprendi a lição, ainda bem! A Laura vem em primeiro lugar e ela pode compartilhar com Davi, os filhos e amigos.

— Compreendeu que deve estar sempre em primeiro lugar para você? E deixar sua luz brilhando, sempre?

— Estou em primeiro lugar e desejo parar em um restaurante para almoçar, estou faminta.

— Mas, amor, nesta estrada não existe um ponto para almoçarmos, o próximo posto de combustível fica a horas de distância. Não trouxe a cesta repleta de lanches?

— Ficarei enjoada se me alimentar com o carro em movimento. Vamos procurar um lugar para estacionarmos em segurança e fazer um piquenique. Avisarei Gabi pelo celular.

Os motoristas estacionaram, deixando a estrada principal e seguindo por um caminho de terra batida. Encontraram na sombra de uma árvore frondosa um recanto especial, e lá dispuseram os alimentos, realizando uma deliciosa refeição.

Em seguida, seguiram viagem. Pararam quando a noite cobria o céu com seu manto azul-escuro. Pararam em um restaurante para jantar, em Belo Horizonte. Era um lugar conhecido de Marcos, que foi conversar com o dono. Quando retornou à mesa, comentou:

— Meu amigo dizia sobre os elogios que teceram sobre nossa empresa. As comemorações do final do ano foram elogiadas por muitos fregueses do restaurante. E meu amigo compareceu em uma das confraternizações no sítio, elogiou muito o lugar, a comida e a forma de tratamento dispensada por nossos funcionários. Nosso negócio deu certo.

— Que bom ouvir elogios de nosso trabalho. Contarei a Maria e a José sobre nosso sucesso. E tenho uma novidade — anunciou Laura, feliiz — meu livro será publicado. Recebi uma mensagem da editora pelo celular.

— Que maravilha, Laura, serei seu primeiro leitor — parabenizou Marcos.

— Nada disso, eu quero ler primeiro o livro de minha amiga — rebateu Gabriela.

— Comprarei vários para todos lerem ao mesmo tempo — tornou Marcos, animado.

— Obrigada pelo apoio, meus queridos. Eu o escrevi com amor, colocando muito que aprendi com meus amigos espirituais. Espero que gostem do romance.

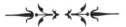

Era madrugada quando Davi abriu o portão do sítio e estacionou. Rapidamente retiraram as bagagens do carro. Foram para o banho e, em seguida, para cama.

Pela manhã, Laura abriu a janela do quarto e cumprimentou José, que regava as flores do jardim ao lado da janela. Ela deixou o quarto e foi ao encontro de Maria, no salão principal.

As duas se abraçaram felizes.

— Laura, que bom que retornou. E trouxe novidades — Maria passou a mão na barriga de Laura.

— Você acha que estou...?

— Grávida. Está, querida. Posso sentir a energia diferente que traz em seu ventre. Será um menino.

— Estou tão feliz, um menino! Amo este pequeno ser, serei uma mãe dedicada e amorosa para meu pequenino.

Maria se afastou um pouco e ouviu em sua mente as palavras de Shain dizendo: "Ela não terá essa criança, trata-se de aprendizado para os dois".

— O que foi, Maria, parou de repente de falar, está pálida.

— Eu me senti mal por um momento, mas nada sério, deve ser cansaço. Tivemos muito trabalho nesse final de ano.

— Ouvi comentários sobre o sucesso das recepções do final de ano. Tenho que te parabenizar pelo ótimo trabalho que desempenharam.

— Olhou nossa agenda para este mês?

— Não tive tempo ainda, chegamos de madrugada.

— Temos trabalho para o mês todo e para o próximo, se prepare para fazermos uma grande festa no carnaval. O dono de uma grande empresa nos contratou para os quatro dias de carnaval. Teremos muito trabalho, ele trará mais de cinquenta pessoas para o feriado prolongado.

— Temos como hospedá-los?

— Marcos contratou uma construtora para levantar mais trinta chalés.

— Eu não sabia de nada! Mas onde podemos construí-los?

— Na mesma área em que foram construídos os outros, do outro lado do lago.

— Meu Deus! Acho que Marcos exagerou dessa vez! O sítio se transformará em um hotel! Não sei se teremos estrutura para tanto.

— Ele não contou que comprou o sítio do vizinho?

— Não. Esteve este tempo todo na ilha e nada disse sobre a compra.

— Estamos morando na casa grande, que pertencia ao vizinho. A casa que nos concedeu está ocupada por outros trabalhadores que ele contratou. Não notou a placa na entrada do sítio? *Hotel Fazenda Recanto dos Lagos*. Você é dona de um hotel-fazenda.

— Que loucura! Esse nosso sócio é empreendedor e dessa vez foi longe demais, e se não der certo? Como arcar com tantas despesas?

— Mente positiva, Laura. Concordo que ele tenha dado um passo grande, mas tenho certeza que terá um bom resultado. Estamos trabalhando com alegria e positivismo, não estamos prejudicando ninguém, ao contrário, estamos contratando muitos funcionários, ajudando o progresso a chegar à cidade. O universo trabalha ao nosso favor, o dinheiro está circulando e alimentando muitas famílias de trabalhadores. Seguimos a lei da prosperidade e as leis dos homens, trabalhamos com alegria, dando nosso melhor. E tudo sairá da melhor forma possível. Tenho novidades.

— Mais novidades?

— Eu e José voltamos a estudar. Marcos contratou um professor especialista em hotelaria.

— Que maravilhosa notícia! Também quero fazer este curso.

— Seu nome está na lista de matrícula. No final da tarde, o professor chegará para sua segunda aula.

— Quanta novidade, a vida realmente está nos convidando para mudanças. O que não muda é o cheiro delicioso de seu café.

— Vamos nos deliciar com um café da manhã na fazenda.

As duas entraram no salão ao lado da piscina e encontraram a mesa preparada para mais convidados.

— Teremos alguma recepção esta manhã?

— Não lhe falei que temos hóspedes para as férias todas. O hotel está funcionando a todo vapor.

Davi se uniu a elas e os primeiros hóspedes entraram no salão. Garçonetes circularam, servindo as mesas. Cumprimentaram Laura e Davi.

— Amor, você conhecia os planos de Marcos para o sítio?

— Não, ele não me disse nada sobre transformar o lugar em um hotel fazenda. Davi, meu amor, nós moramos em um hotel.

— Se preferir, podemos morar em meu apartamento na cidade ou vendê-lo e compramos uma casa em um recanto tranquilo nos arredores da cidade.

— Será melhor consultar a Bia, vamos ver o que ela pensará sobre viver em um lugar agitado e repleto de pessoas circulando o tempo todo. Veja quantas crianças brincando no parquinho. Parece uma colônia de férias.

— Logo, nosso filho brincará como eles. Não vejo a hora de vê-lo pulando feliz pela casa.

Maria se aproximou com uma bandeja e escutou o comentário de Davi. Seus olhos ficaram marejados, pois sabia que isso não aconteceria.

Davi percebeu a tristeza de Maria e perguntou:

— Por que esses olhos tristes?

— Não é nada, estou emocionada com uma nova vida chegando. Essa criança trará aprendizado para todos nós.

— Por um momento, notei tristeza em seus olhos, melhor conservarmos a alegria. Pelo que notei, terão muito trabalho pela frente. Este empreendimento cresceu vertiginosamente.

Os três tomaram o café da manhã, conversando alegremente, quando Laura se sentiu mal e correu para casa, à procura do banheiro. Davi sorriu, dizendo:

— Isso se repete todas as manhãs. É normal na gestação?

— Sim, não se preocupe, ela está bem.

— Sei que Shain entrou em contato com você. É médium, Maria, posso ver em sua aura a força de sua sensibilidade. Sabe lidar com ela?

— Tento fazer o melhor que posso. Às vezes, sou invadida por energias negativas, luto para não absorvê-las, uso a natureza. Laura me ensinou a meditar sobre a grama, pegar a energia da terra para me limpar. Venho de uma família de médiuns que estudavam o assunto em um centro espírita. Somos gente simples que trabalhava na roça. Hoje me vejo aqui, aprendendo a lidar com pessoas de todos os níveis energéticos e, às vezes, me deixo cair na energia coletiva que nos ronda.

— Compreendo o que está dizendo, vivia em um lugar tranquilo e, de repente, se transformou em uma mulher de negócios, rodeada de gente de toda espécie. É a vida lhe convidando para o novo, abrindo portas para o progresso. Não podemos ficar estacionados ou perder a oportunidade de crescimento evolutivo. Acredite que pode e confie na força da vida, cada um tem um propósito para estar aqui.

— Isso é — concordou Maria.

— Você experienciou a vida tranquila no campo e agora ela lhe convida para experimentar o novo. E todos nós recebemos o mesmo convite da vida. Eu, depois que minha primeira mulher desencarnou, procurei um lugar tranquilo no interior para viver. Hoje estou aqui, casado novamente com uma mulher que amo demais, formando uma família que cresce e só me traz alegria.

— Laura é uma mulher maravilhosa, merece ser feliz depois de tudo que passou, não sei por que a vida a colocou à prova novamente.

— Ela lhe contou a obsessão que sofreu?

— Não, minha sensibilidade me mostra que ela está sendo testada pelos espíritos, que desejam que aprenda rápido. Esse obsessor ainda não a deixou, ele a ama e deseja ficar ao seu lado, do outro lado da vida. Estão tentando modificar a forma desse amor, mas não vejo um bom resultado, pois ele é forte em seu sentimento, e, devo ressaltar, de grande negatividade. Lidar com esse tipo de energia não deve estar sendo nada fácil para ela.

— Estou tentando ajudar no que posso, mas fui proibido por meus amigos espirituais de me envolver demais. Laura precisa deixar os velhos costumes e olhar a vida com outros olhos, ser cem por cento positiva.

— Não é fácil para quem vive neste planeta!

— Eu sei, mas não posso fazer nada, ou ela aprende de uma forma suave e positiva, ou a vida lhe cobrará cada vez com mais intensidade. Estar sintonizada com a luz é fundamental. A alegria para os espíritos superiores é prioridade. Este é o aprendizado de Laura para que, ao deixar essa vida, vá viver em mundos felizes ao meu lado. E sei que você, Maria, tem um espaço reservado nesse plano.

— Eu?! Davi, não tenho toda essa evolução para deixar o planeta e viver por entre espíritos de grande luminosidade.

— Não sabe quem é você, minha amiga?

— Não faço ideia.

— Se pudesse ver a luz que a permeia! Posso lhe garantir que esta será uma encarnação de grande proveito para seu espírito. Deixará por um bom tempo o ciclo das reencarnações quando regressar ao plano espiritual. Obteve muitas experiências em sua jornada e aprendeu que a vida tem que ser vivida com responsabilidade e alegria.

— Estou feliz com as mudanças, tento não levar tão a sério as novidades de uma vida agitada, busco ficar bem, me colocar em primeiro lugar. Aprendi que eu sou a única responsável por minhas escolhas e escolho o positivo, tendo a certeza que existe um mundo melhor para se viver e que tudo vai seguir o caminho do bem. Deus está no comando, e eu trabalho para o melhor. Por falar em trabalho, preciso voltar a ele, darei instruções na cozinha para o almoço. Foi um prazer conversar com você, meu amigo, até mais tarde.

CAPÍTULO 19

Davi, após o café da manhã, retornou à casa e encontrou Laura deitada na cama.

— Você está bem?

— Sinto dores no ventre, um forte enjoo.

— Vamos ao hospital. Será melhor fazermos exames para ver se está tudo bem com o bebê.

— Não quero sair da cama, a cólica está aumentando, tenho medo de me levantar e não suportar a dor.

Davi chamou Maria, que o atendeu imediatamente. Os dois ajudaram Laura a entrar no carro. Ela pediu a Maria para fazer companhia a Beatriz. Davi partiu apressado, arrancando com o carro.

No caminho até a cidade, Laura começou a piorar.

— Davi, não quero perder nosso filho, apresse-se.

— Estamos chegando, aguente firme.

Após um rápido exame realizado por um médico amigo de Davi, Laura recebeu medicamento antiabortivo. A cólica diminuiu e Laura pegou no sono.

Davi, sentado ao seu lado, segurou sua mão com carinho, estava muito preocupado e lançava sobre ela energias regeneradoras, de saúde, que envolviam o corpo do bebê em luz de amor.

Macedo, o obstetra, entrou no quarto e chamou por Davi.

— O que está acontecendo com ela? Meu filho está bem?

— Estava observando o ultrassom, quero que dê uma olhada.

Davi examinou e constatou o mesmo que Macedo, o corpo de seu filho em formação apresentava forte indício de deformidade na cabecinha, não havia desenvolvido o cérebro.

— Ele vai sobreviver?

— Laura está em trabalho de parto, seu organismo tenta expulsar o feto. Estamos tentando parar com o processo, vamos ver como reage à medicação.

— Desejo tanto essa criança, meu amigo, não tive filhos do meu primeiro casamento. Essa era uma oportunidade maravilhosa que a vida me deu presente.

— Ela ainda é jovem, poderá lhe dar outros filhos. Você é um homem de fé, não a perca. Contudo, esteja ciente da deficiência do feto.

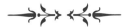

Laura passou cinco dias no hospital e Davi não a deixou um só minuto. Gabi e Marcos foram visitá-la todas as noites. Ela mostrou um pálido sorriso, seu corpo estava imóvel para que as contrações não retornassem, fazia de tudo para segurar o feto em seu ventre.

No entanto, no início do sexto dia, as contrações aumentaram e ela perdeu seu filho.

Ernesto foi recolhido por um grupo de espíritos socorristas. Estava atordoado com o que lhe acontecera, por outro lado, seu corpo espiritual estava limpo das energias negativas que tanto lhe perturbavam a mente. O feto carnal absorvera a carga negativa, causando deformidades físicas.

Ao acordar no plano espiritual, algum tempo depois, já refeito, Ernesto recuperara inclusive uma aparência adulta mais jovial e serena. Laura não tinha ideia do bem que havia realizado a Ernesto.

Shain o abraçou com carinho, dizendo:

— Obrigado pelo serviço prestado.

— Eu é que tenho de agradecer. Estou me sentindo leve. Finalmente me livrei de um punhado de cargas negativas que impediam meu desenvolvimento.

— Por certo. Não se esqueça que precisa, a partir de agora, conservar a mente no positivo, para seu bem-estar. Dessa forma, continuará a viver neste plano e, mais tarde, aprendendo a se comportar, usando somente o positivo e se esforçando nos estudos e no trabalho, poderá ser convidado a viver aqui entre nós.

— Embora leve e mais sereno, estou sentindo falta dela, amo aquela mulher. Gostaria de retornar, ao menos para uma visita. Não consegui, ainda, modificar a forma de amá-la.

— Deve aprender a se desapegar, o amor verdadeiro liberta. Laura aprendeu a valorizar seu corpo físico e manter a mente no positivo. Foi uma grande lição a ambos. Você limpou seu corpo astral de muita negatividade e não seria bom voltar a vê-la enquanto estiver vivendo no planeta. Seu dever é, em primeiro lugar, começar a ter apreço por si mesmo. Aqui você é considerado um aprendiz espiritual. Desligue sua mente da presença de Laura. Esse amor que imagina é impossível, pois Laura e Davi se escolheram, são almas afins. Sofrerá se continuar com essa atitude obsessiva.

Shain deixou seu protegido e retornou para o trabalho, em planos mais elevados. Ernesto sentiu a tristeza de Laura ao perder o filho e não suportou a saudade. Imediatamente voltou ao lado dela.

— Não vou te deixar, querida, estou aqui.

Laura sentiu uma forte presença ao seu lado e não a identificou como seu filho.

Ernesto, ao desobedecer as regras, deixando o belo lugar no qual fora recolhido, absorveu parcialmente a negatividade energética assim que entrou em contato com a energia que permeia o planeta Terra.

O espírito, atordoado, recordou-se do sofrimento de suas vidas anteriores; sua mente ficou conturbada com pensamentos perturbados e ele perdeu a oportunidade de deixar o passado para trás e se renovar para valer.

Laura, que estava melhor, passou a sentir cólicas fortes no ventre. Chamou por Davi ao telefone.

— Preciso de você! As dores retornaram fortes, sinto uma força negativa invadir minha mente. É como um peso que me traz dores no corpo e forte sentimento de morte. Davi, não sei o que está acontecendo comigo, volte para casa.

— Não posso deixar o consultório agora. Seja lá o que for, mande embora. Use sua força, amor, não entre na mesma sintonia densa. Limpe sua mente realizando uma meditação à beira do rio. A energia da natureza ajuda a limpar sua aura.

Laura desligou o telefone e chamou a filha para acompanhá-la até a beira do rio.

— Mãe, me deixe dormir um pouco mais, estou de férias.

— Filha, não estou bem, me faça a companhia até o rio, tenho medo de cair.

Bia levantou apressada, trocou de roupa, escovou os dentes, tomou um copo de suco de laranja. Segurou o braço da mãe e a levou até o rio. Caminharam lentamente e Laura levou sua mão ao seu ventre.

Vinicius, o filho de Maria, passava próximo das duas e se ofereceu para ajudar Laura. Segurou seu braço e os três seguiram até a margem do rio.

Laura sentou no gramado e se colocou em posição de meditação, à sombra de uma árvore.

Bia e Vinicius se afastaram um pouco, a pedido de Laura.

Os dois passaram a conversar sobre as pedras à beira do rio. Bia contou-lhe com entusiasmo a respeito das férias na ilha.

Laura, aos poucos, se sentia melhor, mas Ernesto continuava ao seu lado, sem ter a intenção de prejudicá-la. Sua presença, porém, sugava e contaminava as energias de Laura e do ambiente à sua volta.

Shain se aproximou e convidou Ernesto a acompanhá-lo de volta ao plano astral.

— Não posso deixá-la, ela me chamou, com saudade do filho perdido. Ficou impossível me manter afastado.

— Está se colocando à prova novamente, meu amigo. Não foi forte o bastante para se controlar e romper o laço que os une. Ela, por ser a mãe, o chamou de volta, e você não resistiu ao chamado por amá-la. Não posso fazer mais nada. Laura terá que tomar uma decisão: se deseja ficar ao seu lado ou de Davi. Somente ela pode escolher, expulsando-o de seu campo energético.

— Não quero perturbá-la como da outra vez, tenho consciência que minha presença a prejudica. Mas não suporto ficar afastado dela.

— Tente manter o equilíbrio mental, não deixe que as lembranças do passado o perturbem. Colocarei nesta casa a proteção necessária para que seus inimigos não o encontrem. É o que posso fazer no momento, não coloque os pés fora dos portões da casa ou estará por sua conta e risco.

— Tenho pavor em pensar que eles podem me pegar novamente. Agradeço a proteção.

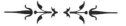

Os meses se passaram e Laura percebeu que os negócios começaram a decair. Até mesmo os clientes de Davi se afastavam, aos poucos, da terapia.

O dinheiro começou a diminuir. A água dos poços que abasteciam o sítio começou a faltar, as recepções não ocorreram por falta de água. O hotel não recebeu hóspedes pelo mesmo motivo.

Marcos mandou construir poços artesianos, que não traziam a quantidade suficiente para abastecer o sítio. Tudo começou a decair.

Laura parou de escrever seu segundo livro, estava nas páginas finais e não conseguia terminá-lo. Por mais que tentasse, estava sempre lutando contra o mau humor e uma forte depressão.

Davi tentava animá-la, mas ela se recusava a ouvi-lo. As brigas eram constantes. Até que Davi, não suportando mais, decidiu deixá-la. Fez as malas e retornou ao seu apartamento na cidade.

Laura se viu sozinha e sem dinheiro. Jair tentou ajudá-la, mas, com os negócios seguindo de mal a pior, também não encontrou recurso para pagar a pensão de sua filha.

Gabriela tentou uma última conversa com a amiga.

— Levante dessa cama e venha conversar comigo na sala, não está doente. Por que se entrega à depressão dessa forma, você não é mais a mulher forte que eu conheci. Tornou-se fraca, perdendo a vontade de viver. Levante, tome um banho, estarei na sala, à sua espera.

Laura a contragosto se levantou, tomou o banho e vestiu um roupão, seguindo para sala. Maria estava ao lado de Gabi, esperando-a com uma bandeja repleta de guloseimas.

— Coma, Laura. Preparei aquele bolo de aipim de que você gosta. Desde que Davi partiu, não se alimenta.

— Não fale o nome dele, odeio este homem. Destruiu minha vida!

— Chega, Laura. Você está destruindo sua vida, não Davi. Se você soubesse como ele está triste.

— Eu quero que ele morra!

Maria sentiu a presença de Ernesto e se conscientizou de que quem falava pela boca de Laura era ele. Ela passou a orar, pedindo ajuda aos espíritos iluminados.

Em pouco tempo, Shain estava na sua frente.

— Seja dura com ela, é preciso que ela encontre forças para mandar o obsessor embora — Shain falava na mente de Maria. — Não sinta compaixão, ela precisa reagir ao mal.

Gabi segurou Laura pelas mãos, dizendo:

— Acorde, amiga, o que está fazendo de sua vida? Você me ensinou a ser forte, a enfrentar com alegria os desafios que a vida nos oferta. Não se entregue dessa forma.

— Eu sinto raiva, muita raiva. Não suporto olhar para Davi, tenho vontade de arranhar seu rosto.

— O que aconteceu entre vocês? Davi fez algo que lhe desagradou? Qual o motivo de tanta raiva?

— Não sei, algo em minha mente me faz querer afastar Davi de minha vida. A culpa foi dele por eu ter perdido meu filho.

— Laura, ficou louca! Davi ficou ao seu lado o tempo todo, te apoiando. Seu organismo expulsou o feto, ele não tem culpa de nada!

— Sinto falta de meu filho, o quero ao meu lado.

— Poderá ter outros filhos, volte a ser a Laura que eu conheço, não se deixe abater dessa forma por uma gravidez que foi interrompida. Você tem dormido bem?

— Não, tenho pesadelos horríveis. Aparece um homem correndo para me pegar, grita que me ama. Tenho medo dele. Acordo com falta de ar e muito cansada. Às vezes tenho a impressão que ele se mexe em meu corpo. Há meses que não consigo ter uma noite tranquila.

— Está na hora de mandar esse obsessor embora, Laura. Ele suga sua energia. É você quem deve expulsá-lo de sua casa, de sua mente. Não deixe que ele te domine.

— Não tenho forças para afastá-lo. Maria, me ajude.

Laura começou a chorar e Shain falou pelos lábios de Maria.

— Chega de lágrimas! Você é uma mulher inteligente, temos um trabalho para terminar. Deixará inacabado por se entregar ao mal? Não lhe mostrei belos lugares no astral para que somente guardasse em sua mente. Vamos, Laura, reaja, aprendeu tanto conosco e se sente derrotada, se entrega desta forma. Use sua força, ele está aqui, se despeça de seu filho, ele precisa seguir novo caminho, termine com essa dependência.

— Shain, é você?

— Sou eu, lhe dando a oportunidade de se reerguer e crescer. Não foi ao acaso que este espírito foi colocado ao seu lado, era preciso testá-la, para que colocasse sua força para fora. Está sucumbindo ao negativo, limpe sua mente do mal, controle seus pensamentos. Mande embora, Laura.

— Perdoe-me, Shain, eu me deixei cair. Sua presença me dá força, não quero mais ficar neste estado depressivo. Esse pesadelo tem que terminar. Meu filho, sei que está aqui, eu não pude lhe trazer à vida, sinto por isso. Mas agora está na hora de seguir seu caminho. Um dia, quero poder abraçá-lo e saciar minha saudade. Estou sofrendo com sua presença ao meu lado. E sei que também não está feliz preso a esta casa. Chega de lamentações, meu filho, siga seu caminho, o que mais desejo é vê-lo feliz. Peço que siga para o astral com meu amigo Shain, seja obediente, estude, trabalhe com alegria.

Conheça a alegria que o aguarda longe deste planeta. Aqui não é seu lugar. É preciso dizer adeus, seja feliz.

Nesse momento, o rosto de Maria retornou à expressão normal. Ernesto estava acoplado à sua energia. Maria sentia o peso negativo que ele carregava. Ele seguiu com Shain, reconhecendo que estava prejudicando muito a mulher que amava.

— Ela não me deseja ao seu lado, a fiz sofrer. Desejava tanto que ela me amasse como eu a amo.

— Laura ama você, mas de uma forma maternal. Sofreu a rejeição e aprendeu que não se pode obrigar ninguém a nos amar. Somos livres e ninguém pertence a ninguém. Vamos, Ernesto, tem muito que aprender em sua jornada.

Os dois seguiram para o astral em um raio de luz.

Laura sentiu seu corpo leve, sua mente limpa. Sorriu para as amigas, dizendo:

— Ele se foi, não me sinto mais girando em um pêndulo. Obrigada às duas, não sei como agradecer o que me fizeram hoje. Estava perdida, na escuridão, me trouxeram de volta para a luz. Obrigada.

— Que bom que despertou, mas existem posições para serem revistas. Davi está triste e abandonado naquele apartamento. O que fará a respeito, o deixará triste para que outra mulher vá consolá-lo?

— Será que ainda me ama? Depois das terríveis brigas que tivemos... Falei coisas horríveis para ele, estou envergonhada. Tenho medo que me mande embora de vez de sua vida.

— Ele te ama, Laura. Não deveria lhe contar, mas preciso lhe dizer, Davi me procurou pedindo ajuda. Conhecia seu estado depressivo e temia o pior. Ontem à noite esteve em minha casa e desabafou conosco. Marcos tentou dissuadi-lo da ideia de deixar o país. Ele não suporta ser rejeitado por você, me pediu para tentar mais uma vez abrir seus olhos, ele partirá no fim de semana para a Europa. Está muito triste e abatido, não se parece com aquele homem sorridente que carregava grande doçura no olhar.

— Vá procurá-lo, Laura, não o deixe partir. Sei que o ama. Deixe passar as mágoas que essas brigam causaram em vocês. Não perca a chance de ser feliz, esqueça o orgulho e o medo, enfrente com coragem o olhar de seu amado. Ele a ama e quero vê-los juntos, felizes para sempre.

— Você tem razão, me ajudem a escolher um belo vestido. Gabi, ajeite meu cabelo com aquele penteado que sabe fazer. Maria, ligue para o apartamento dele, quero saber se está em casa ou no consultório. Disfarce a voz, não quero que saiba que sigo ao seu encontro, quero lhe fazer uma surpresa. Se ele ainda me amar, serei bem recebida. Tenho que pedir perdão.

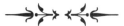

Laura estava linda e perfumada. Tocou a companhia no apartamento de Davi. Ele abriu a porta com o coração acelerado, ao sentir que ela estava à sua frente Seu olhar penetrou nos olhos dela e ele, tentando controlar o desejo de pegá-la nos braços, dissimulou:

— Como vai, Laura? Deseja falar comigo? Entre, a porta de minha casa estará sempre aberta para você.

— Obrigada.

Laura se aproximou do sofá e Davi apontou para que ela sentasse.

— O que a traz aqui?

— Fiquei sabendo que viajará nesse fim de semana para a Europa. Pretende ficar muito tempo por lá?

— Não existe mais nada que me prenda no Brasil. É uma viagem somente de ida. Decidi viver em Portugal, tenho muitos amigos por lá, recomeço minha vida longe de minha pátria.

— É definitiva sua decisão? Não iria se despedir dos amigos?

— Deixei uma carta para Gabi lhe entregar. Ela não o fez?

— Não recebi sua carta, mas pode dizer o que estava escrito pessoalmente.

— Laura, o que deseja? Veio se despedir?

— Quero lhe pedir que fique. Não parta, Davi.

— Não tenho motivos para ficar, se me desse um motivo, pensaria em seu pedido.

— Eu amo você, e peço que me perdoe por magoá-lo. Estava perdida em meus sentimentos e pensamentos. Me dê mais uma chance. Peço que fique, meu amor, eu te amo!

Davi secou as lágrimas que corriam dos olhos de Laura, abraçou e beijou seus lábios com o ardor de seu amor. Pegou-a em seus braços fortes e a levou para o quarto, entregando-se ao amor.

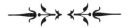

A noite caiu e os dois estavam abraçados sobre a cama, adormecidos, no cansaço da entrega ao amor.

O telefone tocou e Davi despertou preguiçosamente. Atendeu sua secretária que o avisou que dois pacientes estavam à sua espera, no consultório.

— Cancele todas as consultas, diga que apareceu um caso urgente e não posso atendê-los agora, peça desculpas. Cancele minha passagem para Portugal, não vou mais deixar o Brasil, e, Carla, aceite seu emprego de volta. Segunda-feira, chegue cedo ao consultório e ligue para todos os clientes dizendo que continuaremos com a terapia. Avise meus amigos que aquela festa de despedida foi cancelada. Boa noite.

Laura escutava a conversa deitada sobre o peito de Davi. Quando ele colocou o telefone no gancho, ela o beijou e disse:

— Amo você. Obrigada por desistir da viagem.

— Não seria feliz estando longe de você. Não compreende que a amo, que é a pessoa que mais desejo no universo! Eu te amo, Laura, e quase morri de tristeza ao perdê-la. E sabe que não sou um homem trágico e desequilibrado. Eu só te amo.

— Volte para o sítio, e case comigo.

— Está me pedindo em casamento?

— Estou.

— Aceito seu pedido, marcaremos a data para daqui a um mês, o que acha?

— Teremos tempo para organizar a papelada?

— Quero uma bela festa no sítio, e passaremos nossa lua de mel na Europa.

— Davi, não dá para realizarmos uma festa no sítio. Esqueceu que não temos água o suficiente para receber nossos amigos? E quanto a viajar, não tenho dinheiro. Gostaria de comprar um belo vestido de noiva, mas, financeiramente, estou arruinada.

— Não se preocupe com isso, a água vai jorrar no sítio como antes jorrava, o dinheiro retornará. Você reagiu ao negativo, use sua positividade para entrar em sintonia com a prosperidade que jorra em abundância no universo. Tudo virá de volta à sua mão. Quanto ao vestido de noiva, mandarei vir um da França.

— Que exagero! Não precisamos de tanto luxo, quero uma cerimônia simples, com poucos amigos, e, claro, com os parentes. Por falar em parentes, eu não conheço sua família.

— Meus pais morreram há dez anos. Tenho uma irmã que vive em Portugal e um irmão mais velho que mora em Londres. Alguns sobrinhos e três primos que vivem em São Paulo. Essa é toda a família que me resta.

— Podemos convidá-los. Se acomodarão nos chalés, o que acha?

— Enviaremos os convites, quer conhecê-los? Eu quero conhecer a sua família.

— Minha mãe e meu pai são simples, nunca concordaram com minha separação. Mesmo tendo sido traída e abandonada por Jair, eles ficaram do lado dele. Casamento, para eles, é um só e não há separações. Não falam comigo, se negam a me receber. São antiquados e ignoram a vida moderna que vivemos. Ficaram com a mente no passado e nas regras da sociedade retrógrada.

— Tentou falar com eles?

— Tentei várias vezes. Não abrem a porta e, quando me encontram na rua, atravessam para o outro lado da calçada. Marcela tentou conversar com eles, e ouviu coisas escabrosas ao meu respeito. Jair foi procurá-los e não foi recebido. Negam-se a qualquer tipo de aproximação.

Agora que sabem que não estou sozinha, que tenho meu amor verdadeiro ao meu lado, serão contra.

— Deixe-os no mundo deles; talvez, um dia, venham procurá-la. Não podemos obrigá-los a aceitar nosso amor.

— Davi! Preciso voltar para casa, o tempo passou rápido. Bia está sozinha em casa.

— Maria e os meninos estão com ela. Aposto que está se fartando com as delícias que Maria prepara na cozinha.

— Sabia que Bia está de namorico com Vinicius? Preciso ficar de olho nos dois. Não quero ser avó antes do tempo. Tenho que ir.

— Vou com você, nunca mais a deixarei. Não me expulse de sua vida, não sabe como foi difícil ficar sem você durante esse tempo.

— Arrume sua mala, e vamos recomeçar. Quero ter um filho seu. E, dessa vez, tudo será tranquilo, ele nascerá com saúde e terá esse seu rostinho bonito.

— Desejo ter esse filho, mas vamos deixar que a força da vida mostre o momento certo. Melhor será organizamos nossa cerimônia de casamento. Enviaremos convites a todos e deixemos que compareçam se desejarem festejar conosco. Você me ajuda a colocar as malas no carro?

— Está tudo pronto?

— Sim, estava de partida quando você veio me trazer a alegria de volta.

— Eu voltei à vida. Não permitirei que nada mais estrague nossa felicidade. Eu te amo, Davi, meu Davi!

— Minha Laura! Sempre te amei. O nosso amor é para a eternidade. Foram tantas vidas ao seu lado, que não suportei ficar longe de você no plano espiritual, retornei para segurar sua mão e ajudá-la a atravessar o caminho da vida. Conhece um pouco das belezas que existem do outro lado, mas não tem ideia do mundo novo que desejo lhe mostrar, tantos lugares para conhecer, amigos para apresentar. Laura, a felicidade nos espera agora e no amanhã, pela eternidade.

Capítulo 20

Nos dias que se seguiram, a felicidade retornou ao sítio. O poço artesiano passou a jorrar água cristalina. As recepções voltaram a ocorrer, os hóspedes voltaram aos chalés, o dinheiro retornou e as dívidas foram pagas.

Laura regressava de Belo Horizonte, onde passara uma semana por conta das noites de autógrafos de seu primeiro livro, que havia se tornado um *best-seller*.

Davi estava ao seu lado e realizava palestras, convidando Laura para dar seu depoimento. O casal dava sequência ao trabalho de deixar a mensagem positiva sobre a importância de usar a própria força para restabelecer o equilíbrio emocional.

Ao chegarem ao sítio, foram recebidos com carinho por todos. Maria e Gabriela organizavam para Laura a cerimônia de casamento.

— Veja, querida, os convites estão sendo distribuídos. Na lista que vocês deixaram, falta entregá-los para os que estão fora do país. Davi não deixou nenhum endereço anotado.

— Desculpe, Gabi, acabei me esquecendo. Os convites ficaram lindos, gostei do modelo que escolheu para a impressão gráfica. Pegarei em minha agenda o endereço de meus parentes, para que envie os convites a tempo.

Davi entrou em casa e Laura continuou a conversar com Maria e Gabriela no salão. Maria estava empolgada, com o livro de Laura em suas mãos.

— Terminei de ler, estou encantada com a história maravilhosa que escreveu. Quando sairá o próximo?

— Estou escrevendo as últimas páginas. Quero terminá-lo antes do casamento. Vamos viajar pela Europa em lua de mel, e tenho novidades: meu livro foi lançado por lá.

— Mesmo?

— Sim. Tenho noites de autógrafos marcadas em algumas cidades europeias. E Davi realizará palestras em diversos lugares, será um mês de muito trabalho.

— Mas é sua lua de mel! Estão seguindo para uma viagem de trabalho ou lazer?

— As duas coisas. Teremos tempo para tudo.

— Que maravilha. Estou feliz por você, merece o sucesso de seu livro. A sua história desperta o leitor para buscar a felicidade, olhar a vida com simplicidade. Ensina parar de complicar e aceitar a realidade com naturalidade. Parabéns, eu sou sua fã — tornou Maria.

— Eu também sou — falou Gabriela, sorrindo. — Você merece, deu a volta por cima, é uma vencedora, tenho orgulho de ser sua amiga.

— Desta forma estão me deixando mimada, com tantos elogios. Amo vocês, são a família de coração que formamos. Minhas queridas, eu peço que continuem a cuidar de minha filha. Ela não quer viajar conosco.

— Bia tem aula, o ano letivo termina em menos de um mês. Prejudicaria se a levasse para a Europa agora. Ela fica comigo e, depois, vamos passar o verão na ilha novamente. Dessa vez, José, Maria e os meninos irão conosco.

— E quem tomará conta dos negócios?

— Não sabe? O mais novo casal que contratamos. Temos uma nova organizadora das recepções.

— Quem? Casal? Não compreendo...

— Sua prima Marcela, está no escritório, ao lado de seu companheiro de trabalho e companheiro conjugal.

— Marcela e Jair! Eles estão juntos?

— Vão se casar no próximo ano. Marcela tem conhecimento em hotelaria e em eventos. Ficará na gerência ao lado de Jair, nosso administrador.

— Que coisa estranha, Marcela e Jair juntos. Bia não ficou enciumada pelo pai se casar novamente?

— Sua filha não tem tempo a perder com ciúmes do papai ou da mamãe, ela está ocupada demais namorando Vinicius. E é sério o relacionamento dos dois.

— O que pode ser sério na adolescência? Vinicius é um bom rapaz, fico feliz por se entenderem. Maria, cuide desta parte, por favor, não quero ser vovô tão cedo.

— Deixe comigo, aconselho os dois sempre que posso, mas acho melhor você levá-la ao ginecologista. É melhor prevenir.

— Tem razão, marcarei uma consulta. Os tempos são outros e é preciso atenção redobrada ou deixaremos a natureza livre para trazer surpresas fora de hora. Depois, não resolve eu e você ficarmos chateadas, se queixando. É melhor prevenir.

As três ainda conversavam no salão, quando Marcos chegou do escritório acompanhado de Jair e Marcela. Todos se cumprimentaram e a conversa ficou animada. Davi e as meninas se uniram a eles.

José e os filhos entraram no salão, trazendo uma deliciosa costeleta de carneiro assada. As mulheres entraram na cozinha para preparar arroz e a salada como acompanhamento do assado.

O jantar foi servido e outros funcionários se uniram a eles. Um jovem cantor, que fora contratado para se apresentar nas recepções, pegou seu violão e todos cantaram canções populares alegres.

Gabriela percebeu os olhares trocados entre Fernanda e o cantor. Comentou em voz baixa para Laura:

— Também marcarei uma consulta para Fernanda no ginecologista. Conheço esse olhar apaixonado. Vamos juntas cuidar das nossas meninas.

As duas sorriram e Davi convidou Laura para dançar. Marcos fez o mesmo e até José se empolgou, puxando Maria para dançar, animado, no meio do salão.

Davi e Laura trocaram beijos apaixonados e ela falou ao seu ouvido:

— Obrigada por me proporcionar uma nova chance de viver. Estou muito feliz. Amo você, meu Davi.

— Nós escolhemos a forma como vamos seguir com nossas vidas, Laura. Você fez a escolha, optou por viver no bem, e hoje colhe o fruto que plantou. Paz e felicidade dentro da harmonia de um sorriso sincero, que brota do seu sentimento. Nós somos responsáveis por nossas escolhas.

Shain e Ernesto, agora totalmente modificado, banhado pela luz que havia conquistado, observavam o grupo se divertindo.

— Ainda sente o mesmo amor por Laura?

— Amo nossa irmã, e desejo vê-la sempre feliz ao lado de seu amado Davi. Ela será minha mãe querida pela eternidade e meu amor por ela se modificou. Sou grato a todos pelo ensinamento que recebi. Deixei de ser egoísta e querer controlar todos. Hoje sou livre e liberto os que amo.

— Parabéns, meu amigo. Sabia que aprenderia a lição. Mesmo estando na Terra, recebendo a energia densa deste planeta, está equilibrado e feliz. Recebeu por mérito convite para se tornar um habitante permanente da cidade onde vive. Deu grande passo em seu aprendizado. Só o amor puro é capaz de transformar até o mais duro dos seres.

Laura sentiu em seu rosto o beijo que Ernesto lhe deu na despedida e perguntou a Davi:

— Senti um beijo, uma presença forte de alguém muito querido. Tive a impressão que foi de nosso filho. Seria possível?

— Tudo é possível, meu amor. Ele está bem e veio nos visitar. Mas não fique impressionada, foi apenas um gesto de carinho de alguém que despertou para a alegria por conquistar um local melhor na espiritualidade. Nosso filho cresceu.

— É delicioso quando podemos ajudar dessa forma, amo esse nosso amigo, espero que ele siga o caminho do bem. Um dia vamos nos encontrar e sanar a saudade com alegria. Levarei sempre comigo a felicidade de ter aprendido a ser forte e equilibrada. Seja o que for que a vida me trouxer, saberei discernir com sabedoria e equilíbrio. Hoje sei quem eu sou? Não sou mais que ninguém, mas também não sou menos. Respeito a forma como o Criador me fez, sou única e especial, como todos os outros habitantes deste planeta. Quero construir a felicidade em meu caminho, aprendi que estou aqui por um propósito, evoluir no bem. Sinto-me independente e segura. Quero ser merecedora das bênçãos do Criador.

Shain lançou sobre todos um grande arco-íris de luz. Partiu de volta ao plano espiritual sorrindo, ao lado de Ernesto.

— Vamos, meu amigo, essa etapa foi cumprida. Todos aprenderam grandes lições. A vida segue e os desafios sempre os colocarão à prova. Ninguém se perderá no caminho, evoluir é lei no universo, as escolhas mostram o caminho. Sem amor, estacionamos; com amor, evoluímos.

No salão, todos sentiram a gostosa vibração que ficou no ar.

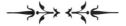

Era início da madrugada quando todos retornaram para seus lares. Laura e Davi adormeceram e foram convidados por amigos espirituais a deixarem os corpos físicos adormecidos sobre a cama e partirem em uma viagem astral.

Foram levados a uma bela cidade no astral superior, onde receberam instruções de seus mentores para o desenvolvimento do trabalho que realizavam na Terra.

Alegres, passearam por belos jardins e ficaram de frente a uma grande cachoeira cuja água tinha uma tonalidade cor-de-rosa.

Davi mostrou a Laura como realmente era seu corpo espiritual. Deu um passou para trás e uma luz intensa tomou seu corpo. Era um homem belo em seu corpo físico, mas tornou-se ainda mais belo e jovem em sua forma perispiritual.

Laura por pouco não caiu para trás de susto. Levou sua mão aos olhos para tentar melhorar a visão ofuscada por tamanha luz.

— Davi! Você é luz?

— Não se assuste, meu amor. Eu a trouxe até aqui e me mostro a você como sou para lhe dar um presente. Algo que a fará deixar o corpo todas as noites e seguir ao meu lado no trabalho de resgate aos irmãos necessitados.

Davi caminhou em volta de Laura se colocando às suas costas e a tocou. Laura sentiu um forte calor aquecer sua coluna. Ela perdeu a fala e não acreditou no que viu. Davi, sorrindo, disse:

— Você fez por merecer, meu amor. O seu corpo espiritual agora vibra em forte luz.

— Não pode ser! Jamais imaginei que alguém que ainda vive em nosso planeta fosse merecedor de um presente como este. Davi, eu não mereço, não fiz nada para merecer este presente. Estou envergonhada. Retire, meu amor, eu não mereço.

— Por que se menospreza dessa forma? Nada é concedido a quem não fez por merecer. Tive o consentimento dos meus superiores para lhe dar esse presente. É merecedora por tudo que aprendeu e executa em sua vida. Nós somos muitos dos que colaboram pela melhora do planeta.

Shain e alguns outros amigos se aproximaram do casal e parabenizaram Laura com alegria. Ela ficou constrangida diante de tanta luz e beleza.

O grupo de amigos brincou com ela, ensinando-a a usar a forte energia, materializando um lindo arco-íris.

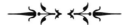

Laura despertou, para iniciar um novo dia na Terra. Sentiu forte calor. Davi acordou e a viu olhar-se no espelho. Sorriu e disse:

— Amor, não vai encontrar o que está procurando, porque a energia é invisível aos olhos humanos.

— Foi um sonho tão real! Sinto que tenho algo que irradia luz em meu corpo e você também tem essa energia forte.

— Esqueça isso, venha se deitar ao meu lado.

— Você é um ser especial que reencarnou! O que faz aqui ao meu lado?

— Estou aqui amando você, sua maluca! Venha para a cama, é cedo ainda. Todos nós somos especiais aos olhos do Criador. Uns com mais consciência, outros procurando o caminho da luz, somos todos seres amados por Ele. Alguns possuem forte energia na espiritualidade.

— Eu sinto a energia forte em minhas mãos.

— Não gostou do presente? Você fez por merecer, se tornou uma mulher forte e independente, equilibrada, que cultiva a alegria. Reconhece em você o ser único criado pelo Criador, possui o autorrespeito e executa seu trabalho com tanto amor, dedicando-se a ensinar por meio de seus livros.

— Loucura! Eu sei quem é você e não poderei viver ao seu lado depois que partirmos deste planeta.

— Não coloque obstáculo em seu caminho, vamos deixar o tempo responder o que virá. Relaxe, seja você mesma como sempre foi, não é mais que ninguém por ter recebido essa energia de intensa luz em seu corpo mais fluídico, e também não é menos.

— Tem razão, não quero mais falar sobre isso. Eu sou a Laura, a mesma Laura. Não sou a única que possui essa luz neste planeta, existem muitos outros realizando suas missões para a luz maior.

Ela se deitou ao lado de Davi e se entregaram ao desejo.

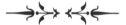

O tempo passou apressado, o casamento se realizou com grande alegria, a viagem para Europa decorreu entre muito trabalho e diversão.

O casal retornou feliz para o sítio, a viver ao lado dos que amavam.

Laura tentou engravidar, mas não conseguiu realizar o sonho de seu amado Davi. Ela então se dedicou a escrever os livros e continuou a participar das palestras de seu amado.

Davi se tornou uma voz incansável, divulgando a melhor forma de encarar os desafios da vida. Recebeu convites para palestrar em diversas partes do planeta.

Beatriz se casou com Vinicius e Laura deixou o sítio para ela morar com sua nova família. As crianças chegaram, para alegrar a vida de todos.

Laura foi chamada de vovó e se encantou com os netos que brincavam à sua volta. Davi os ensinou a pescar, ao lado de José e de Jair, à margem do rio. Os gêmeos preferiram brincar na água, fazendo com que os três avôs caíssem na brincadeira infantil, espantando todos os peixes.

Maria e Marcela, que administravam o lindo hotel-fazenda, construído por todos nas terras vizinhas, chegaram ao sítio para ajudarem na festa de aniversário dos gêmeos.

Laura e Gabriela estavam no salão de festa, a dar o último retoque na decoração da festa.

Gabriela estava preocupada com a demora de Marcos, que fora até o aeroporto de Belo Horizonte esperar o voo em que estavam Fernanda e seu marido Felipe, sobrinho de Davi, que morava em Portugal.

Fernanda esperava seu primeiro filho e desejava que ele nascesse em solo brasileiro. Terminaria sua gestação ao lado dos seus pais, na pequena cidade onde nasceu.

— Estão demorando! O voo estava marcado para chegar às dez horas, são duas da tarde e não chegaram. Estou preocupada.

— Tenha calma, Gabi, Marcos entrará no sítio trazendo nossa amada Nanda e o Felipe em dez minutos. O voo atrasou um pouco.

— Como sabe?

— Shain me disse. Ele sorri em ver sua agonia e ansiedade. Pergunta se ainda não aprendeu que não vale a pena entrar nesse estado emocional.

— Tem razão, não quero jogar essa energia densa aos que amo, não está me fazendo bem essa preocupação. Você está vendo Shain?

277

— Estou, minha sensibilidade mediúnica abriu meus olhos para outra dimensão. Posso ver os espíritos à minha volta, e esta casa hoje está em festa, repleta de amigos espirituais que vieram comemorar conosco o quinto aniversário dos meninos.

— Fico feliz em saber que estão aqui e não estamos sozinhos ou desamparados.

— Jamais estamos sós, Gabi, pois o Criador não desampara seus filhos.

Maria entrou no salão ao lado de Marcela e falou:

— Hoje é dia de grande alegria, quantos amigos estão aqui comemorando conosco.

Maria sorriu ao ver a reação de Marcela, que se assustou ao ouvi-la falar dos espíritos.

— Ainda não se acostumou com a presença desses amigos?

— Não, Laura, vocês me deixam nervosa dizendo que aqui está repleto de fantasmas.

— São nossos amigos, Marcela, não use essa linguagem para se referir a eles. São amigos que vivem em outra dimensão apenas.

— Desculpe, Gabi, não tive a intenção de insultá-los, eu tenho medo desse assunto. Incomoda-me saber que estão nos observando.

Todas sorriam ao ver os olhos arregalados de Marcela, a olhar à sua volta.

Marcos encostou o carro ao lado do salão e todas correram para abraçar Fernanda e seu marido.

Beatriz, que organizava a casa, correu para se encontrar com a amiga. Um grande abraço se fez entre as duas.

Fernanda foi levada, para descansar da cansativa viagem de avião, ao quarto de hóspede. Felipe desejava abraçar o tio e foi levado até a margem do rio, ao seu encontro. As mulheres ficaram em volta de Fernanda, conversando.

A noite chegou, todos estavam felizes, comemorando.

Passaram-se vinte dias e Fernanda deu à luz uma linda menina que recebeu o nome de Laura Gabriela. Todos comemoraram a chegada de mais um membro dessa grande família unida pelo laço do amor.

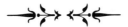

Cinco anos se passaram apressados. Todos os anos, o grupo se reunia na ilha em Angra dos Reis para comemorar as festas no final do ano.

E foi no retorno da ilha, após as férias de janeiro, que Laura e Davi seguiram para o aeroporto apressados, para pegar o voo com destino à Europa, pois precisavam estar em Madri para uma palestra.

Davi pisou no acelerador apressado. A pista estava molhada e escorregadia, o carro derrapou em uma mancha de óleo, ele perdeu o controle do automóvel, que caiu no abismo, explodindo ao se chocar em uma árvore.

Laura e Davi partiram da Terra juntos. Foram recebidos com festa e muita alegria pelos amigos espirituais. Estavam felizes por partirem juntos.

Laura, pelo grande aprendizado e por ter superado todos os traumas de suas vidas passadas e se renovar, olhando a vida de uma forma simples e feliz, conseguiu atingir a elevação necessária para seguir no mesmo plano elevado a que Davi pertencia.

Os dois seguiram juntos, se amando e distribuindo amor aos que aqui ficaram.

Todos os anos, quando a família se reunia na ilha para comemorar o réveillon, Laura e Davi, em espírito, visitavam seus entes amados, lançando sobre eles energias renovadoras de intensa luz.

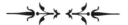

E foi em uma dessas visitas, quando todos estavam na praia, a brindar com alegria o novo ano, que Maria e Beatriz avistaram o casal em cima das pedras, onde as ondas batiam com o movimento do mar.

Laura lançou um beijo no ar e acenou para elas.

— Mamãe está linda! Que belo presente nos concede com essa visão iluminada.

— Eles estão tão felizes. Essa visão ameniza a saudade que sentimos. Abençoados sejam nossos dias na Terra. E a vida continua depois de nossa partida deste lindo planeta. Aprendi muito com sua mãe.

— Foi uma mulher simples, que conseguiu superar todos os desafios que a vida lhe impôs. Tornou-se uma grande mulher, forte e equilibrada. Agradeço ao Criador por ter feito parte dessa linda história de amor.

Um dos gêmeos se aproximou de Beatriz, dizendo:

— A vovó Laura e o vovô Davi estão lá nas pedras, mamãe. Eu posso vê-los.

As duas sorriram e Bia falou:

— Parece que essa sensibilidade mediúnica é genética. Vovó Maria, tem mais um médium na família.

— Querido, acene para sua amada vovó Laura e para o vovô Davi.

Laura e Davi, após acenarem, lançando um beijo no ar, desapareceram deixando um rastro de luz sobre as pedras.

O grupo se reuniu em oração ao redor da bela mesa decorada com flores e velas. Agradeceram o ano que passou e receberam o novo ano com felicidade, desejando harmonia e paz para todos.

Quando pétalas de rosas desceram do alto sobre a mesa, todos ficaram atônitos com a materialização das folhas que desciam do céu.

Foi um presente de Laura e Davi para todos.

FIM

Grandes sucessos de
Zibia Gasparetto

Com 17 milhões de títulos vendidos, a autora tem contribuído para o fortalecimento da literatura espiritualista no mercado editorial e para a popularização da espiritualidade. Conheça os sucessos da escritora.

Romances
pelo espírito Lucius

A verdade de cada um (nova edição)
A vida sabe o que faz
Ela confiou na vida
Entre o amor e a guerra
Esmeralda (nova edição)
Espinhos do tempo
Laços eternos (nova edição)
Nada é por acaso
Ninguém é de ninguém
O advogado de Deus
O amanhã a Deus pertence
O amor venceu
O encontro inesperado
O fio do destino (nova edição)
O poder da escolha
O matuto
O morro das ilusões
Onde está Teresa?
Pelas portas do coração (nova edição)
Quando a vida escolhe (nova edição)
Quando chega a hora
Quando é preciso voltar (nova edição)
Se abrindo pra vida
Sem medo de viver
Só o amor consegue
Somos todos inocentes
Tudo tem seu preço
Tudo valeu a pena
Um amor de verdade
Vencendo o passado

Crônicas

A hora é agora!
Bate-papo com o Além
Contos do dia a dia
Pare de sofrer

Pedaços do cotidiano
O mundo em que eu vivo
O repórter do outro mundo
Voltas que a vida dá (nova edição)

Coleção – Zibia Gasparetto no teatro

Esmeralda
Laços eternos
Ninguém é de ninguém

O advogado de Deus
O amor venceu
O matuto

Outras categorias

Conversando Contigo!
Eles continuam entre nós vol. 1
Eles continuam entre nós vol. 2
Eu comigo!
Momentos de inspiração

Pensamentos vol. 1
Pensamentos vol. 2
Recados de Zibia Gasparetto
Reflexões diárias

Conheça os sucessos da Editora Vida & Consciência

Marcelo Cezar
pelo espírito Marco Aurélio

Acorde pra vida! (crônicas)
A última chance
A vida sempre vence
Coragem para viver
Ela só queria casar...
Medo de amar
Nada é como parece
Nunca estamos sós
O amor é para os fortes

O preço da paz
O próximo passo
O que importa é o amor
Para sempre comigo
Só Deus sabe
Treze almas
Um sopro de ternura
Você faz o amanhã (nova edição)

Amadeu Ribeiro

A visita da verdade
Juntos na eternidade
O amor não tem limites
O amor nunca diz adeus

Reencontros
Segredos que a vida oculta Vol. 1
A beleza e seus mistérios Vol. 2

MÔNICA DE CASTRO
pelo espírito Leonel

- A força do destino
- A atriz
- Apesar de tudo...
- Até que a vida os separe
- Com o amor não se brinca
- De frente com a verdade
- De todo o meu ser
- Desejo – Até onde ele pode te levar? (pelos espíritos Daniela e Leonel)
- Gêmeas
- Giselle – A amante do inquisidor (nova edição)
- Greta (nova edição)
- Impulsos do coração
- Jurema das matas
- Lembranças que o vento traz
- O preço de ser diferente
- Segredos da alma
- Sentindo na própria pele
- Só por amor
- Uma história de ontem
- Virando o jogo

ANA CRISTINA VARGAS
pelos espíritos Layla e José Antônio

- Além das palavras (crônicas)
- A morte é uma farsa
- Em busca de uma nova vida
- Em tempos de liberdade
- Encontrando a paz
- Intensa como o mar
- O bispo (nova edição)
- O quarto crescente (nova edição)
- Sinfonia da alma

Eduardo França

A escolha
A força do perdão
Enfim, a felicidade
Vestindo a verdade

Floriano Serra

A outra face
A grande mudança
Nunca é tarde
O mistério do reencontro

Lucimara Gallicia
pelo espírito Moacyr

O que faço de mim?
Sem medo do amanhã

Lúcio Morigi

O cientista de hoje

Flavio Lopes
pelo espírito Emanuel

A vida em duas cores
Uma outra história de amor

Gilvanize Balbino

O símbolo da vida
pelos espíritos Ferdinando e Bernard

A verdade está em você!

Leonardo Rásica

Luzes do passado
Celeste – no caminho da verdade

MÁRCIO FIORILLO
pelo espírito Madalena

Em nome da lei

ROSE ELIZABETH MELLO

Desafiando o destino
Verdadeiros Laços
Os amores de uma vida

EVALDO RIBEIRO

Eu creio em mim
O amor abre todas as portas

CARLOS HENRIQUE DE OLIVEIRA

Ninguém foge da vida

ANDRÉ ARIEL FILHO

Surpresas da vida
Em um mar de emoções

MAURA DE ALBANESI

O guardião do sétimo portal
pelo espírito Joseph

Coleção Tô a fim

SÉRGIO CHIMATTI
pelo espírito Anele

Apesar de parecer... Ele não está só
Ecos do passado
Lado a lado
Os protegidos

**Conheça mais sobre espiritualidade
com outros sucessos.**

 vidaeconsciencia.com.br   /vidaeconsciencia   @vidaconsciencia

Rua Agostinho Gomes, 2.312 — SP
55 11 3577-3200

contato@vidaeconsciencia.com.br
www.vidaeconsciencia.com.br